中國古典文學基本叢書

# 蘇詩補注

第三册

〔宋〕蘇　軾　撰
〔清〕查慎行　補注
范道濟　點校

中華書局

# 東坡先生編年詩卷十五

## 古今體詩六十三首 起熙寧十年丁巳正月，自密州至京師，四月後赴徐州任，盡一年作。

### 除夜大雪留濰州元日早晴遂行中途雪復作〔一〕

除夜雪相留，元日晴相送。東風吹宿酒，瘦馬兀殘夢。葱曨曉光開，旋轉餘花弄。下馬成野酌，佳哉誰與共？須臾晚雲合，亂灑無缺空。鵝毛垂馬騣，自怪騎白鳳〔二〕。三年東方旱，逃户連欹棟。老農釋耒嘆，淚入饑腸痛。春雪雖云晚，春麥猶可種。敢怨行役勞，助爾歌飯甕。

〔一〕濰州：許慎《説文》：濰水，出瑯琊箕山，亦名濰山。《太平寰宇記》：「青州北海縣，隋置濰州。宋建隆(五)〔三〕年，建爲北海軍。西至東京一千三百二十里，東南至密州界七十五里。」曾鞏《隆平集》云：「乾德(二)〔三〕年，以北海軍爲濰州。」與《太平寰宇記》不合，未詳孰是。

〔二〕騎白鳳：孫光憲《北夢瑣言》：「沈詢除節旄，〔京城誦〕曹唐(作詩)〔《游仙詩》〕，云：『玉詔新除沈侍郎，便分茅土領東方。不知今夜游何處，侍從皆騎白凰皇。』(不知者槩以爲游仙詩)〔即風姿可知也」。」

## 大雪青州〔一〕道上有懷東武園亭寄交代一本無「交代」二字孔周翰〔二〕

超然臺上雪〔三〕，城郭山川兩奇絶。海風吹碎碧琉璃。時見三山白銀闕。蓋公堂前雪〔四〕，緑窗朱户相明滅。堂中美人雪争妍，粲然一笑玉齒頰。就中山堂雪更奇〔五〕，青松怪石亂瓊絲。惟有使君游不歸，五更上馬愁斂眉。君不見施氏原本作「是」淮西李侍中，夜入蔡州縛取吴元濟。又不見施氏原本作「是」襄陽孟浩然，長安道上騎驢吟雪詩。何當閉門一作「户」飲美酒，無人毀譽河東守。

〔一〕青州：《元和郡縣志》：「青州北海郡，齊營丘，漢爲臨淄，唐武德二年，改青州，置總管府。東至密州三百三十里。」《太平寰宇記》：「唐乾元中升平盧軍節度。」

〔二〕交代：《後漢書》：「傅燮爲漢陽太守。初，范津舉燮孝廉。及〔津〕爲漢陽，與燮交代合符而去。」

〔三〕超然臺：注見前

〔四〕蓋公堂：本集《蓋公堂記》略云：「曹參爲齊相，避正堂以舍蓋公。吾爲膠西守，知公爲是邦人也，求其墳墓、子孫不可得，慨然懷之。治新寢於黄堂之北，重門洞開，盡城之南北相望，如引繩，名之曰『蓋公堂』。時從賓客僚吏，游息其間，而不敢居，以待如公者焉。」

〔五〕山堂：本集《山堂銘序》云：「熙寧九年六月，大雨，野人來告：『故東武城中，溝瀆圮壞，亂石無數。』取而儲之，因守居之北牖爲山，且開新堂北向，以寓目焉。」銘詞有「因廡爲堂，踐城爲山」之句。

## 至濟南李公擇以詩相迎次其韻二首〔一〕

### 其一

敝裘羸馬古河濱，野闊天低糝玉塵〔二〕。自笑餐氊典屬國，來看换酒謫仙人。宦游到處身如寄，農事何時手自親。剩作新詩與君和，莫因風雨廢鳴晨。

〔一〕濟南：《元和郡縣志》：「漢分齊郡，立濟南國，後爲郡。晉永嘉之後，移理歷城，即今理也。」于欽《齊乘》云：「漢濟南國，元魏改爲齊州，天寶中，改濟南郡。」《宋書·地理志》：厚陵以齊州防禦使入繼，升節度。〇慎按，《淮海集》中《李公擇墓志》云：「神宗初，爲右正言。力詆新法，落職，通判滑州。歲餘，徙知湖州。還尚書祠部員外郎，徙知齊州。」東坡離密，正公擇知齊州時也。《宋史》及《東都事略》本傳俱失載，以公詩考之，與《墓志》正合。

〔二〕玉塵：何遜《雪》詩：「若逐微風起，誰言非玉塵。」

## 其二

夜擁笙歌霅水濱〔一〕，回頭樂事總成塵。今年送汝作太守，到處逢君是主人。聚散細思都是夢，身名漸覺兩非親。相從繼燭何須問？蝙蝠飛時日正晨。

〔一〕笙歌霅水濱：本集《定風波詞序》云：「余昔與張子野、劉孝叔、李公擇、陳令舉、楊公素會於吴興，時子野作《六客詞》，其卒章云：『盡道賢人隱吴分，試問，也應旁有老人星。』凡十五年，再過吴興，而五人者皆亡矣。」

## 和孔君亮郎中見贈〔一〕

偶對先生盡一尊，醉看萬物洶崩奔。優游共我聊卒歲，骯髒如君合倚門。只恐掉頭難久住，應須傾蓋便深論〔二〕。固知嚴、勝風流在，又見長身十世孫。公自注：戣，字君嚴。弟戡，字君勝。退之志其墓云：孔世三十八，吾見其孫，白而長身。今君亮四十八世矣。

〔一〕孔君亮：事跡失考。《欒城集》有《孔君亮郎中新葺闕里西園棄官而歸》七律一首，亦宣聖後裔也。

〔二〕掉頭傾蓋：按，此詩後半首，皆用孔姓事。掉頭不肯住，孔巢父也。出杜詩。孔子與程子傾蓋而語，出《家語》。

慎按：以上五首，施氏原本編上卷之末，今計年改編。

## 顏樂亭詩并序

顏子之故居所謂陋巷者，有井存焉，而不在顏氏久矣。膠西太守孔君宗翰，始得其地，浚治其井，作亭于其上，命之曰「顏樂」。昔夫子以簞食瓢飲賢顏子，而韓子乃以爲哲人之細事，何哉？蘇子曰：古之觀人也，必于小者觀之，其大者容有僞焉。人能碎千金之璧，不能無失聲于破釜；能搏猛虎，不能無變色于蜂蠆。孰知簞食瓢飲之爲哲人之大事乎？乃作《顏樂亭詩》以遺孔君，正韓子之説，且用以自警云。

天生蒸民，爲之鼻口。美者可嚼，芬者可臭。美必有惡，芬必有臭。我無天游，六鑿交鬭。騖而不返，跬步商受。偉哉先師，安此微陋。孟賁股栗，虎豹於走。渺然其身，中亦何有？我求至樂，千載無偶。執瓢從之，忽焉在後。

慎按：此詩施氏原本不載，今從新刻《續補》下卷，因入移編。又，司馬君實有《顏樂亭頌》，李邦直有《顏樂亭銘》，不具録。

# 送范景仁游洛中〔一〕

小人真闇事，閒退豈公難？道大吾何病？言深聽者寒。憂時雖早白〔二〕，駐世有還丹。得酒相逢樂，無心所遇安。去年行萬里，蜀路走千盤〔三〕。投老身彌健，登山意未闌。西游爲櫻筍，東道盡鵷鸞。杖屨攜兒去，園亭借客看。折花斑竹寺，弄水石樓灘〔四〕。鬻馬衰憐白，驚雷怯笑韓。蘇書標洞府，公自注：歐陽永叔嘗游嵩山。日暮，于絶壁上見苔蘚成文，云：神清之洞。明日復尋，不見。松蓋偃天壇〔五〕。試與劉夫子，重尋靖長官〔六〕。公自注：劉几云：曾見人嵩山幽絶處，眼光如猫，意其爲靖長官也。又，《送喬仝詩引》云：靖長官，唐末五代人，得道不死。

〔一〕范景仁：《東都事略》：「范鎮，字景仁，成都華陽人。舉進士。英宗朝，以學士出知陳州。神宗即位，復還翰林，知通進銀臺司。王安石改常平爲青苗法，鎮三上疏争之，不報。時年六十三，即上言：『臣言不行，無顔立於朝，請致仕。』上表謝曰：『臣雖乞身而去，敢忘憂國之心？望陛下集群議爲耳目，以除壅蔽之嫌；任老成爲腹心，以養和平之福。』天下聞而壯之。」本集《范蜀公墓志》云：「熙寧中，極論新法之害。安石大怒，自草制，極口詆公。落（職）翰林學士，致仕。」

〔二〕憂時早白：《墓志》又云：「仁宗即位三十五年，未有繼嗣。公上疏請擇宗室賢者，以繫天下心。聞者爲之股栗。〔章十九上〕，待罪百餘日，（章十九上）鬚髮爲白。」

〔三〕蜀路走千盤：《司馬温公詩話》：「范景仁年六十三致仕，一朝思鄉里，遂（輕）〔徑〕行入蜀。至成都，日與鄉人〔樂〕飲（樂），散財於親舊之貧者。遂游峨眉山、青城山，凡期歲，乃還京師。」

〔四〕石樓灘：《洛陽伽藍記》：「城東門曰建春門，門外有石樓。穀水周圍繞城，至建春門外，東入陽渠。」

〔五〕天壇：《太平寰宇記》：「天壇山在河南府澠池縣東北，（一名壇屋山。）高五百尺，四絶如壇。」

〔六〕靖長官：曾慥《集仙傳》云：「應靖不知何許人。唐僖宗時，爲登封令，既而棄官學道，遂仙去，隱其姓而以名顯，故世謂之靖長官。元祐中，劉几嘗遇於嵩高山中。」又，張師正《括異志》：「静長官，真定人，登明經第一。一旦棄妻子，游名山，數年不歸。洛下有靳襲者，于其家常設一榻，枕褥甚潔，云：『以待静長官。』静今隱嵩、少間，歲或一再至。』靳氏以神仙事之。」「靖」與「静」，未知孰是。

《烏臺詩案》：「熙寧十年二月三日，范鎮往西京，軾作詩送之。軾昨知密州，得替到關城外，借得范鎮園安泊。鎮，鄉里世舊也。其詩除無譏諷外，云『小人真闇事，閒退豈公難』。意以諷今時小人以小才而享大位，暗于事理，以進爲榮，以退爲辱。范鎮前爲侍郎，難進易退，小人不知也。又云：『言深聽者寒。』軾謂鎮舊日多論時事，其言深切，聽者爲恐。意言鎮當時所言，皆不便事也。九月三十日，在臺準問目，供出其詩，不係降到册子内。」

**附子由次韻：**

尋山非事役，行路不應難。洛浦花初滿，嵩高雪尚寒。平林抽凍筍，奇艷變山丹。節物朝朝好，肩輿步步安。酴醿釀臈酒，苜蓿薦朝盤。得意忘春晚，逢人語夜闌。歸休三黜柳，賦咏五噫鸞。鶴老身仍健，鴻飛世共看。雲移忽千里，世路脱重灘。西望應思蜀，東還定過韓。平川涉清潁，絶頂上封壇。出處看公意，令人欲棄官。

## 次韻景仁留别

公老我亦衰，相見恨不數。臨行一杯酒，此意重山嶽。歌詞白紵清，琴弄黄鐘濁。詩新眇難和，飲少僅可學。欲叅兵部選，有力誰如犖。且作東諸侯，山城雄鼓角。南游許過我，不憚千里邈。會當聞公來，倒屣髮一一作「三」握。

## 京師哭任遵聖〔一〕

十年不還鄉，兒女日夜長。豈惟催老大，漸復成凋喪。每聞耆舊亡，涕泫聲輒放。老任况奇逸，先子推輩行〔二〕。文章得少一作「小得」譽，詩語尤清壯。吏能復所長，談笑萬夫上。自喜作劇縣〔三〕，偏工破豪黨。奮髯走猾吏，嚼齒對姦將。哀哉命不偶，每以才得謗。竟使落窮山，青衫就黄壤。宦遊久不樂，江海永相望。退耕本就君，時節相勞餉。此懷今不遂，歸見纍纍葬。望哭國西門，落日銜千嶂。平生惟一子〔四〕，抱負珠在掌〔五〕。見之齠齓中，已有食牛量。他年如入洛，生死一相訪。惟有王濬冲，心知中散狀。

〔一〕任遵聖：名孜，注見前。

〔二〕先子推輩行：《東都事略》：「任孜以學問氣節雄鄉閭，名聲與蘇洵相上下。」

〔三〕劇縣：遵聖曾爲平原令，見本集《送任伋通判黄州》詩中。

〔四〕一子：《東都事略》：「任伯雨，字德翁。邃於經術，文力雄健。其父孜，字遵聖。」

〔五〕珠在掌：白居易詩：「掌珠一顆兒三歲。」

慎按：此詩施氏原本訛編密州卷中，今改正。

## 書韓幹牧馬圖〔一〕

南山之下，汧渭之間。想見開元天寶年，八坊分屯隘秦川〔二〕。四十萬匹如雲烟〔三〕，騅駓駰駱驪騮騵。白魚赤兔騂皇䮧胡安切，龍顱鳳頸獰《苕溪叢話》作「獢」且妍。奇姿逸德隱駑頑，碧眼胡兒手足鮮。歲時翦刷供帝閑，柘《苕溪叢話》作「赭」袍臨池侍三千。紅粧照日光流淵，樓下玉螭吐清寒。往來蹙踏生飛湍，衆工舐筆和朱鉛。先生曹霸弟子韓〔四〕，廄馬多肉尻空刀切脽音「誰」圓。肉中畫骨誇尤難，金羈玉勒繡羅鞍。鞭箠刻烙傷天全，不如此圖近自然。平沙細草荒芊綿，驚鴻脱兔争後先。王良挾策飛上天，何必俛首服短轅。

〔一〕韓幹牧馬圖：《名畫記》：「幹，大梁人。」《酉陽雜俎》云：「藍田人。」《唐朝名畫録》以爲京兆人。未詳孰是。《名畫録》：「幹，天寶中，召入供奉，能狀飛龍之質，圖噴玉之奇。開元後，外國名馬，重譯累至。明皇擇其良者，與中國之駿同頒畫寫之。陳閎貌之於前，韓幹繼之於後，寫渥洼之狀，若在水中。幹居神品矣。」

〔二〕分屯隘秦川：《元和郡縣志》：「秦城在隴州汧源縣東西二十五里。秦非子養馬汧、渭之間，周孝王封爲大夫。貞觀中，自京師東赤岸澤移馬牧於秦、渭二州之北，置監牧使，掌其事。南使在原州西南一百（六）〔八〕十里，西使在臨洮軍西二百二十里，北使寄理原州城内，東使寄理原州城外。天寶中，諸使共五十監，監牧地東西約六百里，南北約四百里。」

〔三〕四十萬匹：《名畫記》：「明皇好大馬，御厩至四十萬匹，遂有沛艾大馬，西域大（馬）〔宛，歲有來獻〕，骨力追風，毛彩照地，不可名狀，號木槶馬。」

〔四〕曹霸：《名畫記》：「曹霸，魏曹髦之後。天寶末，每詔畫御馬及功臣。」又云：「韓幹初師曹霸，其後遂獨自擅。」

《烏臺詩案》：「熙寧十年二月到京，三月初一日，王詵送到簡帖，約來日出城外四照亭中相見。次日，軾與詵相見，令姨嫿六七人斟酒下食，有倩奴問軾求曲子，遂作《洞仙歌》一首、《喜長春》一首與之。次日，王詵送《韓幹畫馬十二匹》，共六軸，求軾題跋。不合作詩云『王良挾策飛上天，何必俛首服短轅』，意以騏驥自比，譏諷執政大臣無能盡我之才，如王良之能御者，何必折節干求進取也。其詩即不係朝旨降到册子内。」

## 送魯元翰〔一〕少卿知衛州〔二〕

冗士無處著，寄身范公園〔三〕。桃李忽成陰，薺麥秀已繁。閉門春晝永，惟有黄蜂喧。誰人肯携酒，共醉榆柳村？髯卿獨何者，一月三到門。我不往拜之，髯來意彌敦。堂堂元老後〔四〕，亹亹仁人言。憶在錢塘歲，情好均弟昆。時于冰雪中，笑語作春温。欲飲徑相覓，夜開叢竹軒。搜尋到篋笥，鮓醢無復存。每愧烟火中，玉腕親炮燔。别來今幾何？相對如夢魂。告我當北渡，新詩侑清樽。坡陁太行麓〔五〕，洶湧黄河翻〔六〕。仕宦非不遇，王畿西北垣〔七〕。斯民如魚耳，見網則驚奔。皎皎千丈清，不如尺水渾。刑政雖首務，念當養其源。一聞襦袴音，盗賊安足論！

〔一〕魯元翰：《宋史·魯有開傳》：「自南康軍代還，出，通判杭州，知衛州。徙冀州，增河堤。時朝廷遣使河北，必遮道誦有開功狀，召爲膳部郎中。元祐中，歷知洺、滑二州，官至中大夫。」

〔二〕衛州：《元和郡縣志》：「河北道衛州汲郡，即殷牧野之地。漢爲汲縣，魏孝静帝於汲縣置義州，周武帝改爲衛州。」

〔三〕范公園：即景仁東園也。本集《與黎希聲尺牘》云：「向自密將赴河中，至陳橋，受命改差彭城，便欲赴任。以兒子娶婦，暫留城東景仁園中。」

〔四〕元老：《宋史》：「魯宗道，字貫之，亳州譙人。真宗朝爲右正言，直龍圖閣。仁宗立，拜諫議大夫、參知政事。在政府七年。卒，〔初〕謚剛簡〔，復改爲肅簡〕。」有開之從父也。用其蔭入官。

〔五〕太行麓：《名勝志》：衛輝府輝縣西北，與太行山連接。

〔六〕黄河：《元和郡縣志》：「黄河自新安縣界流入，經汲縣南，謂之棘津，亦謂之石津濟。」《太平寰宇記》：黄河自津鄉縣界流入，又自縣西南敦留村東南，流入胙城漢河堤北。

〔七〕王畿西北垣：《太平寰宇記》：「衛州東南至東京一百三十五里。」

## 次韻子由送蔣夔赴代州學官〔一〕

功利争先變法初〔二〕，典刑獨守老成餘。窮人未信詩能爾，倚市懸知繡不如。代北諸生漸狂簡，牀頭雜説爲爬梳。歸來問雁吾何敢？疾世王符解著書。

〔一〕代州學官：《九域志》：「河東路代州雁門郡，宋乾德元年爲上州，治雁門縣。」《宋史·職官志》：「慶曆四年，始詔軍、州、監各立學，置教授，訓導諸生，委運司及長吏於州縣幕職或本處舉人有德藝者充。熙寧中，始命於朝。」

〔二〕變法初：《宋史·王安石傳》：「〔訓〕釋(訓)《詩》、《書》、《周禮》，頒之，號曰《新義》。主司純用取士，士莫得自名一經，先儒傳注，一切廢不用。」

附子由原作：

憶遊太學十年初，猶見胡公豈弟餘。偏閲諸生非有道，最憐能賦似相如。青衫共笑方持板，白髮相看各滿梳。暫免百憂趨長吏，勉調三寸事新書。

## 宿州〔一〕次韻劉涇〔二〕

我欲歸休瑟漸希，舞雩何日著春衣？多情白髮三千丈，無用蒼皮四十圍。晚覺文章真小技，早知富貴有危機。爲君垂涕君知否〔三〕？千古華亭鶴自飛。公自注：涇之兄汴，亦有文，死矣。

〔一〕宿州：《元和郡縣志》：「徐州符離縣，元和四年，始置宿州。」《太平寰宇記》：「元和中，以徐州、符離之地，南臨汴河，有埇橋爲舳艫之會，襟帶梁、宋漕運。乃以符離、蘄縣、虹縣三邑立宿州。開寶元年，陞爲保静軍節度。北至徐州一百四十里。」

〔二〕劉涇：《東都事略》：「劉涇，字巨濟，簡州陽安人。第進士，王安石薦其才，除經義所檢討。久之，爲太學博士。罷知咸陽縣，常州教授，歷國子監丞，知處、虢、貞、坊四州。元符末，除職方郎中，卒。爲文務奇怪語，好進取，多爲人排斥。」晁公武《讀書志》：「《劉巨濟《前溪集》五卷，爲文頗奇怪。」○按《欒城集》，涇時爲宿州教授，而本傳云常州，未詳孰是。

〔三〕垂涕：本集《與劉巨濟書》云：「賢兄文格奇拔，不幸早世。見其手書舊文，不覺垂涕。」云云。詩中有「富貴危機」之語，又引「華亭鶴」，乃陸機臨刑事，若不得其死者？而他無可考。

附子由作：

此身雖復類潛夫，衰老無心强著書。道路不知奔走賤，交遊空怪往還疎。絃歌更就三年學，簿領惟添一味愚。他日相逢定何處？莫將文彩笑空虛。

## 和李邦直沂山祈雨有應〔一〕

高田生黄埃，下田生蒼耳。蒼耳亦已無，更問麥有幾？蛟龍睡足亦解慚，二麥枯時雨如洗。不知雨從何處來，但聞吕梁百步聲如雷〔二〕。試上城南望城北，際天菽粟《苕溪叢話》作「麥」青成堆。饑火燒腸作牛吼，不知待得秋成否？半年不雨坐龍慵，共《苕溪叢話》作「但」怨天公不怨龍。今朝一雨聊自贖《苕溪叢話》作「何足道」，龍神社鬼各言功。無功日盜太倉穀《苕溪叢話》作「粟」。嗟我與龍同此責。勸農使者不汝容〔三〕，因君作詩先自劾。

〔一〕沂山祈雨：《元和郡縣志》：「沂山在沂水縣北一百二十里。」《齊乘》云：「《周禮》：『青州，其山鎮曰沂山。』注云：『沂水所出，即公玉帶請漢武帝所封之東泰山也。』山半有東鎮東安王廟石刻神像，又云翁婆廟，即沂山之神，歷代封祀有典。」

〔二〕吕梁百步：徐州二洪也。注别見。

〔三〕勸農使者：時邦直爲京東提刑。按，《職官分紀》：「天禧〔二〕〔四〕年，改諸路提刑爲勸農使。」

《烏臺詩案》：「熙寧十年，軾知徐州日，六月内，李清臣因沂山禱雨有應，詩寄軾云云。軾作詩一首與清臣。除無譏諷外，不合言神龍慵懶不行雨，却使人心怨天公，以諷大臣不任職，不能燮理陰陽，却使人怨天子。以天公比天子，以神龍、社鬼比執政大臣及百職事。軾自言無功竊禄，與（龍）〔大臣〕無異。當時送與李清臣，來相謁，戲笑言：『承見示詩，只是勸農使者不管恁地事。』」

**附李邦直原作：**此詩從《苕溪漁隱叢話》采録。

南山高稜層，北山亦嶆崪。坐看兩山雲出没，雲行如驅歸若呼，始覺山中有靈物。鬱鬱其焚蘭，罩罩《苕溪叢話》作「覃覃」其擊鼓。祝屢祝《苕溪叢話》作「歌」，巫屢舞，我民無罪神所憐，一夜雷風三尺雨。嶺木兮蒼蒼，溪水兮泱泱，雲散諸峰互明滅。東阡西陌農事忙，廟閉山空音響絶。

**附子由和：**

宿雪雖盈尺，不救春夏旱。吁嗟徧野天不聞，歌舞通宵龍一戰。旋開雲霧布旌旗，復遣雷霆助舒卷。雨聲一夜洗塵埃，流入溝河朝不見。但見青青黍與禾，老農起舞行人歌。汙邪滿車尚可許，供輸到骨期無他。水行天地有常數，歲歲出入均無頗。半年分已厭枯槁，及秋更恐憂滂沱。誰能且共蛟龍語，時布甘澤無庸多。

## 徐州送交代仲達少卿〔一〕

此身無用且東來，賴有江山慰不才。舊尹未嫌衰廢久，清尊猶許再三開。滿城遺愛知誰繼，極目扁舟挽不回。歸去青雲還記否？交游勝絶古城隈。

〔一〕仲達：本集《題跋》云：「詩人戴仲達，嘗從歐陽文忠公游。」不知即其人否。

慎按：此詩施氏原本不載，《外集》編第五卷。題上有「徐州」二字，今據此，從《續補》下卷移編。

## 和孔密州五絶 即孔宗翰，注見前。

### 見邸家園留題

大旆傳聞載酒過，小詩未忍着礴磨。陽關三叠君須秘〔一〕，公自注：來詩有「渭城」之句。除却膠西不解歌。

〔一〕陽關三叠：「本集《雜記》云：舊聞《陽關三叠》，余在密州，有文勛長官者，自云得古《陽關》本，每句皆再唱，而第一句不叠，乃唐本『三叠』蓋如此。及在黄州，讀樂天詩，云：『相逢且莫推辭酒，聽唱陽關第四聲。』注云：『第四聲「勸君更盡一杯酒」。』以此驗之，若第一句叠，則此句爲第五聲矣。今爲第四聲，則第一句不叠，審矣！」《太平寰宇記》：「陽關在沙州壽昌縣西六〔十〕里，以居玉門關之南，故曰陽關。」本漢置，謂之南道，玉門關謂之北道，皆西域門户。程大昌《雍録》云：「唐世多事西域，故行役之極乎西境者，以出陽關爲言也。既渡渭以及渭城，則西北向而趣玉門、陽關，皆由此始。」

## 春步西園見寄

歲歲開園成故事〔一〕，年年行樂不辜春。今年太守尤難繼，慈愛聰明惠利人。

〔一〕開園：宋制，州守每歲二月開園，散父老酒食。

## 東欄梨花

梨花淡白柳深青，柳絮飛時花滿城。惆悵東欄二一本作「一」株雪，人生看得幾清明。

## 和流杯石上草書小詩〔一〕

蜂腰鶴膝嘲希逸，春蚓秋蛇病子雲。醉裏自書醒自笑，如今二絕更逢君。

〔一〕流杯：注見上卷。

## 堂後白牡丹

城西千葉豈不好，笑舞春風醉臉丹。何似後堂冰玉潔，遊蜂非意不相干。公自注：孔顗有聲妓，而客無見者。

## 和趙郎中見戲二首公自注：趙以徐妓不如東武，詩中見戲，云：「只有當時燕子樓。」

### 其　一

燕子人亡三百秋，捲簾那復似揚州。西行未必能勝此，空唱崔徽上白樓。

慎按：先生在密州，就差知河中府，未赴而改知徐州。蓋徐在密之東南，河中在密之東北，故前詩云「此身無用且東來」。此云「西行未必能勝此」，言向使赴河中，亦未必便勝徐州也。崔徽，河中娼妓。故借作解嘲語。

### 其　二

我擊藤牀君唱歌，明年六十奈君何。公自注：趙每醉歌畢，輒曰：明年六十矣。醉顛只要裝風景，莫向人前自洗磨。

## 次韻子由與顔長道〔一〕同遊百步洪〔二〕相地築亭種柳

平明坐衙不暖席，歸來閉閤閑終日。卧聞客至倒屣迎，兩眼蒙籠餘睡色。城東泗水步可到，路轉河洪飜雪白。安得青絲絡駿馬？蹙踏飛波柳陰下。奮身三丈兩蹄間，振鬣長鳴身自乾。少年狂興久已謝，但憶嘉陵繞劍關〔三〕。劍關大道車方軌，君自不去歸何難？山中故人應大笑，築室種柳何時還？

〔一〕顔長道：《宋史》：「顔復，字長道，魯人，顔子四十八世孫。父太初，以名儒爲國子監直講。嘉祐中，試中書第一，賜進士，爲校書郎。熙寧中，爲國子直講。坐王安石，罷。元祐初，起太常博士，累遷中書舍人，兼國子祭酒。以疾，改天章閣待制。卒，年五十七。子岐，門下侍郎。」

〔二〕百步洪：《名勝志》：「百步洪在徐州城東南二里，水中若有限石懸，下迅急，亂石激濤，凡數里。」

〔三〕劍關：《元和郡縣志》：劍關道，「其山峭壁千丈，下瞰絶壑，飛閣以通行旅。《太平寰宇記》：「（小劍城在利州益昌縣西南五十里）諸葛武侯於此立劍門，以大劍山至此（爲險隘）〔有益東〕之路也。〔小劍城在利州益昌縣西南五十里〕。」

**附子由原作：**《欒城集》題云「陪子瞻遊百步洪」。

城東泗水平如席，城頭遠山銜落日。輕舟鳴櫓自生風，渺渺江湖動顔色。中洲過盡石縱橫，南去清波頭盡白。岸邊怪石如牛馬，銜尾舳艫誰敢下。没人出没須臾間，却立沙頭手足乾。客舟一葉久未上，吴牛回首良間關。風波蕩潏未可觸，歸來何事嘗艱難。樓中吹笛暮烟起，出城騎火催君還。

**附舒堯文次韻：** 此篇從《烏臺詩案》采出。

先生何人堪並席？李郭相逢上舟日。殘霞明滅日脚沉，水面浮雲《苕溪叢話》作「光」天一色。磷磷石若鋏林兵，翻激奔衝精甲白。岸頭旂幟《苕溪叢話》作「旌旗」簇五馬，一櫓飛艎信天下。入夜寒生波浪間，汗衣始逐秋風乾。相忘河魚互出没，得性沙鳥鳴間關。委蛇二龍乃神物，游樂諸溪疑有誤字誠爲難。築亭種柳恐不暇，天下雷雨須公還。

《烏臺詩案》：「熙寧十年，知徐州日，觀百步洪，作詩一首，有本州教授舒焕，字堯文，和詩云云。上件詩，意無譏諷。」

## 次韻李邦直感舊

騶騎傳呼出跨坊〔一〕，簿書填委入充堂。誰教按部如何武〔二〕？只許清尊對孟光〔三〕。婉娩有時來入夢，温柔何日聽還鄉。酸寒病守尤堪笑，千步空餘僕射塲〔四〕。

〔一〕騶騎跨坊：《〔新〕唐書・鄭畋傳》：「故時宰相騶呵聯數坊，呵止行人。畋敕導者止百步。」

〔二〕按部：邦直時爲京東提刑，子由在徐與邦直唱和詩自注云：「時邦直將出巡青州。」故有「按部」之句。

〔三〕孟光：慎按，施氏原注前段殘脱不全，大約謂孫巨源有少女，東坡謂欲擇壻，無如邦直。巨源首肯，卒以歸之。故此詩有「清尊對孟光」之句。巨源女此時或已歸邦直矣。然考李清臣本傳，稱其自幼敏悟，韓琦以兄子妻之。則邦直元配爲韓，當是韓已殁，而巨源之女爲繼室耳。

〔四〕僕射埸：《太平寰宇記》：毬埸後圃在徐州城角，韓退之爲張僕射節度推官，屢以擊毬爲諫。

## 與梁先〔一〕舒煥〔二〕泛舟得臨釀字二首

### 其一

彭城古戰國〔三〕，孤客倦登臨。汴泗交流處〔四〕，清潭百丈深。故人輕千里，蠒足來相尋。何以娱嘉客，潭水洗君心。

〔一〕梁先：字吉老。見本集。

〔二〕舒煥：字堯文，時爲徐州教授。見《烏臺詩案》。

〔三〕彭城古戰國：《水經注》：「彭城，殷大夫老彭之國也。於春秋爲宋地。（《成十八年》）楚伐宋，并之，以封魚石。崔季珪《述初賦》：『報黄公於邳圯，勒魚石於彭城。』即是（處）〔縣〕矣。」本集《上神宗書》曰：「徐州爲南北之襟要，而京東諸郡安危所寄也。其地三面被山，獨其西平川數百里，西走梁、宋。其城三面阻水，以汴、泗爲池。漢高祖，沛人也。項羽，宿遷人也。劉裕，彭城人也。朱全忠，碭山人也。皆在今州數百里間耳。」《名勝志》：「秦始置彭城縣，屬泗水郡。漢高祖改泗水爲沛郡，又分沛郡立楚國，後因置徐州。」

〔四〕汴泗交流：《水經注》：「泗水又南，淮水入焉，經彭城縣故城。」《名勝志》：「泗水源出山東泗水縣，南流過沛縣，至徐州東北，合汴水，循城東南達淮。汴水自河南浚儀縣界東流，過蕭縣，至州城東北，與泗水合。二水匯而爲潭，極深，有龍居之。」

其　二

老守厭簿書，先生罷函丈。風流魏晉間，談笑羲皇上。河洪一作「洪河」忽已過，水色緑可釀。君無輕此樂，此樂清且放。

## 次韻答邦直子由五首

其　一

簿書顛倒夢魂間，知我疎慵肯見原。閒作閉門僧舍冷，卧聞吹枕海濤喧。忘懷杯酒逢人共，引睡文書信手翻。欲吐狂言喙三尺，怕君嗔我却須吞。公自注：邦直屢以此見戒。

其　二

城南短李好交遊，箕踞狂歌不《苕溪叢話》作「總」自由。尊主庇民君有道，樂天知命我無憂。

醉呼妙舞留連夜，公自注：邦直家中舞者甚妙。閒作清詩斷送秋。瀟洒使君殊不俗，尊前容我攬鬚不？以上二首，邦直原韻。

**附李邦直原作一首：** 邦直原唱應有二首，今從《烏臺詩案》、《苕溪叢話》采得一首。

東來嘗恨《苕溪叢話》作「嘆」少朋游，得遇高人蘇子由。已誓不言天下事，相看俱遣世間憂。新詩定及三千首，囊别幾成二十秋。南省都臺風雪夜，問君還記劇談不？

**附子由二首：** 《欒城集》原題云「李邦直見邀終日對卧南城亭上」。

一徑陂陁草木間，孤亭勝絶俯川原。青天圖畫四山合，白晝雷霆百步喧。烟柳蕭條漁市遠，汀洲蒼莽白鷗翻。客舟何事來匆草，逆上波濤吐復吞。

東來無事得遨遊，奉使清閒亦自由。撥棄簿書成一飽，留連語笑失千憂。舊書半卷都如夢，清簟横眠似欲秋。聞説歸朝今不久，塵埃還有此亭不？

其　三

老弟東來殊寂寞，故人留飲慰酸寒。草荒城角開新徑〔一〕，雨入河洪失舊灘。車馬追陪迹未掃，唱酬往復字應漫。此詩更欲憑君改，待與江南子布看。

〔一〕城角：《水經注》：「淮泗之會，即城角也。」

其　四

君雖爲我此遲留，别後凄凉我已憂。不見便同千里遠，退歸終作十年游。恨無楊子一區宅，懶卧元龍百尺樓。聞道鵷鸞滿臺閣，網羅應不到沙鷗。以上二首，子由原韻。

**附子由原作一首：**缺一首。

真能一醉逃煩暑，定勝三盃禦臘寒。自有詩書供永日，莫將絲竹亂風灘。舞雩何處歸春暮，叩角誰人怨夜漫。聞道丹砂近有術，錙銖稱火共君看。

慎按：《欒城集·次韻邦直見答》共二首，其第二章，即「五斗塵勞尚足留」也。《烏臺詩案》、胡仔《苕溪漁隱叢話》、吴曾《能改齋漫録》載此詩，俱係東坡作，子由當别有「鷗」字韻一首，而今已逸。編集者訛以坡詩充數，不可不辨。

**附李邦直一首：**邦直詩亦應有二首，今從《烏臺詩案》采得一首。

匙飯盤蔬强少留，相逢何物可消憂。緣君未得酒中趣，與我漫爲方外遊。草亂不容移馬跡，山雄全欲逼城樓。濟時異日須公等，莫狎翩翩海上鷗。

其　五

五斗《烏臺詩案》作「五十」塵勞尚足留，閉關《能改齋漫録》作「門」却欲治幽憂。羞爲毛遂囊中穎，未許朱雲施氏補注本作「龍逢」者，訛地下遊。無事會須成好飲，思歸時欲賦登樓。羨君幕府如僧舍，日向城南《能改齋漫録》作「西」看浴鷗。

《烏臺詩案》：「與李清臣干涉事：清臣答弟轍二首，於詩後批云：可求子瞻和其詩，云『匙飯盤蔬强少留』云云。軾卻作二首和清臣，其内一首云：『五十塵勞尚足留』，云云。朱雲，漢成帝時乞斬張禹，成帝欲誅之。雲曰：『臣得從龍逢、比干游，足矣。』龍逢，夏桀臣；比干，商紂臣，皆由諫而死。軾爲屢言新法不便，不蒙施行，以朱雲自比。意至明之世，無誅戮之事。故言軾未許與朱雲地下游。王粲是魏武時人，因天下亂離，故粲在荆州依托，作《登樓賦》，賦中有懷鄉思歸之意。軾爲屢言新法不便，不蒙施行，有罷官懷鄉之意，亦欲作此賦也。軾又用韻與李清臣六首，内一首云：『城南短李好交游』，云云。清臣再次元韻，有一首云『東來常恨少朋游』云云。」

慎按：《烏臺詩案》，先生與邦直、子由唱和原有八首，諸刻本止存四首，施氏補注采入「五斗塵勞尚足留」一首，止有前四句。今從《能改齋漫録》抄補，僅足五首之數，尚逸其三。又按，第五首亦見《欒城集》中，考《詩案》，確是坡作，并爲辨正。

**再附子由次韻四首：**

城頭棟宇恰三間，楚望凄涼弔屈原。雨洗山川百里净，風吹笑語一城喧。鄉書莫問經時絶，歲事初驚片葉翻。南近清淮鱸鱖好，釣筒時問有潛吞。

謬將疎野託交遊，平日論心亦有由。科第聯翩叨舊契，利名疎闊少新憂。清談已覺忘朱夏，濁酒先防虐素秋。多病無聊惟有睡，頻頻詩句未嫌不？

野鶴應疑鳧雁苦，夏蟲未慣雪霜寒。隱居顔氏終安巷，垂釣嚴生自有灘。破宅不歸塵可掃，下田初種水應漫。退耕尚作悠悠語，拙宦猶須步步看。

欲作彭城數月留，谿山勸我暫忘憂。城頭準擬中秋望，臺上遷延九日遊。嵐氣雨餘侵近郭，江聲風送隱危樓。汀洲聚散知誰怪？且學漂浮水上鷗。

## 司馬君實〔一〕獨樂園〔二〕

青山在屋上，流水在屋下。中有五畝園〔三〕，花竹秀而野。花香襲杖屨，竹色侵杯斝。樽酒樂餘春，棋局消長夏。洛陽古多士，風俗猶爾雅。先生卧不出，冠蓋傾洛社〔四〕。雖云與衆樂，中有獨樂者。才全德不形，所貴知我寡。先生獨何事？四海《烏臺詩案》作「方」望陶冶。兒童誦君實，走卒知司馬。持此欲安歸，造物不我捨。名聲逐吾輩，此病天所赭。撫掌笑先生，年來效喑啞〔五〕。

〔一〕司馬君實：施氏原注，新刻刪去，今補録：「司馬文正公，字君實。其先河内人，後家陝州夏縣涑水鄉。中進士甲科。仁宗擢知諫院，始發大議，乞立宗子爲後。韓忠獻因其言，遂定大計。事英宗、神宗，爲翰林學士、御史中丞。王介甫爲相，始行新法。首言其害，以身争之。當時士大夫不附介甫者，皆倚以爲重。拜樞密副使，以言不行，不受命。除端明學士，出知永興軍。力乞歸，以爲留司御史臺、提舉崇福宫。閑居十五年，自號迂叟。及《資治通鑑》成，加資政殿學士。哲宗即位，宣仁簾聽，入臨京師。民擁其馬，至不得行。遮道呼曰：『公無歸洛，留相天子，活百姓。』衛士見公，皆以手加額。遂起爲門下侍郎，拜左僕射。爲政一年，疾病半之，而設施措注，凜凜乎向至治矣。元祐元年，薨于位，贈太師，温國公。」

〔二〕獨樂園：李格非《洛陽名園記》：「獨樂園極卑小，不可與他園班。其曰讀書堂者，數椽屋，澆花亭〔益小〕，弄水種竹軒尤小。公自爲記。」《元城語録》：「温公居洛，於國子監之側得故營地，創獨樂園，自傷不得與衆同也。以當時君子自比伊、周、孔、孟，公乃以種竹、澆花等事，自比於唐、晉間人，以救其敝。」公自撰《獨樂園記》，略云：「熙寧四年，迂叟始家洛。六年，買地二十畝於尊賢坊北，闢以爲園。中有堂曰讀書堂，堂北爲沼，沼有廬曰釣魚庵。沼北曰種竹齋，沼東曰采藥圃，圃南爲六欄，欄北曰澆花亭。又于園中築臺作屋，曰見山臺，合而命之，曰獨樂園。」

〔三〕五畝：白居易《池上篇》：「十畝之宅，五畝之園。」

〔四〕洛社：《唐詩紀事》：白居易以刑部侍郎致仕，居洛，愛香山之勝，與僧如滿結社於此。

〔五〕喑啞：《東都事略》：「神宗欲用光，光不可，出知永興軍。移許州，不赴。遂判西京留司御史臺以歸。自是絶口不復論時事。」

慎按：《烏臺詩案》：「司馬君實在西京葺一園，名獨樂，作詩記之云云。此詩言四海望光執政，陶冶天下，以譏見任執政，不得其人。又言兒童走卒，皆知其姓名，終當進取。緣光嘗言新法不便。既言終當用光，亦是譏新法不便，終當用光（改變此法也）。（又言）光却喑啞不言，意望光依前（上言）攻擊（新法也）。」

## 送顔復〔一〕兼寄王鞏〔二〕

彭城居官冷如水，誰從我遊顔氏子。我衰且病君亦窮，衰窮相守正其理。胡爲一朝捨我去，輕衫觸熱行千里。問君無乃求之與，答我不然聊爾耳。京師萬事日日新，故人如故今有幾。君知牛行相君宅〔三〕，扣門但覓王居士。清詩草聖俱入妙，別後寄我書連紙。苦恨相思不相見，約我重陽嗅霜蕊。君歸可喚與俱來，未應指目妨進擬。太一老仙閒不出〔四〕，公自注：張安道爲中太一宮使。鞏，即安道壻也。踵門問道今時矣。因行過我路幾何？願君推挽加鞭箠。吾儕一醉豈易得，買羊釀一作「酤」酒從今始。

〔一〕顔復：字長道，彭城人。

〔二〕王鞏：《宋史》：「王鞏，懿敏公素（之）子。長於詩，從蘇軾游。軾守徐，鞏往訪之。軾得罪，鞏亦竄賓州。數歲得還，豪氣不少挫。後歷宗正丞，以跌宕傲世，故終不顯。」〇補録施氏原注：「王定國鞏，居京城牛行街，而張安道居南京。定國與東坡約，先過安道，而以重陽謁公於徐。

故屬長道拉與俱來。然定國至南京，竟以事不至，有詩送梁父寄坡。坡和答有『花枝不共秋欹帽，筆陣空來夜斫營』之句。後一歲，始赴重陽之約，有《九日次韻王鞏》等詩。」

〔三〕牛行：《東京夢華録》：「潘樓東街巷，出舊曹門，朱家橋瓦子。下橋，人煙市井，不下州南，以東牛行街，一直抵新城。」

〔四〕太一老仙：《容齋三筆》：「熙寧六年，司天中官正周琮言：『據《太一經》推筭，熙寧七年甲寅歲，太一陽九百六之數，至是年復元之初。故《經》言太歲有陽九之災。太一有百六之厄，皆在入元之終，或復元之始。當癸丑、甲寅，爲災厄之會，而得五福太一，移入中都，可以消災爲祥。竊詳五福太一，自雍熙甲申入東南巽宫，故修東太一宫於蘇村。天聖己巳入西南坤位，故修西太一宫於八角鎮。望詳稽故事，崇建宫宇。』〔詔度地〕於集禧觀之東，爲中太一宫。」按，《張文定墓志》：「公性與道合，得佛、老之妙。熙寧中請老，拜東太一宫使，就第。」公自注以爲中太一宫使，未詳孰是。

**附子由作：**《欒城集》題云「送顔復赴闕」。

簞瓢未改安貧性，臯繹猶傳直道餘。不見失官愁戚戚，但聞高卧起徐徐。居中舊厭軍容講，補外仍遭城旦書。此去將身置何許？秋風未免憶鱸魚。

## 蝎虎

黄雞啄蝎如啄黍〔一〕，窗間守宫稱蝎虎。闇中繳尾伺飛蟲，巧捷功夫在腰膂。跂跂脈脈善緣壁，陋質從來誰比數。今年歲旱號蜥蜴，狂走兒童鬧歌舞。能銜渠水作冰雹，便向蛟龍覓雲雨。守宫努力搏蒼蠅，明年歲旱當求汝。

〔一〕啄黍：李白詩：「黄雞啄黍秋正肥。」

子由將赴南都與余會宿于逍遥堂作兩絶句讀之殆不可爲懷因和其詩以自解余觀子由自少曠達天資近道又得至人養生長年之訣而余亦竊聞其一二以爲今者宦游相别之日淺而異時退休相從之日長既以自解且以慰子由云〔一〕

其一

别期漸近不堪聞，風雨蕭蕭已斷魂。猶勝相逢不相識，形容變盡語音存。

〔一〕南都：歸德府，宋爲南京。按，《潁濱遺老傳》：「熙寧中，張文定知睢陽，以學官見辟，從之。三年，授齊州掌書記。後二年，改著作佐郎，復從文定簽書南京判官。」今將赴南都，正簽書判官時也。

其二

但令朱雀長金花，此別還同一轉車。五百年間誰復在？會看銅狄兩咨嗟。

**附子由原作二首。**序長不具録。

逍遥堂後千尋木，長送中宵風雨聲。誤喜對牀尋舊約，不知漂泊在彭城。

秋來東閣涼如水，客去山公醉似泥。困卧北窗呼不起，風吹松竹雨凄凄。

## 留題石經院三首〔一〕

其一

蔥蒨門前路，行穿翠密中。却來堂上看，巖谷意無窮。

〔一〕石經院：在臺頭寺中，見本集《種松詩》公自注。

其二

夭矯庭中檜，枯枝鵲踏消。瘦皮纏鶴骨，高頂轉龍腰。

其三

窈窕山頭井〔一〕，潛通伏澗清。欲知深幾許，聽放一作「轉」轆轤聲。

〔一〕山頭井：《名勝志》：「（雲龍山頂有）石佛井（在雲龍山頂），雲氣出其中，去地可七百餘尺。」

**附子由次韻三首：**

岧嶢山上寺，近在古城中。苦恨河流遠，長教目力窮。

盤曲山前路，流年向此消。興亡須一弔，范老卧山腰。

孤絶山南寺，僧居無限清。不知行道處，空聽暮鐘聲。

慎按：本集《雜記》云：熙寧十年八月四日，與子由同來，留小詩三首，子由和云云。《欒城集》失載，今采録。

## 過雲龍山〔一〕人張天驥〔二〕

郊原雨初足，風日清且好。病守亦欣然，肩輿白門道。荒田咽蛩蚓，邨巷懸梨棗。下有幽人居，閉門空雀噪。西風高正厲，落葉紛可掃。孤童臥斜日，病馬放秋草。墟里通有無，垣墻任摧倒。君家本冠蓋，絲竹鬧隣保。脱身聲利中，道德自濯澡。躬耕抱羸疾，奉養百歲老。詩書膏吻頰，菽水媚翁媼〔三〕。饑寒天隨子，杞菊自擷芼。慈孝董邵南，雞狗相乳抱。吾生如寄耳，歸計失不蚤。故山豈敢忘？但恐迫華皓。從君好一作「學」種秫，斗酒時自一作「相」勞。

〔一〕雲龍山：《名勝志》：「雲龍山在徐州城西二里，山出雲氣，蜿蜒如龍，故名。」

〔二〕張天驥：字聖塗。見《賀方回集》及本集《七寶寺題名》。

〔三〕翁媼：天驥父，字希甫。母，李氏。本集《題張希甫墓志後》云：「余爲徐州，始識張希甫父子。元年之冬，李夫人病没，徐人多言其賢。天驥出其母手書數十紙，記浮屠、道家，筆迹不類婦人。是時，希甫年七十餘，辟穀導引，飲水百餘日，甚瘠而不衰，目瞳子炯然。余不忍天驥之憂懼，乃告之：『願以時飲食，慰子孫之意。』希甫强爲余食，然無復在世意。後二年没。知其夫婦皆超然世外者矣。」

**附子由作：**

南山暮將歸，下訪張夫子。黍稷滿秋風，蓬麻翳鄰里。君年三十八，三十有歸意。躬耕奉慈親，未覺耰耡鄙。讀書北窗竹，釀酒南園水。松菊半成陰，日有幽居喜。客來時借問，問子何年起？新求西溪石，更築茆堂阯。但令三歲熟，此計行亦遂。堂成不出門，清名滿朝市。

## 贈王仲素寺丞公自注：名景純。

養氣如養兒，棄官如棄泥。人皆笑子一作「予」拙，事定竟誰迷？歸耕獨患貧，問子一作「予」何所齎。尺宅足自庇，寸田有餘畦。明珠照短褐，陋室生虹霓。雖無孔方兄，顧有法喜妻。彈琴一長嘯，不答阮與嵇。曹南劉夫子，名與子政齊。家有《鴻寶書》，不鑄金褭蹄。促膝問道要，遂蒙分刀圭。不忍獨不死，尺書肯見梯。我生本强鄙，少以氣自擠。孤舟倒江河，赤手攬象犀。年來稍自笑，留氣暖下臍。苦恨聞道晚，意象颯已凄。空見孫思邈，區區賦病梨。

慎按：本詩乃王仲素致仕將歸時贈行作也。施注新刻本又有《贈仲素致仕歸潛山》七言古詩一首。施氏原本所無，乃子由作也。故編入「他集互見」卷中。

## 陽關曲一作「詞」三首

### 贈張繼愿

受降城下紫髯郎〔一〕，戲馬臺前古戰場〔二〕。恨君不取契丹首，金甲牙旗歸故鄉。

〔一〕受降城：《舊唐書》：「神龍三年，張仁愿於河北築三受降城，首尾相應。以拂雲祠爲中城，與東、西兩城相去各四百餘里。北拓三百餘里，置烽堠一千八百所。自是，突厥不敢度山放牧。」《元和郡縣志》：「東受降城，漢雲中郡地，在榆林縣東北八里。中受降城，本漢五原郡地，今爲天德軍。西受降城，在豐州西北八十里，蓋漢朔方郡地。」○按，築城年月，《元和志》以爲景雲三年者，訛也，當從《舊唐書》。

〔二〕戲馬臺：《太平寰宇記》：「戲馬臺在徐州城南（一）〔三〕里。」本集《上神宗書》曰：「彭城三面阻水，獨其南可通車馬，而戲馬臺在焉。其高十仞，廣袤百步。若用武之世，屯千人其上，凡戰守之具，與城相表裏，雖用十萬人，未易取也。」

## 答李公擇

濟南春好雪初晴，行到龍山馬足輕〔一〕。使君莫忘霅溪女，時作陽關腸斷聲。

〔一〕龍山：濟南有龍山鎮，見《外紀》。

## 中秋月

暮雲收盡溢清寒，銀漢無聲轉玉盤。此生此夜不長好，明月明年何處看。

慎按：《詩話總龜》謂東坡作彭城守時，過齊州李公擇。中秋席上作絶句，「暮雲收盡溢清寒」云云。其後，山谷在黔南以《小秦王》歌之云云。此詩與前一首似是同時作。以愚考之，先生過濟南，在本年正月，有詩載卷首。四月赴徐州，未嘗在齊州過中秋也。按，《玉局文》及《風月堂詩話》云：「東坡中秋詩，紹聖元年自題其後，云：『予十八年前，中秋與子由觀月彭城時作此詩，以《陽關》歌之。』」此段正與詩合。其在李公擇席上所賦，即前篇答李公擇者是也。《詩話總龜》混兩詩爲一時事，訛也。

## 和孔周翰二絶

### 再觀邸園留題

小園香霧曉蒙籠，醉守一作「手」狂詞未必工。魯叟録詩應有取，曲收彤管《邶》、《鄘風》。

### 觀净觀堂效韋蘇州詩

弱羽巢林在一枝，幽人蝸舍兩相宜。樂天長短三千首，却愛韋郎五字詩。

## 答任師中家漢公〔一〕

先君昔未仕，杜門皇祐初。道德無貧賤，風采照鄉閭。何嘗疎小人，小人自闊疎。出門無所詣，老史在郊墟〔二〕。門前萬竿竹，堂上四庫書。高樹紅消梨，小池白芙蕖。常呼赤脚婢，雨中擷園蔬。矯矯任夫子，罷官還舊廬。是時里中兒，始識長者車。烹雞酌白酒，相對歡有餘。有如龐德公，往還葛與徐。妻子走堂下，主人竟誰歟？我時年尚幼，作賦慕相如。侍立看君談，精悍寔起予。歲月曾幾何，耆老逝不居。史侯最先殁，孤墳拱桑樗。我亦涉萬里，清血滿襟袪。漂流二十年，始悟萬緣虚。獨喜任夫子，老佩刺史魚〔三〕。威行烏白蠻〔四〕，解辮請冠裾。方當入奏事，清廟陳璠璵。胡爲厭軒冕？歸意不少紓。上蔡有良田，黄沙走清渠。罷亞百頃稻，雍容十年儲。閒隨李丞相，搏射鹿與猪。蒼鷹十斤重，猛犬如黄驢。豈比陶淵明，窮苦自把耡。我今四十二，衰髮不滿梳。彭城古名郡，乏人偶見除。頭顱已可知，幾何不樵漁。會當相從去，芒鞋老菑畬。念子瘴江邊，懷抱向誰攄。賴我同年友，相歡出同輿。冰盤薦文鮪，公自注：鮪，鮥也。戎瀘有之。玉斝傾浮蛆。醉中忽思我，清詩綴瓊琚。知我少所一作「詠」諧，教我時卷舒。世事日反覆，翩如風中旟。雀羅弔廷尉，秋扇悲婕妤。升沉一何速？喜怒紛衆狙。作詩謝二子，我師甯與蘧。

〔一〕家漢公：失考。

〔二〕老史：本集《雜記》云：「先友史經臣，字彦輔，眉山人，與先君同舉制策。篤於節義，博學能文。竟不仕，年六十卒。無子。」又，老蘇公集中有《祭史彦輔文》。彦輔之殁，在坡公丁成國太夫人憂時。

〔三〕佩刺史魚：《淮海集・任師中墓表》云：「元豐中，公知瀘州。使者誣奏：公西南乞第過江安時，不時掩擊，疑有私謁。乃先下章於他郡各窮竟，所考未具，而公卒。」以先生詩按之，師中時當從瀘州罷歸，居新息。與《墓表》不合，或已去官，而使者追論前事耳。

〔四〕烏白蠻：《蜀鑑・西南夷考》：「自曲州、靖州西南距龍利城，通謂之西爨白蠻。自彌鹿、升麻二川，南至步頭，通謂之東爨烏蠻。延袤二千餘里。」《唐會要》：「東謝在黔州之西數百里，北至白蠻。」《梁益州記》：「巂州巂山，地接諸蠻部，有烏蠻、秋蠻。」施氏補注引《梁益州記》，改「秋蠻」爲「白蠻」，以就詩句，今駁正。

## 初別子由

我少知子由，天資和而清。好學老益堅，表裏漸融明。豈獨爲吾弟，要是賢友生。不見六七年〔一〕，微言誰與賡。常恐坦率性，放縱不自程。會合亦何事，無言對空枰。使人之意消，不善無由萌。森然有六女，包裹布與荆。無憂賴賢婦〔二〕，藜藿等大烹。使子得行意，青衫陋公卿。明日無晨炊，倒牀作雷鳴。秋眠我東閣，夜聽風雨聲。懸知不久別，妙理難一作「重」細評。昨日忽出門，孤舟轉西城。歸來北堂上，古屋空峥嶸。退食悮相從，入門中自驚。南都信繁會，人事水火争。念當閉閤坐，頽然寄聾盲。妻子亦細事，文章固虚名。

會須掃白髮，不復用黃精。

〔一〕不見六七年：子由《會宿逍遥堂詩序》云：「子瞻通守杭州，復移守膠西，而輒留滯睢陽、濟南，不見者(六)七年。」

〔二〕賢婦：子由夫人史氏。

**附子由次韻：**

衮衮河渭濁，皎皎江漢清。源流既自異，美惡終未明。嗟我頑頓質，乃與公並生。出處每自托，謳吟輒嘗賡。譬如病足馬，共此千里程。勝負坐已決，豈待終一枰。憶公年少時，濯濯吐新萌。堅姿暎松柏，直節凌榛荆。學成志益厲，秋霜落春榮。淡然養浩氣，脱屣遺齊卿。百煉竟不變，三年終未鳴。區區兩郡守，籍籍四海聲。年來效瘖默，世事慵譏評。不見室家好，悦如揖重城。別離長塵垢，歲月何峥嶸？彭門偶會合，白髮互相驚。受教恐不足，吐論那復争。疾雷發聾聵，清月照昏盲。篤愛未忍棄，浪云舊齊名。更請問郭許，題品要當精。

## 次韻吕梁〔一〕仲屯田〔二〕

雨葉風花日夜稀，一杯相屬竟何時。空虚豈敢酬瓊玉？枯朽猶能出菌芝。門外吕梁從迅急，胸中雲夢自逶遲。待君筆力追靈運，莫忘南臺九日期。

〔一〕吕梁：《水經》：「泗水(南)〔東〕，過沛縣東。又東，逕山陽郡；又東南，過彭城縣東北；又東南，過吕縣南。」注云：「吕，宋邑也。縣對泗水，上有石梁焉。懸濤淵漭，寔爲泗險。」《元和郡縣志》：「吕梁在彭城東南五十七里，蓋泗水至吕縣，積石爲梁也。」

〔三〕屯田：《職官分紀》：「工部所屬，有屯田郎中、員外郎。」

王鞏屢約重九見訪既而不至以詩送將官梁交且見寄次韻答之交頗文雅不類武人家有侍者甚慧麗〔一〕

知君月下見傾城，破恨懸知酒有兵。老守亡何惟日飲，將軍競病自詩鳴。花枝不共秋欹帽，筆陣空來夜斫營。愛惜微官將底用？他年只好寫銘旌。

〔一〕將官：《職官分紀》：「國朝自河北通（好）〔和〕，特分將領置官於（河北）〔陝西〕、河東、京東等處，以統領所部兵，謂之將官。」○梁交：字仲通。見《欒城集》。

臺頭寺〔一〕雨中送李邦直赴史館分韻得憶字人字兼寄孫巨源二首〔二〕

其一

霜林日夜西風急，老送君歸百憂集。清歌窈眇入行雲，雲爲不行天爲泣。紅葉黄花秋正亂，白魚紫蟹君須憶。凴君説向髯將軍，衰病相逢應不識。

〔一〕臺頭寺：《太平寰宇記》：「戲馬臺在彭城縣南三里。宋于其上置寺。」曰臺頭寺。

〔二〕史館：《宋史·職官志》：國初有三館，曰昭文館、史館、集賢院，皆仍前代之制。太宗賜名崇文院，端拱中，於崇文院中堂建秘閣，置直閣校理等員。凡直三館及秘閣，與集賢修撰、史館修撰、直龍圖閣，皆爲高等。次曰集賢校理、秘閣校理。卑者曰館閣校勘、史館檢討。均謂之館職。

## 其　二

珥《苕溪叢話》作「班」，非筆西歸〔一〕近紫宸〔二〕，太平典册不緣麟。付君此事寧論晉《烏臺詩案》作「全書漢」，載我當時舊《過秦》。門外想無千斛米，墓中知有百年人。看君兩一作「雙」眼明如鏡，休把《春秋》坐素臣。

〔一〕珥筆西歸：《漢書·趙充國傳》：「張安世本持橐簪筆。」注云：「謂備顧問。」《東都事略》：「清臣以歐陽脩薦，召試，擢集賢校理，尋爲京東提點刑獄，召充國史院編修官，修起居注，知制誥。」

〔二〕紫宸：《長安志》：「唐龍朔三年，造宣政、紫宸、蓬萊三殿。」《宋史·禮志》：「常朝之儀，以宣政爲前殿，紫宸爲便殿。宋制，帝日御垂拱殿，宰相一人押班，五日起居，則於崇德殿或長春殿，中書門下爲班首，(崇德即紫宸)〔長春即垂拱〕也。元豐官制行，始詔百司朝官以上，每五日一朝紫宸，京朝官以上，朔望一朝紫宸。」

《烏臺詩案》：「熙寧十年九月内，李清臣差修國史，軾作詩送清臣，云：『付君此事全書漢，載我當時舊《過秦》。』軾於仁宗朝曾進論二十五篇，皆論往古得失。賈誼，漢文帝時人，追論秦之得失，作《過秦論》，史記載之。軾妄以賈誼自比，意欲李清臣於國史中載所進論，故將詩與清臣。即不係朝旨降到册子内。」按，施氏原注：「熙寧十年八月，邦直除國史院編修官，十二月，東坡於臺頭寺送之。時孫巨源爲知制誥。」《詩案》謂邦直赴史館在是年九月，且此詩既編重九前，當從《詩案》作九月爲是。

## 代書答梁先

此身與世真悠悠，蒼顔華髮誰汝留。强名太守古徐州，忘歸不如楚沐猴。魯人豈獨不知邱，蹸藉夫子無罪尤。異哉梁子清而脩，不遠千里從我遊。瞭然正色懸雙眸，世之所馳子獨不。一經通明傳節侯，小楷精絶規摹歐。公自注：梁生學歐陽公書。我衰廢學嬾且媮，畏見問事賈長頭。别來紅葉黄花秋，夜夢見之起坐愁。遺我駮石盆與甌，黑質白章聲琳球。謂言山石生澗溝，追琢尚可王公羞。感子佳意能無酬？反將木瓜報珍投。學如富賈一作

「貴」在博收，仰取俯拾無遺籌。道大如天不可求，修其可見致其幽。願子篤寔慎勿浮，發憤忘食樂忘憂。

## 九日邀仲屯田爲大水所阻以詩見寄次其韻

無復龍山對孟嘉，西來河伯意雄夸〔一〕。霜風可使吹黄帽，公自注：舟人黄帽，土勝水也。樽酒那能泛浪花。漫遣鯉魚傳尺素，却將燕石報瓊華。何時得見悲秋老，醉裏題詩字半斜。

〔一〕河伯：《侯鯖録》：「馮夷，華陰潼津鄉隄畔人也。服八石，得水仙，是爲河泊。」

## 送楊奉禮〔一〕

譜牒推關右，風流出靖恭〔二〕。時情任險陂，家法故雍容。南去河千頃，公自注：大水中別。餘惟酒一鍾。更誰哀老子，令得放疎慵。

〔一〕奉禮：《職官分紀》：「太常寺官屬，有奉禮郎。」

〔二〕靖恭：白居易詩：「惟憶靖恭楊閣老。」《小學紺珠》：「唐楊凴，居履道坊；於陵，居新昌坊；汝士，居靖恭坊，(世)〔時〕稱三楊。」《海録碎事》：「汝士父子，並爲公卿，居靖恭里，號靖恭楊家。」施氏補注引《小雅》「靖恭爾位」作注者，訛。

愼按：此詩施氏原本不載，新刻載《續補》下卷，今依《外集》移入徐州卷中。

## 河　復并引

熙寧十年秋，河決澶淵。注鉅野〔一〕，入淮泗，自澶、魏以北〔二〕，皆絶流而濟。楚大被其害，彭門城下水二丈八尺，七十餘日不退。吏民疲于守禦。十月十三日，澶州大風終日。既止，而河流一枝，已復故道，聞之喜甚，庶幾可塞乎？乃作《河復》詩，歌之道路，以致民願而迎神休，蓋守土者之志也。

君不見西漢元光、元封間，河決瓠子二十年〔三〕。鉅野東傾淮泗滿〔四〕，楚人恣食黄河鱣。萬里沙回封禪罷〔五〕，初遣越巫沉白馬。河公未許人力窮，薪芻萬計隨流下。吾君盛德一作「仁聖」如唐一作「帝」堯，百神受職河神驕〔六〕。帝遣風師下約束，北流夜起澶州橋。東風吹凍收微渌，神功不用淇園竹。楚人種麥滿河淤，仰看浮槎棲古木。

〔一〕鉅野：《水經注》：「黄水又東逕鉅野縣北。何承天曰：『鉅野廣大，南通洙、泗，北連清、濟。』」《困學紀聞》：「濟州鉅野縣東北，有大野澤，即鉅野也。《名勝志》：「黄河有南、北二道，俱在鉅野縣境内。」濟寧州領縣〔四〕〔三〕，鉅野其一也。

〔二〕澶魏：《春秋·襄公十二年》：「諸侯之卿，會於澶淵。」《元和郡縣志》：「河北道澶州，本漢頓丘縣地。武德初，置澶（淵郡，後避高祖諱，改澶）州，因澶水爲名。黄河在州南三十〔五〕〔六〕里。」《太平寰宇記》：「澶淵在臨河縣東南十七里。」《名勝志》：今大名府屬之開州。《太平寰宇記》：「河北道魏州，理大名、元城二縣，漢魏郡，周大象二年，改魏州。後漢乾祐元年，改爲大名府。東至東京四百里。」

〔三〕瓠子河：《水經注》：「瓠子河出東郡濮陽縣北。縣北十里，即瓠河口。」《九域志》：「濮州雷澤縣有瓠子河。」陳後山《叢談》云：「雷澤，黄河故道，今呼爲沙河。其跡猶在，土人謂之瓠岡。」

〔四〕淮泗：《水經注》：「淮水出南陽平氏縣胎簪山，東北過桐柏山。《風俗通》曰：『南陽桐柏大復山，淮水所出也。』山南有淮源廟。淮水又東北至下邳淮陰縣西，泗水從西來，注之。泗水出魯卞縣北山，東南過彭城縣東北，又東南過下邳縣西，又東南入淮。淮、泗之會，即城角也。二水決入之所，謂之泗口也。」

〔五〕萬里沙：《困學紀聞》：「在萊州掖縣。」《名勝志》：「夾萬歲河兩岸，沙長三百里。」漢元封元年，大旱，禱於此。

〔六〕百神受職：《禮記》：「禮行於郊，而百神受職焉。」

## 登望洪（「洪」同）亭

河漲西來失舊洪，孤城渾在水光中。忽然歸壑無尋處，千里禾麻一半空。

# 韓幹馬十四匹〔一〕

二馬並驅攢八蹄，二馬宛頸騣尾齊。一馬任前雙舉後，一馬却避長鳴嘶。老髯奚官騎且顧，前身作馬通馬語〔二〕。後有八匹飲且行，微流赴吻若有聲。前者既濟出林鶴，後者欲涉鶴俛啄。最後一匹馬中龍，不嘶不動尾摇風。韓生畫馬真是馬，蘇子作詩如見畫。世無伯樂亦無韓，此詩此畫誰當看？

〔一〕十四匹：樓鑰《攻媿集·題趙尊道渥洼圖序》云：「趙尊道以龍眠《渥洼圖》示余，余曰：『誤矣。本韓幹馬，東坡曾爲賦詩，此龍眠所臨。』爲書坡詩於後，而次其韻。馬實十六，坡詩云十四疋，豈誤耶？」洪《容齋隨筆》云：「韓公《畫記》云：『凡馬之事二十有七，馬大小八十有三，而無有同者焉。』秦少游謂其叙事該而不煩，倣之作《羅漢記》。坡公賦《十四馬》。詩之與記，雖異，其爲布置鋪寫則同。誦公之語，蓋不(必)〔待〕見畫也。」

〔二〕通馬語：《酉陽雜俎》：「大食國馬，解人語。」

**附樓鑰次韻：**此詩從《攻媿集》采出。

良馬六十有四蹄，騰驤進止紛不齊。權奇倜儻多不羈，亦有顧影成驕嘶。或行或涉更相顧，交頸相靡若相語。畫出老杜沙苑行，將軍弟子早有聲。中間名種雞羣鶴，無復疲瘵烏燕啄。當時玉花可媒龍，後日去盡鳥呼風。開元四十萬匹馬，俯仰興亡空看畫。龍眠妙手欲希韓，莫遣鐵面關西看。

## 有言郡東北荆山〔一〕下可以溝畎積水因與吴正字〔二〕王户曹同往相視以地多亂石不果還遊聖女山山有石室如墓而無棺槨或云宋司馬桓魋墓二子有詩次其韻二首〔三〕

### 其一

側手區區豈一作「未」易遮，奔流一瞬卷千家。共疑智伯初圍趙，猶有張湯欲漕去聲斜。已坐迂疎來此地，分將勞苦送生涯。使君下策真堪笑，隱隱驚雷響踏車。

〔一〕荆山：《徐州志》：荆山在懷遠縣西南，山有玉坑，乃卞和采玉之所。宋濂《〔遊塗荆二山〕記》略云：自塗山麓，「折而(西)〔東〕至荆山。梁、魏交兵時，就山築堰，以灌壽春。其(餘)〔遺〕跡猶可見。」

〔二〕吴正字：名琯，字彦律。正字，其官也。《烏臺詩案》：「元豐元年，軾知徐州，有本州正字吴琯鎖廳得解赴省試，軾作《日喻》一篇送之。」即其人矣。

〔三〕聖女山：《水經注》：「泗水又南，逕宋大夫桓魋冢。西山枕水(上)而〔上〕盡石，鑿而爲冢。今人謂之石槨。槨有二重，石作工巧。」《太平寰宇記》：「桓魋墓在彭城縣北二十七里。《徐州志》：桓山下臨泗水，舊名聖女山。」

### 其二

茫茫清泗遶孤岑，歸路相將得暫臨。試著芒鞵穿犖确，更然松炬照幽深。縱令司馬能鑱石，奈一作「會」有中郎解摸金〔一〕。强寫蒼崖留歲月，他年誰識此時心。

〔一〕《藝苑雌黄》云：「陳琳檄文，言曹操置發邱中郎（將），摸金校尉。東坡詩以校尉爲中郎，誤。」

## 贈寫御容妙善師

憶昔射策干先皇〔一〕，珠簾翠幄分兩廂。紫衣中使下傳詔，跪奉冉冉聞天香。仰觀眩晃目生暈，但見曉日一作「色」開扶桑。迎陽〔二〕晚出步就坐〔三〕，絳紗玉斧光照廊。野人不識日月角，彷彿尚記重瞳光。三年歸來真一夢〔四〕，橋山松檜淒風霜。天容玉色誰敢畫？老師古寺晝閉一作「閑」者，訛房。夢中神授心有得，覺來信手筆已忘。幅巾常服儼不動〔五〕，孤臣入門涕自滂。元老侑坐鬚眉古，虎臣立侍一作「侍立」冠劍長。平生慣寫龍鳳質，肯顧草間猿與麞。都人踏破鐵門限，黄金白璧空堆牀。爾來摹寫亦到我，謂是先帝白髮郎。不須覽鏡坐自了，明年乞身歸故鄉。

〔一〕射策：《年譜》：公於仁宗嘉祐六年，「應制科，入第三等，授大理寺評事。」

〔二〕迎陽：江少虞《事實類苑》：「迎陽門之北有邇英閣。」《歸田録》：「邇英閣在迎陽門東北向。」

〔三〕步就坐：《欒城集·入侍邇英》詩自注云：「昔舉制策，坐於崇政殿西廊，蓋邇英之北也。日晚，仁皇自延和步入崇政，過所試幄前，瞻望天表，最爲親近。」云云。正與先生此詩相合。

〔四〕三年歸來：公于嘉祐六年十一月赴鳳翔任，壬寅、癸卯至甲寅，而仁宗晏駕。明年乙卯，公方還朝。故有「橋山松檜」之句。

〔五〕不動：李遠《贈寫御真李長史》詩：「龍髯不動彩毫輕。」《後村詩話》：「李遠《贈寫御容李長史》云：『初分隆準山河秀，再點重瞳日月明。』極工。及坡公『仰觀眩晃目生暈，但見曉色開扶桑。迎陽晚出步就坐，絳紗玉斧光照廊。野人不識日月角，彷彿尚記重瞳光』之篇一出，光焰萬丈，視遠所作，真小兒語。」

## 哭刁景純

讀書想前輩，每恨生不早。紛紛少年場，猶得見此老。此老如松柏，不受霜雪槁。直從毫末中，自養到合抱。宏才乏近用，千歲自枯倒。文章餘正始，風節貫華皓。平生爲人爾，自爲薄如縞。是非雖難齊，反覆看愈好。前年旅吴越，把酒慶壽考。扣門無晨夜，百過迹未掃。但知從德公，未省厭邱嫂。别時公八十，後會知難保。昨日故人書，連年喪翁媪〔一〕。公自注：景純妻先亡。傷心范橋水，漾漾舞寒藻。華堂不見人，瘦馬空戀皁。我欲江東去，匏尊酌行潦。鏡湖無賀監，慟哭稽山道。忍見萬松岡〔二〕，荒池没秋草。

〔一〕連年喪翁媪：施氏原注：「妻江氏，先一年卒。」

〔二〕萬松岡：在藏春塢，刁景純所居。

## 答吕梁仲屯田

亂山合沓圍彭門，官居獨在懸水邨。公自注：懸水邨，吕梁地名。居民蕭條雜麋鹿，小市冷落無雞豚〔一〕。黄河西來初不覺，但訝清泗奔流渾。夜聞沙岸鳴甕盎，曉看雪浪浮鵬鯤別本作「鶤」，誤。吕梁自古喉吻地，萬頃一抹何由吞？坐觀入市卷閭井，吏民走盡餘王尊。計窮路斷欲安適，吟詩破屋愁鳶蹲。歲寒霜重水歸壑，但見屋瓦留沙痕。入城相對如夢寐，我亦僅免爲魚黿。旋呼歌舞雜詼一作「談」笑，不惜飲釂空缾盆。念君官舍冰雪冷，新詩美酒聊相温。人生如寄何不樂？任使絳蠟燒黄昏。宣房未築淮泗滿，故道堙滅瘡痍存。明年勞苦應更甚，我當畚鍤先黥髡。付君萬指伐頑石，千鎚雷動蒼山根。高城如鐵洪口快〔二〕，談笑却掃看崩奔。農夫掉臂免狼顧，秋穀布野如雲屯。還須更置軟脚酒，爲君擊鼓行金樽。

〔一〕小市：《宋書・張暢傳》：彭城有小市門。

〔二〕高城如鐵：子由《黄樓（記）〔賦〕序》：「水既涸，乃請（更）〔增〕築徐城。（山）〔相〕水之衝，以隄捍之。水雖復至，不能病也。」

## 答孔周翰求書與詩

身閒曷不長閉口，天寒正好深藏手。吟詩寫字有底忙？未脱多生宿塵垢。不蒙譏訶子厚疾，反更刻畫無鹽醜。征西自有家雞肥，太白應驚飯山瘦。與君相從知幾日，東風待得花開否？撥棄萬事勿復談，百觚之後那辭酒。

## 【校記】

一、《送范景仁游洛中》注二引蘇軾《范景仁墓志銘》云云，其中「章十九上」一句，於原文乃在「待罪百餘日」一句之前。○注六引曾慥《集仙傳》及張師正《括異志》云云，實轉引自任淵《后山詩注》卷十《送姚先生歸宜山三絶・其三》「他日爭尋靖長官」下注引，惟原文《括異志》在前，《集仙傳》在後。

二、《和孔密州五絶・見邸家園留題》注一引蘇軾《雜記》云云，然四庫本《東坡全集》及中華書局《蘇軾文集》無此引文，而見於《仇池筆記》、《東坡志林》，然《仇池筆記》卷上「陽關三疊」條無引文中「余在密州」一語，而《東坡志林》卷七則無引文中「每句皆再唱，而第一句不疊」二句，初白所引當别有所自。檢《王狀元集百家注分類東坡先生詩》（國圖藏宋建安黄善夫家塾本），初白此段引文見於該書卷十「園林類」同題詩「次公注」，「雜説」作「詩話」，「古陽關本」作「古本陽關」，「唐本」作「古本」，「推辭酒」作「推辭醉」。

三、《次韻子由與顔長道同遊百步洪相地築亭種柳》注三引《太平寰宇記》，將所指各異之文合併而與原意相悖者：「小劍城在利州益昌縣西南五十里，諸葛武侯於此立劍門。」兩句於原文分隔遠甚，前句見原文卷一百三十五《山南道利州昭化縣》「小劍城」條，後句見原文卷八十四《劍南東道劍州劍門縣》。今合併，「諸葛武侯於此立劍門」之「此」，則指益昌之小劍城矣，誤甚矣。

四、《送顔復兼寄王鞏》注四引《張文定墓志》云云，其中「公性與道合，得佛老之妙」二句，於原文乃在「拜東太一宫使就第」之後。

五、《答任師中家漢公》注四引《梁益州記》云云。按，《梁益州記》不見於歷代書目，當爲《梁益記》之誤。《梁益記》十卷，宋任弁撰，見晁公武《郡齋讀書志》卷二下、陳振孫《直齋書録解題》卷八，鄭樵《通志》卷六十六不著撰人，《宋史・藝文志二》作任升。初白此條引文見於宋黄希黄鶴父子《補千家註紀年杜工部詩史》（山東省圖書館藏元月崖書堂本）卷三十二《孟冬》「烏蠻」注引《梁益記》，宋佚名《集千家注杜工部詩集》（四庫本）卷十二《渝州候嚴六侍御不到先下峽》注亦作

「《梁益記》」。而《佩文韻府》卷十五之一《上平聲・十五删韻一・蠻》「烏蠻」條注作《梁益州記》，初白所誤，殆源自是書乎？〇又，此條引文后初白曰：「施氏補註引《梁益州記》，改秋蠻爲白蠻，以就詩句。」按，此「施氏補註」非施氏原刻本，乃宋犖邵長衡新刻本也。宋刻本施注原注曰「《唐・南蠻傳》烏蠻有邛部六姓，一姓白蠻也，五姓烏蠻也」，並未引《梁益州記》。而「改秋蠻爲白蠻」也不始於施注新刻本，《集千家注杜工部詩集》卷十九《醉歌行贈公安顔少府請顧八題壁》引夢弼注曰「巂州巂山，地接諸蠻部，有烏蠻白蠻」，已改秋蠻爲白蠻矣。

六、《河復》注二引《春秋・襄公十二年》「諸侯之卿，會於澶淵」云云，《春秋》無此引文，實轉引自曹學佺《名勝志・北直名勝志》卷之十一「開州」，惟「十二年」作「二十年」。〇注四引《水經注》一大段，見《水經注》卷三十，而其中「泗水出魯卞縣北山，東南過彭城縣東北，又東南過下邳縣西，又東南入淮」四句，則出自《水經注》卷二十五，不知初白何以將此數語插入卷三十之文中。

# 東坡先生編年詩卷十六

## 古今體詩六十三首元豐元年戊午春夏在徐州任作。

### 送李公恕赴闕〔一〕

君才有如切玉刀，見之凛凛寒生毛。願隨壯士斬蛟蜃，不願腰間纏錦絛。用違其才志不展，坐與胥吏同疲勞。忽然眉上有黄氣，吾君漸欲收英髦。立談左右皆動色，一語徑破千言牢。我頃分符在東武，脱略萬事惟嬉遨。盡壞屏障通内外，仍呼騎曹爲馬曹。君爲使者見不問，反更對飲持雙螯。酒酣箕坐語驚衆，雜以嘲諷窮詩騷。世上小兒多忌諱，獨能容我真賢豪。爲我買田臨汶水，逝將歸去誅蓬蒿。安能終老塵土下，俯仰隨人如桔槔。

〔一〕李公恕：施氏原注：「公恕時爲京西轉運判官，召赴闕。公恕一再持節山東，於東坡詩中見之。子由亦有詩送之。」

慎按：《欒城集·送公恕》詩在丁巳除夕後，先生此詩亦從上卷末移編戊午卷首。

**附子由作：**

我行未厭山東遠，昔遊歷下今梁苑。官如雞肋浪奔馳，政似牛毛常黽勉。幸公四年持使節，按行千里常相見。鷹掣秋田伏兔驚，驥馳平野疲牛勌。似憐多病與時違，未怪兩州從事嬾。除書奪去一何速，歸袖翩然不容挽。黄河東注竭崑崙，鉅野横流入州縣。民事蕭條委濁流，扁舟出入隨奔電。回首應懷微禹憂，歸朝且喜寧親便。公知齊楚即爲魚，勸築宣房不宜緩。

## 張寺丞益齋〔一〕

張子作齋舍，而以益爲名。吾聞諸夫子，求益非速成。譬如遠遊客，日夜事征行。今年適燕薊，明年走蠻荆。東觀盡滄海，西涉渭與涇。歸來閉户坐，八方在軒庭。又如學醫人，識病由飽更。風雨晦明淫，跛躄瘖聾盲。虚實在其脉，静躁在其情。榮枯在其色，壽夭在其形。苟能閲千人，望見知死生。爲學務日益，此言當自程。爲道貴日損，此理在既盈。願言一作「君」書此詩，以爲益齋銘。

〔一〕張寺丞：本集《張忠甫字説》云：「張厚之忠甫，樂全先生子也。先生名之曰恕。軾推先生之意，字之曰厚之，又曰忠甫。」施氏原注：「忠甫，元祐間擢將作監丞，誥詞載《子由集》。後進文定。在翰林日，英宗立神宗，手札除直秘閣，知齊州。」

附子由作：

人生不讀書，空洞無一有。羡君常齋居，散帙滿前後。開編試尋繹，閱歲行自富。從横圖畫出，次第宫商奏。汪洋蓄江河，渺莽包林藪。興亡數千載，絡繹皆在口。顧念今所知，頗覺前日陋。我家亦多書，早歲常竊叩。晨耕挂牛角，夜燭借鄰牖。經年謝賓客，飢坐失昏晝。堆胸稍盤屈，落筆逢左右。樂如聽鈞天，醉劇飲醇酎。自從厭蓬蓽，誤逐功名誘。初心一漂蕩，舊學皆榛莠。失足難遽回，撫卷長自詬。幸君無事日，謂可終身守。春耕不厭深，秋穫當自受。金玉或爲災，詩書豈相負。

## 春菜

蔓菁宿根已生葉，韭芽戴土拳如蕨〔一〕。爛蒸香薺白魚肥，碎點青蒿凉餅滑〔二〕。宿酒初消春睡起，細履幽畦掇芳辣。茵陳〔三〕甘菊不負渠〔四〕，鱠縷堆盤纖手抹〔五〕。北方苦寒今未已，雪底波稜如鐵甲〔六〕。豈如一作「知」吾蜀富冬蔬，霜葉露芽寒更茁。久拋松菊一作「葛」猶細事，苦筍江豚那忍説。明年投劾徑須歸，莫待齒摇并髮脱。

〔一〕韭芽戴土：《本草》：「韭之美在黄，乃未出土者。」

〔二〕青蒿：《本草》：菣，一名青蒿。

〔三〕茵陳：《本草》：「茵陳，蒿類也。經冬不死，更因舊苗而生。」

〔四〕甘菊：《本草》：「菊有二種，一種紫莖而味甘，葉可作羹者，爲真菊。」

〔五〕纖手：杜甫《立春》詩：「菜傳纖手出青絲。」

〔六〕波稜：《本草》：一名赤根菜，八九月種者，可備冬食。

**附黄魯直次韻：**

北方春蔬嚼冰雪，妍暖思採南山蕨。韭苗水餅姑置之，苦菜黄雞羹糝滑。蓴絲色紫菰首白，蔞蒿芽甜蔊頭辣。生菹入湯翻手成，芼以薑橙誇縷抹。驚雷菌子生萬釘，白鵝截掌鼈解甲。琅玕林深未飄籜，軟炊香粳煨短茁。萬錢自是宰相事，一飯且從吾黨説。公如端爲苦筍歸，明日青衫誠可脱。

## 送鄭户曹〔一〕

遊遍錢塘湖上山，歸來文字帶芳鮮。羸童瘦馬從吾飲，陋巷何人似子賢。公業有田常乏食，廣文好客竟無氈。東歸不趁花時節，開盡春風誰與妍。

〔一〕鄭户曹：《宋史》：「鄭僅，字彦能，彭城人。第進士，屢遷直龍圖閣、陝西轉運使，進集賢修撰、顯謨閣待制，改知寧州，徙秦州，召拜吏部侍郎，知徐州。以顯謨閣學士卒，謚修敏。」《徐州志》：鄭僅，第進士，爲大名府司户參軍，歷知冠氏、福昌二縣，有善政。仕終顯謨閣學士。按，施氏原注「僅」作「瑾」，與史傳州志不合，或係傳刊之訛。當從《宋史》。又，《職官志》：軍、州諸曹，有户曹參軍，掌户籍、賦稅、倉庫、受納。後去參軍二字，改司户曹事。孫彦同《職官分紀》：「司户參軍，上州從八品，中、下州從九品。」按，集中《送鄭户曹》詩凡三首，此篇當是赴任大名時也。

## 虔州八境圖八首并引

《南康八境圖》者，太守孔君之所作也。君既作石城，即其城上樓觀臺榭之所見而作是圖也。東望七閩，南望五嶺，覽群山之參差，俛章、貢之奔流。雲煙出没，草木蕃麗，邑屋相望，雞犬之聲相聞。觀此圖也，可以茫然而思，粲然而笑，慨然而嘆矣！蘇子曰：此南康之一境也，何從而八乎？所自觀之者異也。且子不見夫日乎？其旦如槃，其中如珠，其夕如破璧，此豈三日也哉？苟知夫境之爲八也，則凡寒暑、朝夕、雨暘、晦明之異，坐作、行立、哀樂、喜怒之變，接於吾目而感於吾心者，有不可勝數者矣，豈特八乎？如知夫八之出乎一也，則夫四海之外，詼詭譎怪，《禹貢》之所書，鄒衍之所談，相如之所賦，雖至千萬未有不一者也。後之君子，必將有感於斯焉。迺作詩八章，題其上。

其一

坐看奔湍一作「灘」遶石樓，使君高會百無憂。三犀竊鄙秦太守，八詠聊同沈隱侯。

其二

濤頭寂寞打城還，章貢臺前暮靄寒〔一〕。倦客登臨無限思，孤雲落日是長安。

〔一〕章貢臺：《太平寰宇記》：「貢水源出雩都縣新樂山，章水源出大庾縣聶都山，至贛縣合流爲贛水。」歐陽忞《輿地廣記》云：「贛水東源出雩都，曰湖漢水；西源出南野，曰彭水。二水皆北流，合於贛縣，總爲豫章水，北流入大江。後人因『贛』字，以湖漢水爲貢水，彭水爲章水，劉澄之遂以爲章、貢合流，因以名縣，失之矣。」按，趙抃《章貢臺記》略云：「水別二派，合流城郭，於文爲『贛』。予嘉祐六年出守，間爲遊觀。治西北隅有野景亭舊趾，於是復臺其上，以新其名，爲章貢，蓋不失實也。」據此，則『贛』字取章、貢二水合流爲義，蓋不獨劉澄之也。

其三

白鵲樓前翠作堆〔一〕，縈雲嶺路若爲開。故人應在千山外，不寄梅花遠信來。

〔一〕白鵲樓：《贛州志》：八景臺在郡治東北，下瞰奔流。白鵲樓在八景臺北。趙清獻《〔章貢臺〕

記》云：「望闕、欝孤，軒豁於前，皂蓋、白鵲，瞰臨左右。」

其　四

朱樓深處日微明，皂蓋歸時酒半醒。薄暮漁樵人去盡，碧溪青嶂遶螺亭〔一〕。

〔一〕螺亭：《述異記》：「螺亭在南康郡，昔有貞女，採螺爲業，曾宿此亭，螺噉其肉，故號螺亭。」《太平寰宇記》：「螺亭石山，巨石臨水，螺殼無數」，凝結石畔。

其　五

使君那暇日參禪，一望叢林一悵然〔一〕。成佛莫教靈運後，著鞭從使祖生先。

〔一〕叢林：《景德傳燈録》：「江西禪師道一，漢州什邡人，姓馬氏。開元間，習〔禪〕定南岳山中，遇讓和尚，（得）〔受〕心印，始自建陽佛跡嶺遷臨川，次至南康龔公山。」《南虔記》：龔公山在城北，今爲寶華寺，有馬祖遺跡。《江西舊志》：馬祖巖在贛州城東五里。

其　六

却從塵外望塵中〔一〕，無限樓臺烟雨濛。山水照人迷向背，只尋孤塔認西東〔二〕。

〔一〕塵外：亭名也。《虔州志》：馬祖巖上有馬禪關及雲端、駒巖、一憩、塵外四亭。

〔三〕孤塔：《釋氏稽古略》：「馬祖於貞元中示寂，元和八年，賜謚大寂禪師，塔曰大莊嚴之塔。」趙與虤《娱書堂詩話》：「歐陽文忠公詩云：『山浦轉帆迷向背，夜江看斗辨西東。』東坡亦云：『山水照人迷向背，只尋孤塔認西東。』身遊山水間，果有兹理，二公可謂善於形容者矣。」

## 其七

雲烟縹緲鬱孤臺〔一〕，積翠浮空雨半開。想見之罘觀海市〔二〕，絳宫明滅是蓬萊。

〔一〕鬱孤臺：《名勝志》：「鬱孤臺，一名賀蘭山，在府治麗譙坤維百步，隆阜鬱然孤峙，故名。唐李勉爲刺史，更名望闕。」慎按，趙清獻《〔章貢臺〕記》云：「望闕、鬱孤、軒豁於前。」乃二臺名。曹能始謂更名望闕者，訛也。

〔二〕之罘：《史記》：「始皇二十九年，登之罘，（刊）〔刻〕石。」《太平寰宇記》：「之罘山在文登縣西北百九十里。其山在海中，山東南有壘石，俗傳武帝造橋，有兩石銘仍存。山高九里，週迴五十里。」

## 其八

回峰亂嶂鬱參差，雲外高人世得知。誰向空山弄明月？山中木客解吟詩〔一〕。

〔一〕木客：《太平寰宇記》：「上洛山在贛縣南九十里，山多木客，能斫杉枋，與人交易，以木易人刀斧。」又，《五色線》引《南（虔）〔康〕記》云：「（南康）山間有木客，形骸皆人也，但鳥爪耳，一名山魈。」《詩話總龜》云：「《十道四番志》：『（興國）〔虔州〕上洛山有木客（形容似人，遥見分明，近則隱藏）。』（所載木客）未嘗言能作詩也。後得《續法帖記》，木客詩云云，方知得句之因。徐鉉謂鄱陽山中有木客，（爲詩一章云云者，）豈鉉未嘗見《十道四番志》耶？」

## 讀孟郊詩二首〔一〕

### 其一

夜讀孟郊詩，細字如牛毛。寒燈照昏花，佳處時一遭。孤芳擢荒穢，苦語餘詩騷。水清石鑿鑿，湍激不受篙。初如食小魚，所得不償勞。又似煮彭蜞〔二〕，竟日持一作「嚼」空螯。要當鬬僧清，未足當韓豪。人生如朝露，日夜火消膏。何苦將兩耳，聽此寒蟲號〔三〕。不如且置之，飲我玉色一作「巵」醪。

〔一〕孟郊：《舊唐書》：「孟郊，少隱於嵩山，稱處士，留守鄭慶餘辟爲賓（客）〔佐〕。性孤僻寡合，韓愈一見，以爲忘形（交）〔之契〕，嘗稱其字曰東野，與之唱和。」葛立方《韻語陽秋》云：孟郊詩『楚山相蔽虧，日月無全輝』、『萬株古柳根，挐此磷磷溪』等句，造語工新，無一點俗韻，然其他篇章似此者絶少。李觀評其詩云：『高處在古無上，平處下觀二謝。』許之太甚，東坡詩云云，貶之亦太甚矣。」

〔二〕彭蠘：郭璞《爾雅注》：（螃）〔蟧〕，即彭蜎也。《本草》：「蟹之最小者，名蟛蜎，音越，吴人訛爲彭蠘。」

〔三〕寒蟲號：《爾雅注》：寒號，夜鳴求旦之鳥。冬月裸體，晝夜鳴叫，四足有肉翅，不能遠飛。《本草》：曷旦，一名寒號蟲。

## 其二

我憎孟郊詩，復作孟郊語。飢腸自鳴喚，空壁轉飢鼠。詩從肺腑出，出輒愁肺腑。有如黄河魚，出膏以自煮。尚愛銅斗歌，鄙俚頗近古。桃弓射鴨罷，獨速短蓑一作「莎」舞。不憂踏船翻，踏浪不踏土。吴姬霜雪白，赤脚浣白紵。嫁與踏浪兒，不識離别苦。歌君江湖曲，感我長羈旅。

# 訪張山人得山中字二首〔一〕

## 其一

魚龍隨水落，猿鶴喜君還。舊隱邱墟外，新堂紫翠間〔二〕。野麋馴杖履一作「屨」，幽桂出榛菅。灑掃門前路，山公亦愛山。公自注：張故居爲大水所壞，新卜此室，故居之東。

〔一〕張山人：即張天驥也。

〔二〕新堂：本集《放鶴亭記》云：「熙寧十年秋，彭城大水，雲龍山人張君之（故居）〔草堂〕，水及其半扉。明年春，水落，遷於故居之東，東山之麓。升高而望，得異境焉。作亭於其上。山人有二鶴，甚馴而善飛，故名之曰放鶴亭。」

## 其二

萬木鎖雲龍〔一〕，公自注：山名。天留與戴公。路迷山向背，人在瀼西東。薺麥餘春雪〔二〕，櫻桃落晚風。入城都不記，歸路醉眠中。

〔一〕雲龍山：注見本卷。

〔二〕薺麥：韓愈《琴操》詩：「雪霜貿貿，薺麥之（有）〔茂〕。」

# 送孔郎中赴陝郊〔一〕

驚風擊面黃沙走，西出崤函脱塵垢〔二〕。使君來自古徐州，聲震河潼殷關右〔三〕。十里長亭聞鼓角，一川秀色明花柳。北臨飛檻卷黃流，南望青山如峴首〔四〕。東風吹開錦繡谷〔五〕，渌水翻動蒲萄酒〔六〕。訟庭生草數開尊，過客如雲牢閉口。

〔一〕孔郎中赴陝郊：《東都事略》：「孔周翰，歷知蘄、密、陝、揚、洪、兖六州。」此則自密移陝時也。《水經》：「河水又西，徑陝縣故城之南。」《注》云：「河北對茅城，春秋茅津也。河南即陝城，周、召分(陜)〔伯〕，以此城爲東西之別。」《太平寰宇記》：「屬河南道。郡夾河，河南諸縣則豫州域，河北則冀州域。魏太和十一年，置陝州。」《九域志》：「永興軍路陝州，宋爲保平軍節度理所。」

〔二〕崤函：《元和郡縣志》：「崤山，一名嶔崟山，自東崤至西崤相去三十五里。路極險峻。」《漢書·地理志》：「弘農，故秦函谷關也。」崔浩注云：「崤山，西至潼津，通名函谷。」

〔三〕河潼：杜預《左傳注》：桃林塞，潼關是也。《元和郡縣志》：「潼關在華陰縣東北，關西一里有潼水。」又云：「河在關内，南流衝激，因謂之衝關。按，秦函谷關，今靈寶縣西南十〔一〕里故關是也。大路在北，本非鈐東之。漢楊僕，宜陽人，耻居關外，請徙關於新安，武帝從之。建安十六年，曹操破馬超於潼關，則從中間徙於今所。歷三〔二〕處而至河潼。上躋高阿，俛視洪流，實爲天險。」《名勝志》：「潼谷水經松果山下，北流入黄河。唐天授初，置潼津縣，長安二年廢。今爲驛，有石橋，尚名潼津橋，即潼(谷)〔關〕水所逕也。」

〔四〕峴首：《名勝志》：「峴山在陝州靈寶縣東，以形似襄陽峴山，故名。」

〔五〕錦繡谷：《名勝志》：「宜陽縣在陝州西南七十里，有錦屏山，春時花卉繁盛如錦，武后游此，賜

〔今〕名（錦繡谷）。邵堯夫詩：「錦屏山映一川霞，桃李争妍二月花。」先生詩中所云錦繡谷，當指此。王氏注所引，乃在廬山，非此也。

〔六〕蒲萄酒：錢希白《南（郡）〔部〕新書》：「太宗破高昌，收馬乳蒲萄，種於苑中，並得酒法，仍自損益之，造酒緑色，長安始識其味。」太白詩「遥看漢水鴨頭緑，（有）〔恰〕似蒲萄初撥醅」，本此。

## 與梁左藏會飲傅國博家〔一〕

將軍破賊自草檄，論詩説劍俱第一。彭城老守本虚名，識字劣能欺項籍。風流别駕貴公子，欲把笙歌暖鋒鏑。紅旆朝開猛士噪（一作「讙」），翠帷暮捲佳人出。東堂醉卧呼不起，啼鳥落花春寂寂。試教長笛傍耳根，一聲吹裂堦前石。

〔一〕國博：《職官分紀》：國子監博士，有太學五經四門，武學、律學、書學、算學諸名。

**附子由次韻：**

彭城欲往臺無檄，初喜東西合爲一。將軍走馬隨春風，精鋭千人森尺籍。口占佳句驚衆坐，手練强兵試鳴鏑。酒酣起舞花滿地，醉倒不聽人扶出。歸來相對如夢寐，虎踞熊經苦岑寂。黄樓方就可同遊，飲盡官厨三百石。

# 寒食日答李公擇三絶次韻

其一

從來蘇李得名雙，只恐全齊笑陋邦〔一〕。詩似懸河供不辦〔二〕，故欺張籍隴頭瀧。

〔一〕慎按，公擇時知濟南，故有「全齊」之句。

〔二〕供不辦：似謂詩才敏捷，左右供事之人，書寫不及也。

其二

簿書鼛鼓不知春，佳句相呼賴故人。寒食德公方上冢，歸來誰主復誰賓？

其三

巡城已困塵埃眯，執僕仍遭蟣蝨緣。欲脱布衫攜素手，試開病眼點黄連。公自注：來詩謂僕布衫督役。

## 約公擇飲是日大風

先生生長匡廬山，山中讀書三十年。舊聞飲水師顏淵，不知治劇乃所便。偷兒夜探黑一作「赤」白丸，奮髯忽逢朱子元。半年群盗誅七百，誰信家書藏九千。春風無事秋月閒，紅粧執樂豪且妍。紫衫玉帶兩部全，琵琶一抹四十絃。客來留飲不計錢，齊人愛公如子產。兒啼卧路呼不還，我慙山郡空留連。牙兵部吏笑我寒，邀公飲酒公無難。約束官奴買花鈿，薰衣理髮夜不眠。曉來顛風塵暗天，我思其由豈坐慳。作詩愧謝公笑讙，歸來瑟縮愈不安。要當啖公八百里，豪氣一洗儒生酸。

慎按：施氏原注云：「公擇知齊，齊素多盗。公擇至，痛懲艾之，論報無虚日，而不少止。他日，得黠盗，以爲郡兵，使直事鈴下，稍任使之，因詢其奸狀。對曰：『此由富家爲之囊橐，官吏迹捕及門，禽一人以首則免矣。』公擇乃令得藏盗之家，皆發屋破柱，盡拔其根株，自是奸不容匿，境内遂清。始，公擇在江夏、吴興，政尚寬簡，吏民安樂之，郡以大治。及爲濟南，頗峻文深詆，郡亦大治。由是，人知其通疎適變，所值無不可者。此詩有『偷兒夜盗黑白丸』云云，蓋謂是也。」此種注，於本詩大有發明，可補史傳之闕略。而吴中新刻本，概行删削。今亟録，以存其舊。古人苦心，不敢没也。

## 坐上賦戴花得天字

清明初過酒闌珊，折得奇葩晚更妍。春色豈關吾輩事，老狂聊作坐中先。醉吟不耐欹紗帽，起舞從教落酒船。結習漸消留不住，却須還與散花天。

## 夜飲次韻畢推官〔一〕

簿書叢裏過春風，酒聖時時且復中。紅燭照庭嘶騕褭，黄雞催曉唱玲瓏。老來漸減金釵興，醉後空驚玉筯工。公自注：畢善篆。月未上時應蚤散，免教壑谷問吾公。

〔一〕畢推官：字景儒，時爲徐州從事。見《淮海集》。曾爲杭僧法言篆「雪齋」二字。本集《游桓山記》「同游有畢仲孫」者，即景儒之名也。

## 芙蓉城并引

世傳王迥子高與仙人周瑶英遊芙蓉城。元豐元年三月，余始識子高，問之，信然。乃作此詩，極其情而歸之正，亦變風「止乎禮義」之意也。

芙蓉城中花冥冥，誰其主者石與丁。珠簾玉案翡翠屏，霞舒雲卷千娉婷。中有一人長眉青〔一〕，炯如微雲淡踈星。往來三世空鍊形，竟坐誤讀《黄庭經》。天門夜開飛爽靈，無復白日乘雲軿。俗緣千劫磨不盡，翠被冷落凄餘馨。因過緱山朝帝廷，夜聞笙簫弭節聽。飄然而來誰使令，皎如明月入窗櫺。忽然而去不可執，寒衾虚幌風泠泠。仙宫洞房本不扃，夢中同躡鳳凰翎。徑度萬里如奔霆，玉樓浮空聳亭亭。天書雲篆誰所銘，遶樓飛步高竛竮。仙風鏘然韻流鈴，蘧蘧形開如酒一作「醉」醒。芳卿寄謝空丁寧，一朝覆水不返瓶，羅巾别淚空熒熒。春風花開秋葉零，世間羅綺紛膻腥。此身《苕溪漁隱叢話》作「生」流浪隨滄溟，偶然相值兩浮萍。願君收視觀三庭，勿與嘉榖生蝗螟。從渠一念三千齡，下作人間尹與邢。

〔一〕長眉青：《許彦周詩話》：「詩人寫人物態度，至不可移易。退之《華山女》詩：『洗粧拭面着冠帔，白咽紅頰長眉青。』此定是女道士。《芙蓉城》詩云：『中有一人長眉青，炯如微雲淡踈星。』便有神仙風度。」

慎按：施氏原注：「此詩王荆公嘗和之，首云：『神仙出没藏杳冥，帝遣萬鬼驅六丁。』嘗爲俞紫芝誦之。紫芝請書於紙，荆公曰：『此戲耳，不可以爲訓。』故不傳。」此段新刻本删去，今補録。又，按本詩序，元豐元年三月作也。施氏本編入卷末，與詩序不合，今移於前。

## 續麗人行并引

李仲謀家有周昉畫背面欠伸内人〔一〕，極精，戲作此詩。

深宫無人春日長，沉香亭北百花香。美人睡起薄梳洗，燕舞鶯啼空斷腸。畫工欲畫無窮意，背立東風初破睡。若教回首却嫣然，陽城下蔡俱風靡。杜陵飢客眼長寒，蹇驢破帽隨金鞍。隔花臨水時一見，只許腰肢背後看。心醉歸來茅屋底，方信人間有西子。君不見孟光舉案與眉齊，何曾背面傷春啼。

〔一〕周昉：《唐朝名畫録》：「昉字仲朗，京兆人。」施注以爲字景玄，未詳孰是。

## 聞李公擇飲傅國博家大醉二首

### 其一

兒童拍手鬧黄昏，應笑山公醉習園。縱使先生能一石，主人未肯獨留髡。

其　二

不肯惺惺騎馬迴，玉山知爲玉人頽。紫雲有語君知否？莫唤分司御史來。

## 傅子美召公擇飲偶以病不及往公擇有詩次韻

樊素阿蠻皆已出，使君應作玉箏歌。可憐病士西窗下，一夜丹田手自摩。

## 觀子美病中作嗟嘆不足因次韻

百尺長松澗下摧，知君此意爲誰來。霜枝半折孤根出，尚有狂風急雨催。

慎按：以上二首施氏原本不載，新刻載《續補》下卷，據《外集》編第五卷，皆守徐州時作。今從之。子美，當即傅國博字也。

## 起伏龍行并引

徐州城東二十里有石潭，父老云：「與泗水通，增損清濁，相應不差，時有河魚出焉。」元豐元年春旱，或云置虎頭潭中，可以致雷雨。用其説，作起《伏龍行》。

何年白竹千鈞弩，射殺南山雪毛虎。至今顱骨帶霜牙，尚作四海毛蟲祖。東方久旱千里赤，三月行人口生土。碧潭近在古城東，神物所蟠誰敢侮？上歁蒼石擁巉竇，下應清河通水府。眼光作電走金蛇，鼻息爲雲擢煙縷〔一〕。當年負圖傳帝命，左右羲軒詔神禹。爾來懷寶但貪眠，滿腹雷霆瘖不吐。赤龍白虎戰明日，公自注：是月丙辰，明日庚寅。倒卷黃河作飛雨。嗟我豈樂鬬兩雄，有事徑須煩一怒。

〔一〕鼻息爲云：杜甫詩：「如絲氣或上，爛漫爲雲雨。」

## 聞公擇過雲龍張山人輙往從之公擇有詩戲用其韻

我生固多憂，肉食嘗苦墨。軒然就一笑，猶得好飲力。聞君過雲龍，對酒兩静默。急攜清歌女，出郭及未昃。一歡難力致，邂逅有勝特。喧蜂集晚花，亂雀啄叢棘。山人樂此耳，寂寞誰侍側？何當求好人，聊使治要襋。使君自孤憤，此理誰相值。不如學養生，一氣服千息。

## 送李公擇

嗟予寡兄弟，四海一子由。故人雖云多，出處不我謀。弓車無停招，逝去勢莫留。僅存今幾人，各在天一陬。有如長庚月，到曉爛不收。宜我與夫子，相好手足侔。比年兩見之，賓主更獻酬。樂哉十日飲，衎衎和不流。論事到深夜，僵仆鈴與騶。頗嘗見使君，有客如此不？欲别不忍言，慘慘集百憂。念我野夫兄，知名三十秋。已得其爲人，不待風馬牛。他年林下見，傾蓋如白頭。

慎按：施氏原注：「公擇在濟南，東坡赴彭城，過之。公擇罷濟南，復過東坡於彭城。唱酬甚多，故云：『比年兩見之，賓主更獻酬。』野夫，公擇之兄，名莘。嘗爲江西轉運使。東坡自黄移汝，道建昌，過其故居，有詩云：『何人修水上，種此一雙玉。』謂其兄弟也。」新刊本删去，今補録之。

## 送筍芍藥與公擇二首

### 其一

久客厭鹵饌，公自注：蜀人謂東北人爲鹵子。枵然思南烹。故人知我意，千里寄竹萌。駢頭玉嬰兒，一一脱錦裥。庖人應未識，旅人眼先明。我家拙厨膳，彘肉芼蕪菁。送與江南客，燒煮配香粳。

其二

今日忽不樂，折盡園中花。園中亦何有，芍藥梟殘葩。久旱復遭雨，紛披亂泥沙。不折亦安用，折去還可嗟。棄擲亮未能，送與謫仙家。還將一枝春，插向兩髻丫。

和孫莘老次韻

去國光陰春雪消，還家蹤跡野雲飄。功名正自妨行樂，迎送纔堪博早朝〔一〕。雖去友朋親吏卒，却辭讒謗得風謡。明年我亦江南去，不問雄繁與寂寥〔二〕。

〔一〕博早朝：白居易詩：「雞鳴猶獨睡，不博早朝人。」

〔二〕雄繁，指言劇郡也。

慎按：史容注《山谷集》云，莘老前後典郡，自廣德「徙湖州，又徙廬州，持祖母喪，服除，知蘇州」云云。先生倅杭時，莘老自湖移廬，有詩送之。今是詩之作，當在莘老知蘇州時。故結處有「明年我亦江南去」之句。

遊張山人園

壁間一軸烟蘿子〔一〕，盆裏千枝錦被堆。慣與先生爲酒伴，不嫌刺史亦顔開。纖纖入麥黄花亂，颯颯催詩白雨來。聞道君家好井水，歸軒乞得滿瓶回。

〔一〕烟蘿子：《經籍志》有烟蘿子《内真通元歌》一卷，又有烟蘿子《養神關鎖秘訣圖》一卷，蓋古之學仙得道者也。

## 杜介熙熙堂〔一〕

崎嶇世路最先回，窈窕華堂手自開。咄咄何曾書怪事，熙熙長覺似春臺。白砂碧玉味方永，黄紙紅旗心已灰。遥想閉門投轄飲，鵾絃鐵撥響如雷。

〔一〕杜介：字幾先，揚州人，居平山堂。見本集。

## 次韻答劉涇〔一〕

吟詩莫作秋蟲聲，天公怪汝鈎物情，使汝未老華髮生。芝蘭得雨蔚青青，何用自燔以出馨。細書千紙雜真行，新音百變口如鶯。異義蜂起弟子争，舌翻濤瀾卷齊城。萬卷堆胸兀相撑，以病爲樂子未驚。我有至味非煎烹，是中之樂吁難名。綠槐如山闇廣庭，飛蝱一作「蟲」繞耳細而清。敗席展轉卧見經一作「驚」，訛，亦自不一作「不自」嫌翠織成。意行信足無溝坑，不識五郎呼作卿。吏民哀我老不明，相戒無復煩鞭刑。時臨泗水照星星，微風不起鏡面平。安得一舟如葉輕，卧聞郵籖報水程。蓴羹羊酪不須評，一飽且救飢腸鳴。

〔一〕劉涇：字巨濟，注見前。

## 攜妓樂游張山人園

大杏金黄小麥熟，墜巢乳鵲拳新竹。故將俗物惱幽人，細馬紅粧滿山谷。提壺勸酒意雖重，杜鵑催歸聲更速。酒闌人散却關門，寂歷斜陽挂疎木。

## 種德亭并引

處士王復，家於錢塘。爲人多技能，而醫尤精。期於活人而已，不志於利。築室候潮門外，治園圃，作亭榭，以與賢士大夫游，惟恐不及，然終無所求。人徒知其接花蓺果之勤，而不知其所種者德也，乃以名其亭，而作詩以遺之。

小圃傍城郭，閉門芝朮香。名隨市人隱，德與佳木長。元化善養性，倉公多禁方。所活不可數，相逢旋相忘。但喜賓客來，置酒花滿堂。我欲東南去，再觀雙檜蒼〔一〕。山茶想出屋，湖橘應過牆。木老德亦熟，吾言豈荒唐〔二〕。

〔一〕雙檜：本集有《王復秀才所居雙檜》二絶句，見第八卷。

〔二〕荒唐：《莊子·天下篇》：「以謬悠之説，荒唐之言，無端崖之詞，時縱恣而不儻。」

**附子由作**：《欒城集》題云「贈王復秀才」。

候潮門外王居士，平昔交游遍海涯。本種松杉爲老計，晚將亭榭付鄰家。爲生有道終安隱，好事來游空嘆嗟。猶有東坡舊詩卷，忻然對客展龍蛇。自注：王君舊有園亭，子瞻兄名之曰「種德」。其亭頃以貧故鬻之矣。

慎按：《欒城集》子由此詩，自績溪還朝，道過錢塘，乃元豐乙丑所作，距東坡寄詩已七年，亭已易主，而王復尚無恙也。

## 次韻僧潛見贈〔一〕

道人胸中水鏡清，萬象起滅無逃形。獨依古寺種秋菊，要伴騷人餐落英。人間底處有南北，紛紛鴻雁何曾冥。閉門坐穴一禪榻，頭上歲月空峥嶸。今日偶出爲求法，欲與慧劍加礱硎。雲衲新磨山水出，霜髭不翦兒童驚。公侯欲識不可得，故知倚市無傾城。秋風吹夢過淮水，想見橘柚垂空庭。故人各在天一角，相望落落如晨星。彭城老守何足顧，棗林桑野相邀迎。千山不憚荒店遠，兩脚欲趁飛猱輕。多生綺語磨不盡〔二〕，尚有宛轉詩人情〔三〕。猿吟鶴唳本無意，不知下有行人行。空堦夜雨自清絶，誰使掩抑啼孤惸。我欲仙山掇瑶草，傾筐坐嘆何時盈。簿書鞭扑晝填委，煮茗燒栗宜宵征。乞取摩尼照濁水，共看落月金盆傾。

〔一〕僧潛：《咸淳臨安志》：「道潛，於潛浮溪村人，字參寥。本姓何。幼不茹葷，以童子誦《法華經》，爲比邱，於内外典無所不通。崇寧末示寂，賜號妙總大師。」〇補録施氏原注：「東坡守吴興，會於松江。既謫居，不遠二千里，相從於齊安。留期年，遇移汝海，同遊廬山，有《次韻留别》詩。坡守錢塘，卜智果精舍居之，入院，分韻賦詩，又作《參寥泉銘》。坡南遷，遂欲轉海訪之。以書力戒，勿萌此意，自揣餘生必須相見。當路亦捃其詩語，謂有刺譏，得罪，反初服。建中靖國初，曾子開言其非罪，詔復薙髮。」此段序參寥生平及與先生遊好最詳，不知新刊本何故删去之。

〔二〕綺語：佛氏口之四業，妄言、綺語，其二也。

〔三〕詩人情：朱弁《風月堂詩話》：「參寥自杭謁坡於彭城，一日燕郡寮，謂客曰：『參寥雖不與此集，然不可不惱之也。』遣官妓馬盼盼持紙筆就求詩。參寥援筆立成，有『禪心已作沾泥絮，不逐春風上下狂』之句。坡喜曰：『吾嘗見柳絮落泥中，謂可以入詩，偶未收入，遂爲此人所先。』」

慎按：參寥於是年四月過徐州，有《詩案》可據。施氏原本訛編《九日》詩後，今與下篇俱移於此。

# 次韻潛師放魚

法師説法臨泗水，無數天花隨麈尾。勸將浄業種西方〔一〕，莫待夢中呼起起。哀哉若魚竟坐口，遠媿知幾穆生醴。况逢孟簡對盧仝〔二〕，不怕校人欺子美〔三〕。疲民尚作魚尾赤，數罟未除吾頳洮。法師自有衣中珠，不用辛苦泥沙底〔四〕。

〔一〕浄業：梁武帝《浄業賦》：「見浄業之(可)愛〔果〕，(與)〔以〕不殺而爲因。」

〔二〕孟簡：《唐詩紀事》：「孟簡，字幾道，德州人，元和中擢第。」

〔三〕子美：《左傳·襄公二十五年》：「鄭子展、子産帥車七百乘伐陳，宵突陳城，遂入之。子美入，數俘而出。」注云：「子美，(即)子産也。」

〔四〕泥沙底：白居易《放魚》詩：「不須泥沙底，辛苦覓明珠。」

《烏臺詩案》：「元豐元年四月，軾知徐州日，有相識浙僧道潛來相看，同在河亭上坐。見人打魚，其僧買魚放生，作詩一首，即無譏諷。軾依韻和詩一首與本人，云：『疲民尚作魚尾赤。』《左傳》云：『如魚頳尾，衡流而方揚裔。』注云：『魚勞則尾赤。』是時徐州大水之後，夫役數起，軾言民之疲病如魚勞而尾赤也。數罟謂魚網之密細者，以言民既疲病，朝廷又行青苗、助役，不爲除放，如密網之取魚，皆以譏朝廷新法不便，以致大水之災也。」此段施氏原注失載，補注本亦不全，今備録之。

**附參寥原作：**

嘉魚滿盤初出水，尚有青萍點紅尾。銀鰓戢戢畏烹煎，崛强有時俄自起。彼客殷勤贈使君，願向中厨薦醪醴。使君事道不事腹，杞菊終年食甘美。傳呼慎勿付庖人，百步洪邊放清泚。回首無欺子産淳，漫道悠然泳波底。

## 文與可有詩見寄云待將一段鵝溪絹掃取寒梢萬尺長次韻答之〔一〕

爲愛鵝溪白璽光，掃殘雞距紫毫芒一作「鋩」。世間那有千尋竹〔二〕，月落庭空影許長。

〔一〕鵝溪：任淵《山谷内集注》：鵝溪，在今潼川，畫絹所出。」

〔二〕千尋竹：本集《(雜)〔文與可畫篔簹谷偃竹〕記》：「與可畫竹，初不自貴重，持縑素而請者，足相躡於門。與可厭之，投諸地，曰：『吾將以爲襪(材)。』及與可自洋州還，余爲徐州，與可寄書曰：『近語士大夫，墨竹一派，近在彭城，襪材當萃於子矣。』書尾復一詩，云云。予謂與可竹長萬尺，當用絹二百五十匹，因答詩云云。與可笑曰：『蘇子瞻辨則辨矣，然二百五十匹，吾將買田而歸老焉。』」

慎按：《丹淵集》失原作，全首無從采録。

## 聞辯才法師復歸上天竺以詩戲問〔一〕

道人出山去，山色如死灰。白雲不解笑，青松有餘哀。忽聞道人歸，鳥語山容開。神光出寶髻，法雨洗浮埃。想見南北山〔二〕，花發前後臺〔三〕。寄聲問道人，借禪以爲詼。何所聞而去，何所見而回。道人笑不答，此意安在哉？昔年本不住，今者亦無來。此語竟非是，且食白楊梅。

〔一〕辯才復歸天竺：《欒城集·辯才塔碑》云：「師年二十五，賜紫衣及辯才號。沈遘治杭，請住上天竺。居十七年，有僧文捷者，利其富，倚權貴人，奪而有之，遷師於下天竺。復逐師於潛。逾年，捷敗，事聞朝廷，復以上天竺畀師。捷之在天竺也，施者不至，巘谷草木爲之索然。及師之復歸，山中百物皆若有喜色。清獻趙公親見而贊之，曰：『師去天竺，山空鬼哭。天竺師歸，道場光輝。』留三年，終捨去，老於南山之龍井。」

〔二〕南北山：白居易《寄天竺禪師》詩：「南山雲起北山雲。」

〔三〕前後臺：白居易詩又云：「前臺花發後臺見。」先生二句皆用之。

## 和子由送將官梁左藏仲通〔一〕

雨足誰言春麥短，城堅不怕秋濤卷。日長惟有睡相宜，半脱紗巾落紈扇。芳草不鋤當户長，珍禽獨下無人見。覺來身世都是夢，坐久枕痕猶著面。城西忽報故人來，急掃風軒炊麥飯。公自注：徐州所出。伏波論兵初矍鑠，中散談仙更清遠。南都從事亦學道，不惜腸空誇腦滿。問羊他日到金華，應許相將遊閬苑。

〔一〕梁仲通：名交，見《欒城集》。

**附子由原作：**《欒城集》題云「送梁交之徐州」。

湖水清且深，新荷半猶卷。未見紅粧窈窕娘，先排翠羽參差扇。水面風生人未知，攲傾俯仰長先見。岸上遊人暮不歸，清香入袖涼吹面。投壺擊鞠緑楊陰，共盡清樽飧白飯。坐中飛將忽先起，輕衫出試彭門遠。百步洪西白浪翻，戲馬臺南雲岫滿。江山雄麗洵宜人，風流孰似梁王苑。

## 次韻秦觀〔一〕秀才見贈秦與孫莘老李公擇甚熟將入京應舉〔二〕

夜光明月非所投，逢年遇合百無憂。將軍百戰竟不侯，伯郎一斗得涼州。翹關負重非無力，十年不入紛華域。故人坐上見君文，謂是古人吁莫測。新詩説盡萬物情，硬黄小字臨黄庭。故人已去君未到，空吟《河畔草青青》。誰謂他鄉各異縣，天遣君來破吾願。一聞君語識君心，短李髯孫眼中見。江湖放浪久全真，忽然一鳴驚倒人。縱横所值一作「往」無不可，知君不怕新書新。千金敝帚那堪換。我亦淹留豈長算。山中既未決同歸，我聊爾耳君其漫。

〔一〕秦觀：《宋史》：「秦觀，字少游。少豪雋慷慨，溢於文詞。登第，歷秘書省正字，兼國史院編修官。紹聖初，坐黨籍，出，通判杭州，御史劉拯論其損益《實録》，貶監處州酒稅，尋削秩，徙郴州編管，又徙雷州。徽宗即位，復(官)〔宣德郎〕，放還，至藤州而卒。文集四十卷。」施氏原注：「東坡剛直忠正，二聖追神宗遺言，將付大政，臺諫多惎間。凡所與輒攻之，少游其一也。」

〔二〕秀才：《〔新〕唐書・杜正倫傳》：「隋世重舉秀才，天下不十人，而正倫一門三秀才，皆高第。」

**附秦少游原作：**

人生異趣各有求，繫風捕影祇懷憂。我獨不願萬户侯，惟願一識蘇徐州。徐州雄偉非人力，世有高名擅區域。珠樹三株詎可攀，玉海千尋真莫測。一昨秋風動遠情，便憶鱸魚訪洞庭。芝蘭不獨庭中秀，松柏仍當雪後青。故人持節過鄉縣，教以東來償所願。天上麒麟昔漫聞，河東鸑鷟今纔見。不將俗物礙天真，北斗以南能幾人？八磚學士風標遠，五馬使君恩意新。黄塵冥冥日月換，中有盈虛亦何算？據龜食蛤暫相從，請結後期游汗漫。

**附子由作：**《欒城集》題云「次韻秦觀秀才携李公擇書相訪」。

淮南三歲吾何求，使君到後銷人憂。君言有客輕公侯，扁舟相從古揚州。致之匹馬恨無力，千里相望同異域。新詩空使四座驚，隱居未易凡人測。使君南歸無限情，鴻飛攜書墮我庭。此書兼致昔年客，袖中麗句淮山青。老夫强顔依府縣，堆案文書本非願。清談亹亹解人頤，安得座右長相見。狂客吾非賀季真，醉吟君似謫仙人。末契長遭少年笑，白髮應慚傾蓋新。都城酒貴誰當換，塵埃垢面非良算。歸來泗上正思君，莫待黄花霜爛漫。

## 僕曩於長安陳漢卿家見吴道子畫佛碎爛可惜其後十餘年復見之於鮮于子駿家則已裝背完好子駿以見遺作詩謝之

貴人金多身復閒，争買書畫不計錢。已將鐵石充逸少，公自注：大王書中有殷鐵石字，鐵石乃梁武帝時人。更補朱繇爲道玄。公自注：世所收吴道子畫，多朱繇筆也。煙薰屋漏裝玉軸，鹿皮蒼璧知誰賢。吴生畫佛本神授一作「駿」，夢中化作飛空仙。覺來落筆不經意，神妙獨到秋毫顛。昔我長安見此畫，歎息至寶空潸然。素絲斷續不忍看，已作蝴蝶飛聯翩。君能收拾爲補綴，體質散落嗟神全。誌公彷佛見刀尺，修羅天女猶雄妍〔一〕。如觀老杜飛鳥句，脱字欲補知無緣。問君乞得良有意，欲將俗眼爲洗瀹。貴人一見定羞怍，錦囊千紙何足捐。不須更用博麻縷〔二〕，付與一炬隨飛煙。

〔一〕修羅天女：《維摩經》注：「阿修羅，男醜，女端正，有大勢力，常與天共鬬。此神果報最勝，隣次諸天，而非天也。」

〔三〕博麻縷：言貴人所蓄書畫多贋物，不值一錢，不足以博麻縷，止宜付之一炬而已。王注謬引佛氏麻三斤語，施氏補注復取之，何也？

## 雨中過舒教授〔一〕

疎疎簾外竹，瀏瀏竹間雨。窗扉静無塵，几硯寒生霧。美人樂幽獨，有得緣無慕。坐依蒲褐禪，起聽風甌語。客來淡無有，灑掃凉冠履。濃茗洗積昏，妙香净浮（一作「無」，訛）慮。歸來北堂闇，一一微螢度。此生憂患中，一餉安閒處。飛鳶悔前笑，黄犬悲晚悟。自非陶靖節，誰識此閒趣。

〔一〕舒教授：即舒焕。施氏原注：「時舒爲徐州教授。元祐八年，以左朝郎校對秘書省黄本書籍。紹聖初，通判熙州。」孫彦同《職官分紀》云：「《通典》：『漢郡國皆有文學掾，唐府郡置經學博士，各一人，以五經教授學生。』宋（無專員）諸州文學（之職），從九品，爲散官。」

## 次韻舒教授寄李公擇

草書妙絶吾所兄，真書小低猶抗行。論文作詩俱不敵，看君談笑收降旌。去年逾月方出畫，公自注：予去年留齊月餘。爲君劇飲幾濡首。今年過我雖少留，寂寞陶潛方止酒。公自注：此行公擇病酒，夕不飲。別時流涕攬君鬚，懸知此懽墮空虛。松下縱横餘屐齒，門前轣轆想君車。怪君一身都是德，近之清潤淪肌骨。細思還有可恨時，不許藍橋見傾國。公自注：公擇有婢，名雲英，屢欲出，不果。

## 又送鄭户曹〔一〕

水繞彭城一作「祖」樓〔二〕，山圍戲馬臺〔三〕。古來豪傑地，千載有餘哀。隆準飛上天，重瞳亦成灰。白門下吕布，大星隕臨淮。尚想劉德輿〔四〕，置酒此徘徊。爾來苦寂寞，廢圃多蒼苔。河從百步響，山到九里回〔五〕。山水自相激，夜聲轉風雷。蕩蕩清河壖，黄樓我所開。秋月墮城角，春風摇酒杯。遲去聲君爲座客，新詩出瓊瑰。樓成君已去，人事固多乖。他年君倦游，白首賦歸來。登樓一長嘯，使君安在哉？

〔一〕按，本年《中秋月》詩：「鄭子向河朔。」公自注云：「鄭僅赴（大名）〔北京〕户曹。」施氏云「時爲冠氏令」者，訛。

〔二〕彭城樓：《太平寰宇記》：「魏刺史王延明移彭祖廟於子城東北樓，爲彭（城）〔祖〕樓。」

〔三〕戲馬臺：《元和郡縣志》：「戲馬臺在彭城縣東南二里，項羽所造，戲馬於此。」

〔四〕劉德輿：《南史·宋高祖本紀》：「劉裕，字德輿。」《文選》注：「宋武帝爲宋公，在彭城，九日出項羽戲馬臺，至今相承，以爲舊準。」

〔五〕九里山：《太平寰宇記》引《玄中記》云：「彭城有九里山，有穴潛通瑯琊。」《名勝志》：「九（嶷）〔里〕山在徐州東北（九）〔五〕里。」山陰有孫氏墓碑，上刊九嶷山，俗名九里山。

## 次韻黃魯直見贈古風二首〔一〕

### 其一

嘉穀臥風雨，稂莠登我場。陳前漫方丈，玉食慘無光。大哉天宇間，美惡更臭香。君看五六月，飛蚊殷回廊。茲時不少假，俯仰霜葉黃。期君蟠桃枝，千歲終一嘗。顧我如苦李，全生依路旁。紛紛不足道，悄悄徒自傷。

〔一〕黃魯直：《宋史》：「黃庭堅，字魯直，第進士。哲宗立，召爲秘書郎，《神宗實録》檢討官。紹聖初，章惇、蔡卞論《實録》多誣，貶涪州別駕，黔州安置，（又）〔遂〕移戎州。徽宗即位，（乞）〔丐〕郡，得太平州，（到任）〔至之〕九日罷，主管玉隆觀。尋除名，（編）〔羈〕管宜州，徙永州，卒年六十〔一〕。」○施氏原注：「魯直學問文章，天成性得，於詩尤高。善法書，自成一家。東坡所以推揚汲引，如恐不及。初，游灊皖山谷寺，樂其林泉，因自號山谷道人。建炎間，贈直龍圖閣。高宗愛其筆札，御府收蓄甚富，且録用其家云。」

慎按：《烏臺詩案》：「元豐元年二月内，北京國子監教授黄庭堅寄書一封，并古詩二首與軾，依韻和答，云『嘉穀卧風雨』至『玉食慘無光』，以譏今之小人勝君子，如稂莠之奪嘉穀。又云『大哉天宇間』至『悄悄徒自傷』，意言君子、小人進退有時，如夏月蚊虻縱横，至秋自息。比黄庭堅於蟠桃，進必遲；自比苦李，以無用全生。又取《詩》云『愠於群小』，以譏諷當今進用之人皆小人也。」此段全文，已載施氏原注中，今依例附録。

## 其二

空山學仙子，妄意笙簫聲。千金得奇藥，開視皆豨苓。不知市人中，自有安期生。今君已度世，坐閲霜中蔕。摩挲古銅人，歲月不可計。閬風安在哉？要君相指似。

**附黄魯直原作二首：**

江梅有佳實，托根桃李場。桃李終不言，朝露借恩光。孤芳忌皎潔，冰雪空自香。古來和鼎實，此物升廟廊。歲月坐成晚，烟雨青已黄。得升桃李盤，以遠初見嘗。終然不可口，棄擲官道旁。但使《烏臺詩案》作「但取」本根在，棄捐果《詩案》作「庸」何傷。

青一作「長」松出洞一作「澗」壑，十里聞風聲。上有百尺絲，下有千歲苓。《苕溪漁隱叢話》尚有「自性得久要，爲人制頹齡」二句。小草有遠志，相依在平生。醫和不並世，深根且固蔕。人言可醫國，何用太早計。小大才則殊，氣味固《詩案》作「苦」相似。

## 次韻答舒教授觀余所藏墨

異時長笑王會稽，野鶩膻腥污刀几。暮年却得庾安西，自厭家雞題六紙。二子風流冠當代，顧與兒童争愠喜。秦王十八已龍飛，嗜好晚將蛇蚓比。我生百事不挂眼，時人繆説云工此。世間有癖念誰無，傾身障簏尤堪鄙。人一作「一」生當著幾緉屐，定心肯爲微物一作「塵」起。此墨足支三十年，但恐風霜侵髪齒。非人磨墨墨磨人，缾應未罄罍先耻。逝將振衣歸故國，數畝荒園自鋤理。作書寄君君莫笑，但覓來禽與青李。一螺點漆便有餘，萬竈燒松何處使。君不見永寧第中擣龍麝，列屋閒居清且美。倒暈連眉秀嶺浮，雙鴉畫鬢香雲委。時聞五斛賜蛾緑，不惜千金求獺髓。聞君此詩當大笑，寒窗冷硯冰生水。

## 送鄭户曹賦席上果得榧子

彼美玉山果〔一〕，粲爲金一作「銀」槃實。瘴霧脱蠻溪，清樽奉佳客。客行何以贈，一語當加璧。祝君如此果，德膏以自澤。驅攘三彭仇〔二〕，已我心腹疾。願君如此木，凛凛傲霜雪。斲爲君倚几〔三〕，滑净不容削。物微興不淺，此贈毋輕擲。

〔一〕玉山果：《本草》：「榧實，一名玉山果。」《藝苑雌黄》云：「予與潘伯龍食榧子，言諸處皆不及玉山者，方悟東坡詩語，恐是上饒玉山縣。潘云：『玉山，地名，在婺之東陽縣，所生榧子香脆，(與)〔過〕他處迥殊。』(故)〔考〕《集韻》『榧』字注云：『木名，有實，出東陽諸郡。』而《本草》亦云：『出今東陽諸郡。』」施氏補注引王注云「出信州玉山」者，訛。

〔二〕三彭：《中黄經》云：「一者上蟲居腦中，二者中蟲居明堂，三者下蟲居腸胃，名曰彭琚、彭質、彭矯。惡人進道，喜人退志。」

〔三〕斲爲几：《本草》又云：「榧，一作『棑』，其木名文木，葉似杉，木如柏，理如松，肌細軟(可)〔堪〕爲器用。」詩家所云「棑几」即此。

## 送胡掾

亂葉和淒雨，投空如散絲。流年一如此，遊子去何之？節義古所重，艱危方自茲。他年著清德，仍復畏人知。

## 答仲屯田次韻

秋來不見渼陂岑，千里詩盟忽重尋。大木百圍生遠籟，朱絃三歎有遺音。清風卷地收殘暑，素月流天掃積陰。欲遣何人賡絶唱，滿堦桐葉候蟲吟。

## 密州宋國博以詩見紀在郡雜詠次韻答之

吾觀二宋文〔一〕，字字照縑素。淵源皆有考，奇險或難句。後來邈無繼，嗣子其殆庶〔二〕。胡爲尚流落，用舍真有數。當時苟悦可，慎勿笑杕杜。斲窗誰赴救，袖手良優裕。山城辱吾繼，缺短煩遮護。昔年繆陳詩，無人聊瓦注。於今賡絶唱，外重中已懼。何當附家集，擊壤追咸濩。

〔一〕二宋：《宋史》：「宋庠，初名郊，字公序。安陸人。弟祁，字子京。兄弟同舉進士，禮部奏祁第一，庠第三。章獻太后不欲以弟先兄，擢庠第一，置祁第十。人呼二宋，以大小别之。」庠練習典故，擅儒雅之望。祁亦能文，多建白。

〔二〕嗣子：史譏公序愛信幼子，多與小人游，爲御史吕誨所劾，請敕庠不得以二子隨。子京於皇祐中，亦坐其子從張彦方游，以龍圖閣學士出知亳州。則二宋之子，俱不能世其家者也。故先生詩中亦多微詞。

## 答范淳甫〔一〕

〔一〕按，《范内翰集》中失原作。

吾州下邑生劉季〔二〕，誰數區區張與李。公自注：來詩有「張僕射李臨淮」之句。重瞳遺迹已塵埃，惟有黃樓臨泗水。公自注：郡有廳事，俗謂之霸王廳。相傳不可坐，僕拆之以蓋黃樓。而今太守老且寒，俠氣不洗儒生酸。猶勝白門窮吕布〔三〕，欲將鞍馬事曹瞞。

〔一〕范淳甫：《梁溪漫志》：「范淳甫之母夢鄧禹而生子，故名祖禹，字夢得。」司馬温公爲改字淳甫。《宋史》：「范祖禹，成都華陽人。進士甲科，從司馬温公編修《通鑑》，書成，薦爲秘書省正字。哲宗立，遷著作郎，兼侍講。蘇軾稱爲講官第一。」○補録施氏原注：「祖禹幼孤，鞠於叔祖忠文公景仁。元祐初，自正字擢右正言，修《神宗實録》，由著作郎兼侍講。又試中書舍人。自除拾遺及螭掖，皆以婦父吕正獻秉政，辭不拜。正獻薨，乃擢右諫議大夫，遷給事中，禮部侍郎，翰林學士。其議論皆關天下大體。哲宗親政，忠讜日聞，紹述事興，言不見聽，請外，以龍圖學士知陝州。言者論修《實録》詆誣，連貶永、賀、賓、紀而卒，年五十八。東坡與范氏同爲蜀人，而忠文敬愛其兄弟，故與淳甫意好尤篤。元祐中，居要路，志同道合，相與力持國是。後南遷，淳甫歿於烟瘴，坡於海外聞之，以書弔諸子，許爲《志墓》。坡既北還，淳甫亦許歸葬，期諸子於道中一見，竟不相遇。子沖，字元長，高宗擢爲學士。」

〔二〕下邑：《元和郡縣志》：「沛縣東南至徐州一百四十三里，本秦舊縣，取沛澤爲名。漢興四年，改爲沛郡，理相城，以此爲小沛。魏分立譙郡，又以沛(國)爲王國。宋爲沛縣，改屬徐州。隋罷郡，縣屬仍舊。」《史記》：「高祖十二年，(破黥)〔已擊〕布〔軍〕，還過沛，謂沛父老曰：『遊子悲故鄉，吾雖都關中，萬歲後，吾魂魄猶樂思沛。且朕自沛公以誅暴亂，其以沛爲朕湯沐邑。』」

〔三〕白門：《輿地志》：「徐州南門也。」

## 次韻答王定國

每得君詩如得書，宣心寫妙書不如。眼前百種無不有，知君一以詩驅除。傳聞都下十日雨，青泥没馬街生魚。舊雨來人今不來，悠然獨酌卧清虚〔一〕。我雖作郡古云樂，山川洵美非吾廬。願君不廢重九約，念此衰冷勤呵噓。

〔一〕清虚：王定國堂名，本集有詩，子由有記。

## 和鮮于子駿鄆州新堂月夜二首〔一〕公自注：前次韻，後不次。

### 其一

去歲遊新堂，春風雪消後。池中半篙水，池上千尺柳。佳人如桃李，蝴蝶入衫袖。山川今何許，疆野一作「界」已分宿。歲月不可思，駛若船放溜〔二〕。繁華真一夢，寂寞兩榮朽。惟有當時月，依然照杯酒。應憐船上人，坐穩不知漏。

〔一〕鄆州：《元和郡縣志》：「漢東平國，後爲郡。隋分兖州萬安縣，置鄆州。」《宋史·地理志》：鄆州，初爲京東路。熙寧七年，分爲東、西兩路，鄆州屬西路。《名勝志》：「今爲鄆城縣，屬濟寧州。」《宋史·鮮于侁傳》：神宗朝，自利州路轉運(使)判官爲京東西路轉運使。

〔二〕溜：鮮于子駿原作「流」，自注云：「去聲。」先生和詩及《欒城集》俱作「溜」，二字固可通用也。

**附鮮于子駿原作：**原詩載《宋文鑑》，題云「新堂夜坐月色皎然由連理亭信步庭中徘徊久之因爲五言一首」。

秋風吹微涼，天雨新霽後。閒齋獨隱几，明月在高柳。振衣步庭下，顥氣入襟袖。天空雲漢明，隱約辨列宿。蒼蒼松檜上，零露霏欲溜。脱葉滿閒園，繁華迫衰朽。清霄望蟾影，宜付一杯酒。多病謝樽罍，城頭轉寒漏。

**附子由次韻：**

長愛陶先生，閒居棄官後。牀上卧看書，門前自栽柳。低回顧微禄，畢竟誰挽袖。索莫秋後蜂，青熒曉天宿。惟將不繫舟，託此春江溜。尺書慰窮獨，秀句驚枯朽。遥知新堂夜，明月入杯酒。千里共清光，照我茅簷漏。

## 其二

明月入華池，反照池上堂。堂中隱几人，心與水月涼。風螢已無迹，露草時有光。起觀河漢流，步屧響長廊。名都信繁會，千指調笙簧。先生病不飲，童子爲燒香。獨作五字詩，清絶如韋郎〔一〕。詩成月漸側，皎皎兩相望。

〔一〕韋郎：《賓退録》：「韋應物，京兆長安人。貞元(十)〔二〕年(二月)，由左司郎中補外，得蘇州刺史。年九十餘，不知所終。」洪容齋《題跋》云：《韋蘇州集》中有詩，云「少事武皇帝，無賴恃恩私。一字都不識，飲酒肆頑癡。武皇升仙後，憔悴被人欺。讀書事已晚，把筆學題詩。兩府始收跡，南宮謬見推。非才果不容，出守撫惸嫠」云云。蓋應物自序其少年事也。《唐史》失其事，不爲立傳。

## 送將官梁左藏〔一〕赴莫州〔二〕

燕南垂，趙北際，其間不合大如礪。至今父老哀公孫，烝土爲城鐵作門。城中積穀三百萬，猛士如雲驕不戰。一旦鼓角鳴地中，帳下美人空掩面。豈如千騎平時來，笑談謦欬生風雷。葛巾羽扇紅塵静，投壺雅歌清燕開。東方健兒虓虎樣，泣涕懷思廉耻將。彭城老守亦凄然，不見君家雪兒唱。

〔一〕左藏：《元豐類稿》：「興國初，左藏之財既充斥，始分爲三，錢與金帛皆别藏，典守者亦各異。」《宋史·職官志》：「左藏庫東西作坊使，階武顯大夫。西京左藏庫使，階武經大夫。作坊副使，階武顯郎。左藏副使，階武經郎。」楊奂《汴故宫記》：「宣徽院北曰御藥院，其北曰右藏庫。右藏庫之東，曰左藏庫。」

〔二〕莫州：《太平寰宇記》：「河北道莫州文安郡，領鄭縣、任邱、長豐三縣。易京城在鄭縣西北三十里。」然則今之雄縣，乃公孫瓚易京也。王注莫州即易京，訛。

**附子由作：**《欒城集》題云「送梁交供備知莫州」。

猛士當令守四方，中原諸將近相望。一樽度日空閒暇，千騎臨邊自激昂。談笑定先降鹵使，詩書仍得靖戎行。君看宿將何承矩，安用摧鋒百戰塲。

## 【校記】

一、《虔州八境圖八首·其二》注一引《太平寰宇記》「貢水源出雩都縣新樂山，章水源出大庾縣聶都山，至贛縣合流爲贛水」，三句原爲三條獨立之文，而末句原文爲「二水雙流至贛縣合爲贛水」，位於前二句前遠甚，初白爲文意暢順而改之。

二、《送孔郎中赴陝郊》注二引《漢書·地理志》及崔浩注，今本《漢書》崔浩注僅存前一句。此條引文實轉引自樂史《太平寰宇記》卷六《河南道六·峽州靈寶縣》「古函谷關」條。

三、《次韻潛師放魚》注二引《唐詩紀事》「孟簡字幾道，德州人，元和中擢第」，於原文，分屬兩段，而「元和中擢第」一句，乃前一段之文。初白截引而顛倒之以順文意。

四、《答范淳甫》注四引《輿地志》云云，《輿地志》不見於初白《采輯書目》，亦不知爲何《志》。按，此引文兩見於《江南通志》，卷三十三《輿地志·古蹟·徐州府》「白門」條與卷二百《雜類志·辨訛》「下邳白門」條，均謂出《輿地志》。然《江南通志》創修與康熙二十二年，而重修已是初白身後事，初白引自初修本，抑或《江南通志》與初白均引自同一書，所未知也。

# 東坡先生編年詩卷十七

## 古今體詩十一首 元豐戊午秋冬在徐州任作。

### 次韻子由送趙屼歸覲錢塘遂赴永嘉〔一〕

歸舟轉河曲，稍見楚山蒼。候吏來迎客，吴音已帶鄉。言從謝康樂，先獻魯靈光。已擊三千里，何須四十强。風流半刺史，清絶校書郎。到郡詩成集，尋溪水濺裳。芒鞵隨采藥，蠒紙記流觴。海静蛟鼉出，山空草木長。宦遊無遠近，民事要更嘗。願子傳家法，他年請上方。

〔一〕趙屼：按，《東都事略・趙抃傳》後云：「子屼，亦篤行君子。嘗爲御史，論事知治體。後爲太僕少卿以卒。」初不著其字，亦不及倅温事。文與可《丹淵集・趙秘書墓志》則云：「治平二年天水趙公之子新授秘書省校書郎、知杭州於潛縣事，名屼，字景仁，以疾卒於洛陽官舍。」云云。以歲月考之，清獻公守杭在熙寧之末，元豐之初，其子省覲正此時事。《清獻集》中有《十八男屼自温倅迎於雁蕩》詩，則公自杭罷歸永嘉，屼尚爲温倅。若據《墓志》，前此十餘年屼早殁矣。

後閲《清獻公神道碑》：「公二子，長曰岏，終於灊令。次即屼。」乃知《丹淵集》「屼」當作「岏」。景仁乃岏字也。施氏原注：「趙屼，字景□。」「景」字下脱去一字，補注本遂以「景仁」實之，失於考證，竟混兩人爲一矣。不可不辨。

**附子由原作：**

世人何局促，奔走鬢蒼蒼。聞道餘杭守，獨遊何有鄉。禪心朝吐日，元氣夜生光。清静安罷瘵，寬仁服暴强。聲名高一世，風采見諸郎。謁帝朱爲紱，還家綵作裳。經過留畫舫，談笑接清觴。問訊顔依舊，峥嵘歲自長。人生真幾許，世味不堪嘗。歸去聞詩罷，求余却老方。

## 中秋月一本有「寄子由」三字三首

### 其一

殷勤去年月，瀲灩古城東。憔悴去年人，卧病破窗中。徘徊巧相覓，窈窕穿房櫳。月豈知我病，但見歌樓空。撫枕三嘆息，扶杖起相從。天風不相哀，吹我落瓊宫。白露入肺肝，夜吟如秋蟲。坐令太白豪，化爲東野窮。餘年知幾何，佳月豈屢逢。寒魚亦不睡，竟夕相喻喁。

## 其　二

六年逢此月，五年照離別。公自注：中秋有月，凡六年矣，惟去歲與子由會於此。歌君别離曲，公自注：子由有《水調歌頭》。滿座爲凄咽。留都信繁麗〔一〕，此會豈易擲。鎔銀百頃湖，挂鏡千尋闕。三更歌吹罷，人影亂清樾。歸來北堂下，寒光翻露葉。唤酒與婦飲，念我向兒説。豈知衰病後，空盞對梨栗。但見古河東，莜一作「蕎」，音義同麥花一作「如」鋪雪。欲和去年曲，復恐心斷絶。

〔一〕留都：謂南京，時子由在張安道幕。

## 其　三

舒子在汶上，閉門相對清。公自注：舒焕試舉人鄆州。鄭子向河朔，公自注：鄭僅赴北京户曹。孤舟連夜行。頓子雖咫尺，兀如在牢扃。公自注：頓起來徐試舉人。趙子寄書來，《水調》有餘聲〔一〕。公自注：今日得趙杲卿書，猶記余在東武中秋所作《水調歌頭》也。悠哉四子心，共此千里明。明月不解老，良辰難合并。回頭一作「顧」坐上人，聚散如流萍。嘗聞此宵月，萬里同陰晴。公自注：故人史生爲余言，嘗見海賈云：中秋有月，則是歲珠多而圓。賈人常以此候之，雖相去萬里，他日會合，相問則陰晴無不同者。天公自著意，此會那可輕。明年各相望，俯仰今古情。

〔一〕《水調》：本集有「丙辰中秋歡飲達旦大醉作水調歌頭兼懷子由」詞。

## 中秋見月懷一作「寄」子由

明月未出群山高，瑞光萬一作「千」丈生白毫。一盃未盡銀闕涌，亂雲脱壞如崩濤。誰爲天公洗眸子，應費明河千斛水。遂令冷看世間人，照我湛然心不起。西南大一作「火」星如彈丸，角尾奕奕蒼龍蟠。今宵注眼看不見，更許螢火争清寒。何人艤舟臨古汴，千燈夜作魚龍變。曲折無心逐浪花，低昂赴節隨歌板。公自注：是夜，賈客舟中放水燈。青熒滅没轉山前一作「前山」，浪颭風迴豈復堅。明月易低人易散，歸來呼酒更重看。堂前月色愈清好，咽咽寒螿啼露草。卷簾推户寂無人，窗下咿啞惟楚老〔一〕。公自注：近有一孫，名楚老。南都從事莫羞貧，對月題詩有幾人？明朝人事隨日出，怳然一夢瑶臺客。

〔一〕楚老：本集《與李公擇尺牘》云：「某有一孫，體頗碩重，八月十二日生，名楚老。」

**附子由次韻：**

西風吹暑天益高，明月耿耿分秋毫。彭城閉門青嶂合，卧聽百步鳴飛濤。使君攜客登燕子，月色著人冷如水。筵前不設鼓與鐘，處處笛聲相應起。浮雲捲盡留金丸，戲馬臺西山鬱蟠。杯中渌酒一時盡，衣上白露三更寒。扁舟明日遊古汴，回首逡巡陵谷變。河吞巨野入長淮，城没黄流只三板。明年築城城似山，伐木爲隄隄更堅。黄樓未成河已退，空有遺跡令人看。城頭見月應更好，河流深處今生草。子孫幸免魚鼈食，歌舞聊寬使君老。南都從事老更貧，羞見青天月照人。飛鶴入籠不能出，曾是彭城坐中客。

## 答王鞏公自注：鞏將見過，有詩，自謂惡客，戲之。

汴泗遶吾城，城堅如削鐵。中有李臨淮，號令肝膽裂。古來彭城守，未省怕惡客。惡客云是誰？祥符相公孫。是家豪逸生有種，千金一擲頗黎盆。連車載酒來，不飲外酒嫌其村〔一〕。子有千瓶酒，我有萬株菊。任子滿頭插，團團見花不見目。醉中插花歸，花重壓折軸。問客何所須？客言我愛山。青山自遶郭，不要買山錢。此外有黄樓，樓下一河水。美哉洋洋乎，可以療饑并洗耳。彭城之遊樂復樂，客惡何如主人惡。

〔一〕嫌其村：《演繁露》云：「唐令，在田野者爲村，別置村正一人。故世之鄙陋者，因以村名之。東坡詩『不飲外酒嫌其村』，正用此意。」

## 次韻王定國馬上見寄

昨夜霜風入裌衣，曉來病骨更支離。疎狂似我人誰顧，坎坷憐君志未移。但恨不攜桃葉女，尚能來趁菊花時。南臺二謝人無繼，直一作「只」恐君詩勝義熙〔一〕。公自注：二謝從宋武帝九日燕戲馬臺。

〔一〕義熙：晉安帝年號。時宋武帝爲晉臣，鎮徐州。

## 與頓起〔一〕孫勉泛舟探韻得未一作「味」字〔二〕

窗前堆梧桐，床下鳴絡緯。佳人尺書到，客子中夜喟。朝來一樽酒，晤語聊自慰。秋蠅已無聲，霜蟹初有味。當爲壯士飲，眥裂須磔蝟。勿作兒女懷，坐念蠨蛸畏。山城亦何有，一笑瀉肝胃。泛舟以娱君，魚鼈多可饋。縱爲十日飲，未遽主人費。吾儕俱老矣，耿耿知自貴一作「愧」。寧能傍門户，啼笑雜猩狒。要將百篇詩，一吐千丈氣。蕭條歲行暮，迨此霜雪未。明朝出城南，遺跡觀楚魏。西風迫吹帽，金菊亂如沸。顧君勿言歸，輕别吾所諱。

〔一〕頓起：鄆州人，時來徐州試舉人，見公自注。

〔二〕孫勉：觀先生送勉詩，當是淮南人，莘老之弟也。時與頓起同爲考官。

## 次韻答頓起二首

### 其一

挽袖推腰踏破紳，舊聞攜手上天門〔一〕。相逢應覺聲容似，欲話先驚歲月奔。新學已皆從許子，諸生猶自畏何蕃。殿廬直宿真如夢，猶記憂時策萬言。公自注：頓君及第時，余爲殿試編排官，見其答策語頗直。其後，與子由試舉人西京，既罷，同登嵩山絶頂。嘗見其唱酧詩十餘首，頓詩中及之。

〔一〕上天門：言其同子由登嵩山事。先生自注甚明，施注引太山，非也。

### 其二

十二東秦比漢京，去年古寺共題名。公自注：去歲，見之於青州。早衰怪我遽如許，苦學憐君太瘦生。茅屋擬歸田二頃，金丹終掃雪千莖。何人更似蘇司業，和遍新詩滿洛城。

## 九日黄樓作〔一〕

去年重陽不可説，南城夜半千漚發。水穿城下作雷鳴，泥滿城頭飛雨滑。黄花白酒無人問，日暮歸來洗韡襪。豈知還復有今年，把盞對花容一呷。莫嫌酒薄紅粉陋，終勝泥中千柄鍤。黃樓新成壁未乾，清河已落霜初殺。朝來白露一作「霧」如細雨一作「細如雨」，南山不見千尋刹。樓前便作海茫茫，樓下空聞櫓鴉軋。薄寒中人老可畏，熱酒澆腸氣先壓。煙消日出見漁村，遠水鱗鱗山齾齾。詩人猛士雜龍虎，公自注：坐客三十餘人，多知名之士。楚舞吳歌亂鵝鴨。一杯相屬君勿辭。此景一作「境」何殊泛清霅。

〔一〕黃樓：秦觀《黃樓賦序》云：「太守蘇公守彭城之明年，既治河決之變，民以更生，因繕修其城，作黃樓於東門之上，以爲水受制於土，而土之色黃，故取名焉。」子由亦有賦。

## 太虛以黃樓賦見寄作詩爲謝〔一〕

我在黃樓上，欲作黃樓詩。忽得故人書，中有黃樓詞。黃樓高十丈，下建五丈旗。楚山以爲城，泗水以爲池。我詩無傑句，萬景驕莫隨。夫子獨何妙，雨雹散雷椎。雄詞雜今古，中有屈宋姿。南山多磬石，清滑如流脂。朱蠟以一作「爲」摹刻，細妙分毫釐。佳處未易識，當有來者知。

〔一〕秦觀，初字太虛，後改少游，陳《後山集》中有《字說》。

## 九日次韻王鞏

我醉欲眠君罷休，已教從事到青州。鬢霜饒我三千丈，詩律輸君一百籌。聞道郎君閉東閣，且容老子上南樓。相逢不用忙歸去，明日黄花蝶也愁。

## 送頓起〔一〕

客路相逢難，爲樂常不足。臨行挽衫袖，更賞折殘菊。佳人亦何念，悽斷《陽關曲》。酒闌不忍去，共接一寸燭。留君終無窮，歸駕不免促。岱宗已在眼，一往繼前躅。天門四十里，夜看扶桑浴。回頭望彭城，大海浮一粟。故人在其下，塵土相豗蹴。惟有黄樓詩，千古配《淇澳》。公自注：頓有詩，記黄樓本末。

〔一〕《欒城集》中有《次韻頓起考試徐沂舉人寄詩》一首，今不附録。

慎按：頓起，鄆州人，故云「岱宗已在眼」。此詩所云天門，則指太山，與前詩有别。

## 送孫勉

昔年罷東武，曾過北海縣〔一〕。白河翻雪浪，黄土如蒸麪。桑麻冠東方，一熟天下賤。是時累饑饉，嘗苦盜賊變。每憐追胥官，野宿風裂面。君爲淮南秀，文采照金殿。公自注：君嘗考中進士第一人。胡爲事奔走，投筆腰羽箭。更被髯參一作「將」軍，豪篇來督戰。公自注：其兄莘老，以詩寄之，皆言戰事。親程三郡士〔二〕，玉石不能銜。欲知君得人，失者亦稱善。君才無不可，要使經百鍊。吾詩堪咀嚼，聊送别酒嚥。

〔一〕北海縣：《太平寰宇記》：「後漢北海國，齊北海郡，皆此地也。隋開皇初罷郡，置下密縣，屬青州。十六年，又於此置濰州。大業二年州廢，改下密爲北海縣。」歐陽忞《輿地廣（志）〔記〕》：「唐武德二年，以北海置濰州，宋爲北海軍，乾德二年升爲州，治北海縣。」

〔二〕三郡士：本集《徐州鹿鳴宴詩序》：「元豐元年，三郡之士皆舉於徐。謂徐及沂、鄆三州也。」

## 李思訓畫長江絶島圖〔一〕

山蒼蒼，水茫茫，大孤小孤江中央〔二〕。崖崩路絶猿鳥去，惟有喬木攙天長。客舟何處來？棹歌中流聲抑揚。沙平風軟望不到，孤山久與船低昂。峨峨兩煙鬟，曉鏡開新粧。舟中賈客莫漫狂，小姑前年嫁彭郎〔三〕。

〔一〕李思訓：《名畫録》：「思訓與子昭道俱得山水之妙，號大李、小李。思訓神品，昭道妙品。」本集《雜記》云：「唐人王摩詰、李思訓之流，畫山水峰巒，自成變態，雖蕭然有出塵之姿，然頗以雲物間之。作浮雲高靄與孤鴻落照，明滅於江天之外，舉世宗之，而唐人之典刑盡矣。」

〔二〕大孤小孤：《太平寰宇記》：「彭蠡湖周圍四百五十里，湖心有大孤山（以别德化、都昌之界）。小孤山高三十文，周圍一里，在彭澤縣古城西北九十里。」吴曾《能改齋漫録》：「南唐陳致雍《曲臺奏議集》：『其間一首《正大姑小姑山神像》，曰：「准祠部〔牒〕，據彭澤鎮申大姑、小姑，乞改神（像）〔儀〕者。」孤山，《釋山》云：「蜀，孤也。」今下民訛言，穿鑿浮僞，作爲淫祀，必也正名，於義安取。彭澤鎮所申改正甚允。中所安排神像部伍，典或不載，但依常式，去婦人位，立山神廟貌。』乃知南唐已嘗討論改正。至本朝，因循既久，又復婦人像，而敕額至以聖母爲稱，其鹵莽曾不若南唐也。」

〔三〕彭郎：《名勝志》：「小孤北岸與彭澤縣接界，山之西，有小孤廟，對岸有澎浪磯，語訛爲『彭郎』，遂有『小姑嫁彭郎』之語。」

## 張安道見示近詩

人物一衰謝，微言難重尋。殷勤永嘉末，復聞正始音。清談未足多，感時意殊深。少年有奇志，欲和南風琴。荒林一作「村」蜩蚻一作「蛩」亂，廢沼蛙蟈淫。遂欲掩兩耳，臨文但噫瘖。蕭然王郎子，來自緱山陰。公自注：其婿王鞏攜來。云見浮邱伯，吹簫明月岑。遺聲落淮泗，蛟鼉爲悲吟。願公正王度，《祈招》繼愔愔。

慎按：《烏臺詩案》：「元豐元年八月内，張方平令王鞏將詩一卷來徐州，封題云『樂金堂雜詠』，乃是方平舊詩。軾作一詩題卷末，云云。言晉元帝時，衛玠初過江左，不意永嘉之末，復聞正始之音。軾意言人物衰謝，不意復見張方平之文章才氣，以譏諷今時衰薄也。意以衛玠比方平，故云『清談未足多，感時意殊深』，言我非獨多衛玠清談，但感時之人物衰謝，微言難繼，此意殊深遠也。又，『少年有奇志』至『臨文但噫瘖』，言軾少年本有志，欲和天子薰風之詩，因見學者（多）〔皆〕空言無實，或雜引佛老異端之書，文字雜亂，故以『荒林』、『廢沼』比朝廷新法屢有變改，事多荒廢，致風俗虚浮，學者誕妄，如蜩蚻之紛亂，遂掩耳不欲論文也。又，『蕭然王郎子』六句，以王子晉比王鞏，以浮邱伯比方平也。『願公正王度，《祈招》繼愔愔』，據《左氏》，楚靈王欲求鼎於周，求地於諸侯。其臣（右）〔令〕尹子革諫王，其詩曰：『祈招之愔愔，式昭德音，思我王度，式如玉，式如金，形民之力，而無醉飽之心。』靈王不能用，以及於難。軾欲張方平勿爲虚言之詩，當作譏諷朝廷闕失，如祭（公謀）父作《祈招》之詩（以正王）也。」按，此段施氏原注所載，删落不全，今考舊本，備録焉。

**附子由次韻：**

世俗甘枉尺，所願求直尋。不知一律訛，大樂無完音。見利心自摇，慮害安得深。至人不妄言，淡如朱絲琴。悲傷感舊俗，不類騷人淫。又非避世翁，閔嘿遽陽瘖。嘐嘐晨鷄鳴，豈問晴與陰？世人積寸木，坐使高樓岑。晚歲卧草廬，誰聽《梁甫吟》？他年楚倚相，倘能記愔愔。

## 次韻王鞏顔復同泛舟

沈郎清瘦不勝衣，邊老便便帶十圍。躞蹀身輕山上走，懽呼船重醉中歸。舞腰似雪金釵落，談辯如雲玉麈揮。憶在錢塘正如此，回頭四十二年非。

## 次韻張十七九日贈子由〔一〕

千戈萬槊擁笓籬〔二〕，九日清樽豈復持。公自注：是日南都敕使按兵。官事無窮何日了，菊花有信不吾欺。逍遥瓊館真堪羡，取次塵纓未可縻。迨此暇時須痛飲，他年長劍拄君頤。

〔一〕張十七：即張恕寺丞，注見前。

〔二〕笓籬：《北史》：「笓籬戰格，於女牆跳出安之，以遮矢石。」

**附子由次韻：**

無限黄花簇短籬，濁醪霜蟹正堪持。坐曹漫爾誇勤瘁，割肉何妨笑詆欺。世外尊罍終日放，俗間簿領莫相縻。茱萸插遍知人少，談笑須公一解頤。

慎按：《欒城集》又有《戲次前韻寄王鞏》二首，今不具録。

## 次韻王鞏獨眠

居士身心如槁木，旅館孤眠體生粟。誰能相思琢白玉，服藥千朝償一宿。天寒日短銀燈續，欲往從之車脱軸。何人吹斷參差竹，泗水茫茫鴨頭緑。

## 次韻王鞏留别

去國已八年，故人今有誰？當時交遊内，未數蔡充兒。豈無知我者，好爵半已縻。争爲東閣吏，不顧北山移。公子表獨立，與世頗異馳。不辭千里遠，成此一段奇。蛾眉亦可憐，無奈思餅師。無人伴客寢，惟有支牀龜。君歸與何人，文字相娱嬉。持此調張子，一笑當脱頤。

慎按：補録施氏原注：「時王介甫罷相歸金陵，以韓絳子華代之。又薦吕惠卿參知政事，相與守新法而不變故。子華號傳法沙門，惠卿號護法善神。正人端士，皆以異論，指爲流俗，廢棄於外。其不能自持者，亦枉道以從之。故詩八句云云，意有所指，獨嘆定國異於他人，不肯屈節爲用，故又云『公子表獨立』云云也。」

## 登雲龍山

醉中走上黃茅岡〔一〕，滿岡亂石如群羊。岡頭醉倒石作牀，仰看石刻作「觀」白雲天茫茫。歌聲落谷秋風長，路人舉首東南望，拍手大笑使君狂。

〔一〕黃茅岡：《徐州志》：「雲龍山在徐州城（東）〔南〕，（山之）〔其〕陰曰黃茅岡。」

慎按：此首先生手書刊石，詩後題云：元豐元年九月十七日，張天驥、蘇軾、顔復、王鞏始登此山。

## 題雲龍草堂石磬

折爲督郵腰，懸作山人室。殊非濮上音，信是泗濱石。

慎按：此詩施氏原本不載，新刻本載《續補》下卷，今附録於此。

## 與舒教授張山人參寥師仝游戲馬臺書西軒壁兼簡顔長道二首〔一〕

其一

古寺長廊院院行，此軒偏慰旅人情。楚山西斷如迎客〔二〕，汴水南來故遶城。路失玉鈎芳草合，林亡白鶴古泉清。淡遊何以娱庠老，坐聽郊原琢磬聲。

〔一〕西軒：《名勝志》：「戲馬臺高數十仞，〔四〕周（圍）皆土阜，宋（時）〔人〕於上建臺頭寺，甃磴以升，中有西軒。」

〔二〕楚山：即楚王山，注見後卷《送張師厚》詩下。

其二

竹杖芒鞋取次行，下臨官道見人情。天寒菽粟猶棲畝，日暮牛羊自入城。沽酒獨教陶令醉，題詩誰似皎公清。更尋陋巷顏夫子，乞取微言繼此聲。

## 滕縣〔一〕時同年西園〔二〕

人皆種榆柳，坐待十畝陰。我獨種松柏，守此一片心。君看閭里間，盛衰日駸駸。種木不種德，聚散如飛禽。老時吾不識，用意一何深。知人得數士，重義忘千金。西園手所開，珍木來千岑。養此霜雪根，遲彼鸞鳳吟。池塘得流水，龜魚自浮沉。幽桂日夜長，白花亂青衿。豈獨蕃草木，子孫已成林。拱把不知數，會當出千尋。樊侯種梓漆，壽張富華簪。我作西園詩，以爲里人箴。

〔二〕滕縣：《齊乘》云：「古滕國，漢初夏侯嬰封滕公，後置蕃縣。隋改蕃爲滕縣，唐屬徐州，宋屬鄆州。」按，《寰宇記》及《輿地廣記》皆以滕縣爲徐州屬縣，《齊乘》謂宋屬鄆州者，訛。

〔三〕時同年：失考。

## 次韻王廷老和張十七九日見寄〔一〕

霜葉投空雀啅籬，上樓筋力强扶持。對花把酒未甘老，膏面染鬚聊自欺。無事亦知君好飲，多才終恐世相縻。請看平日銜杯口，會有金椎爲控頤。

〔一〕王廷老：名伯敭，官至虢州守。其子爲東坡壻，見《欒城集・祭王虢州文》。注詳本集《送伯敭守虢州》下。

## 鹿鳴宴〔一〕

連騎忽忽畫鼓喧，喜君新奪錦標還〔二〕。金罍浮菊催開宴，紅蕊將春待入關〔三〕。他日曾陪探禹穴，白頭重見賦《南山》。何時共樂昇平事，風月笙簫坐夜閒。

〔一〕鹿鳴宴：《宋史》：州郡貢士曰鹿鳴宴，其登第曰聞喜宴，二宴許用雅樂。本集《徐州鹿鳴宴詩序》云：「元豐元年，三郡之士，皆舉於徐。九月辛丑晦，會於黄樓，修舊事也。」

〔二〕奪錦標：《古今詩話》：「盧肇、黄頗皆宜春人，同舉，郡守獨餞頗。明年，肇狀元及第，歸，郡守會觀競渡，肇即席賦詩，云：『向道是龍剛不信，果然奪得錦標歸。』」

〔三〕將春入關：杜牧《及第後寄長安故人》詩：「秦地少年多釀酒，（待）〔已〕將春色入關來。」

慎按：此詩施氏原本不載，今考，據年月，從《續補》下卷移編。

## 次韻參寥師寄秦太虚三絶句時秦君舉進士不得按，《參寥集》失原作。

### 其一

秦郎文字固超然，漢武憑虚意欲仙。底事秋來不得解，定中試與問諸天〔一〕。

〔一〕定中問天：《碧溪詩話》：「東坡《寄參寥》，問少游失解云：『底事秋來不得解，定中試與問諸天。』蓋用劉禹錫《和宣上人賀王侍郎放榜》詩，云：『借問至公誰印可，支郎天眼定中觀。』不惟兼具儒釋，又正屬科場事，其不泛如此。」

### 其二

一尾追風抹萬蹄，崑崙元圃謂朝隮。回看世上無伯樂，却道鹽車勝月題。

## 其　三

得喪秋毫久已冥，不須聞此氣崢嶸。何妨却伴參寥子，無數新詩咳唾成。

## 與參寥師行園中得黄耳蕈〔一〕

遺化何時取衆香，法筵齋鉢久凄凉。寒蔬病甲誰能採，落葉空畦「落葉」，一作「落蕊」半已荒。老楮忽生黄耳菌，故人兼致白茅薑。蕭然放箸東南去，又入春山筍蕨鄉。

〔一〕黄耳蕈：《傳法正宗記》：「十五祖迦那提婆至迦毗羅國，有長者梵摩净德，園樹中生耳如菌，味甚美。長者與第二子羅睺羅多取而食之，盡而復出。」

**附參寥次韻：**

鈴閣追隨十月强，葵心菊腦厭甘凉。身行異地老多病，路憶故山秋易荒。西去想難陪蜀芋，南來應得共吴薑。白雲出處原無定，只恐從風入帝鄉。

## 百步洪并引

王定國訪余於彭城，一日，棹小舟與顔長道攜盼、英、卿三子游泗水，北上聖女山，南下百步洪，吹笛飲酒，乘月而歸。余時以事不得往，夜著羽衣，佇立黃樓上，相視而笑，以爲李太白死世間無此樂三百餘年矣。定國既去逾月，復與參寥師放舟洪下，追懷曩遊，已爲陳跡，喟然而歎。故作二詩，一以遺參寥，一以寄定國，且示顏長道、舒堯文邀同賦云。

其一

長洪斗落生跳波，輕舟南下如投梭。水師絶叫鳧雁起，亂石一綫争磋磨。有如兔走鷹隼落，駿馬下注千丈坡。斷絃離柱箭脱手，飛電過隙珠翻荷。四山眩轉風掠耳，但見流沫生千渦。嶮中得樂雖一快，何異水伯夸秋河。我生乘化日夜逝，坐覺一念逾新羅。紛紛争奪醉夢裏，豈信荆棘埋銅駝。覺來俛仰失千劫，回視此水殊委蛇。君看岸邊蒼石上，古來篙眼如蜂窠。但應此心無所住，造物雖駛如吾何？回船上馬各歸去，多言譊譊師所呵。

慎按：《容齋三筆》：「韓、蘇爲文，用譬喻處，重複聯貫，至有七八轉者。韓《送石洪序》云：『論人高下，事後當成敗，若河決下流而東注；若駟馬駕輕車就熟路，而王良、造父爲之先後也；若燭照數計而龜卜也。』《盛山詩序》云：『儒者之於患難，其拒而不受於懷也，若築河堤以障屋霤；其容而消之也，若水之於海，冰之于夏日；其玩而忘之以文詞也，若奏金石以破蟋蟀之鳴、飛蟲之聲。』蘇公《百步洪》詩『斗落生跳波』云云之類是也。」

## 其　二

佳人未肯回秋波，幼輿欲語防飛梭。輕舟弄水買一笑，醉中蕩槳肩相摩。不學長安閭里俠，貂裘夜走臙脂坡〔一〕。獨將詩句擬鮑、謝，涉江共採秋江荷。不知詩中道何語，但覺兩頰生微渦。我時羽服黄樓上，坐見織女初斜河。歸來笛聲滿山谷，明月正照金叵羅。奈何捨我入塵土，擾擾毛群欺卧駝。不念空齋老病叟，退食誰與同委蛇。時來洪上看遺跡，忍見屐齒青苔窠。詩成不覺雙淚下，悲吟相對惟羊、何。欲遺佳人寄錦字，夜寒手冷無人呵。

〔一〕胭脂坡：李濂《汴京遺跡志》：「胭脂（城）〔坡〕在開封府城西北，朝暮斜暉照之若胭脂，俗呼爲紅沙岡。」

## 送參寥師

上人學苦空〔一〕，百念已灰冷。劍頭惟一吷，焦穀無新穎。胡爲逐吾輩，文字争蔚炳。新詩如玉屑一作「雪」，出語便清警。退之論草書，萬事未嘗屏。憂愁不平氣，一寓筆所騁。頗怪浮屠人，視身如邱井。頽然寄淡泊，誰與發豪猛。細思乃不然，真巧非幻影。欲令詩語妙，無厭空且静。静故了群動，空故納萬境。閲世走人間，觀身卧雲嶺。醎酸雜衆好，中有至味永。詩法不相妨，此語當更請。

〔一〕苦空：《翻譯名義》：「苦以偪惱爲義，身爲諸苦之本，當求空寂，此最爲樂。」

## 夜過舒堯文戲作

先生堂上一作「前」霜月苦，弟子讀書喧兩廡。推門入室書縱横，蠟紙燈籠晃雲母。先生骨清少眠卧，長夜默坐數更鼓。耐寒石硯欲生冰，得火銅瓶如過雨。郎君欲出先自贊〔一〕，坐客斂衽誰敢侮。明朝阮籍過阿戎，應作羲之羨懷祖。

〔一〕郎君：舒堯文之子名彦舉，見本集《遊桓山記》。

## 和參寥見寄

黄樓南畔馬臺東，雲月娟娟正點空。欲共幽人洗筆硯，要傳流水入絲桐。且隨侍者尋西谷，莫學山僧老祝融〔一〕。待我西湖借君去，一杯湯餅潑油葱。

〔一〕祝融：《南嶽記》：「衡山者，（火臺）〔太虚〕之寶洞，赤帝館其嶺，祝融託其陽。」祝融，衡山一峰也。「山僧老祝融」，暗用懶殘事。

慎按：此詩施氏原本不載，新刻載《續補》下卷，考之《外集》，題云「奉答參寥離彭門至淮上見寄」，今據此移編。

**附參寥原作：**

竭來淮上卧蕭宫，回首人間萬事空。院静水沉消薄幔，睡餘寒日耿修桐。南方訪古思杯渡，北海談經憶孔融。寂寞蒹葭霜雪後，何時重倚玉青葱。

## 十月十五日觀月黄樓席上次韻

中秋天氣未應殊，不用紅紗照坐隅。山上白雲横匹素，水中明月卧浮圖。未成短棹還三峽，已約輕舟泛五湖。爲問登臨好風景，明年還憶使君無。

## 答王定民 定民字佐才，東萊人，俊民弟也。

開緘奕奕滿銀鈎，書尾題詩語更遒。八法舊聞宗長史，五言今復擬蘇州〔一〕。筆蹤好在留臺寺，旗隊遥知到石溝。欲寄鼠鬚并繭紙，請君章草賦黄樓。

〔一〕五言擬蘇州：白居易《與元微之書》：「近歲韋蘇州，五言尤高雅閒澹，自成一家。」

# 次韻王廷老退居見寄二首〔一〕

其一

浪蕊浮花不辨春，歸來方識歲寒人。回頭自笑風波地，閉眼聊觀夢幻身。北牖已安陶令榻，西風還避庾公塵。更搔短髮東南望，試問今誰裹舊巾？

〔一〕王廷老退居：《欒城集》中《送王廷老朝散》詩，有「一廢十五年，直坐多才耳」之句，正謂其退居時也。

**附子由作：**

歌吹新城百尺臺，青山臨水巧崔嵬。佳人解作迴文語，狂客能鳴摻鼓雷。擷菊傳杯醒復醉，采菱盪槳去仍回。新年聞欲相從飲，春酒還須剩作醅。

其二

接果移花看補籬，腰鐮手斧不妨持。上都新事長先到，老圃閒談未易欺。釀酒閉門開社甕，殺牛留客解耕縻。何時得見纖纖玉，右手持杯左捧頤。

慎按：《欒城集》詩原題云「次韻王廷老寄子瞻」，今《東坡集》中無「臺」字韻詩，疑闕一首。又，第二章乃《次張十七九日韻》也，先生又有次《王廷老和張十七見寄韻》詩，此章疑亦同時作，而編集者訛入此題，未可知也。

## 次韻顔長道送傅倅

兩見黄花掃落英，南山山寺遍題名。宗成不獨依岑范，魯衛終當似弟兄。去歲雲濤浮汴泗，與君泥土滿衣纓。如今别酒休辭醉，試聽雙洪落後聲〔一〕。

〔一〕雙洪：《宋史·河渠志》：「吕梁、百步兩洪，湍急險惡，多壞舟楫。」《徐州志》：吕梁洪在城東南五十里，有上、下二洪。巨石齒列。波流洶湧、吕梁西岸有尉遲城。唐尉遲恭疏二洪，因築城。

## 雲龍山觀燒得雲字

丁女真水妃，寒山便火耘。隕霜知已殺，坯户聽初焚。束熅方熠燿，敲石俄氤氳。落點甘泉烽〔一〕，横煙楚塞氛。窮蛇上喬木，潛蛟躡浮雲。驚飛墮傷雁，狂走迷癡麏。谷蟄起蜩燕。山妖竄夔獖。野竹爆哀聲，幽桂飄冤芬。悲同秋照蠏，快若夏燎蚊。火牛入燕壘，燧象奔吳軍〔二〕。崩騰井陘口〔三〕，萬馬皆朱幩。摇曳驪山陰，諸姨爛紅裙。方隨長風卷，忽值絶澗分。我本山中人，習見匪獨聞。偶從二三子，來訪張隱君〔四〕。君家亦何有，物象移朝曛。把酒看飛燼，空庭落繽紛。行觀農事起，畦壠如纈紋。細雨發春穎，嚴霜倒秋蕡。始知一炬力，洗盡狐兔群。

〔一〕甘泉：《太平寰宇記》：「長安縣有桂宮，《廟記》云：『漢武造。』《關中記》云：『桂宮在未央宮北，周四十餘里。』《三秦記》云：『桂宮一名甘泉，中有迎風臺，以避暑。』」又，鄠縣有隋甘泉宮，在縣東二十里，對甘泉谷，故名。

〔二〕燧象：梁元帝詩：「連雞隨火度，燧象帶烽然。」

〔三〕井陘口：《元和郡縣志》：「河東太原府廣陽縣有井陘，故關在縣東八十里。」《太平寰宇記》：「井陘口，今名土門口，在獲鹿縣西南十里，即太行八陘之第五陘也。四面高，中央下，似井，故名。」《困學紀聞》：「土門口在鎮州，即井陘關也。」

〔四〕張隱君：即雲龍山人張天驥。

慎按：以下四首皆戊午冬作，施氏原本訛編下卷，今移置本卷之末。

## 和田國博喜雪〔一〕

疇昔月如晝，晚來雲暗天。玉花飛半夜，翠浪舞明年。螟螣無遺種，流亡稍占田。歲豐君不樂，鐘磬幾時編。公自注：田有服，不樂。

〔一〕田國博：字叔通。本集有《留别叔通元弼坦夫》詩，首句云「田三昔同寮」，即其人也。時以國子博士爲徐州通判，故先生贈詩又有「風流别乘多才思」之句。

## 祈雪霧豬泉出城馬上作贈舒堯文〔一〕

三年走吴越，踏遍千重山。朝隨白雲去，暮與棲鴉還。翩如得木狖，飛走誰能攀。一爲符竹累，坐老敲榜間〔二〕。此行亦何事，聊散腰脚頑。浩蕩城西南，亂山如玦環。山下野人家，桑柘雜榛菅。歲晏風日暖，人牛相對閒。薄雪不蓋土，麥苗稀可删。願君發豪句，嘲詼一作「笑」破天慳。

〔一〕霧豬泉：《徐州志》：蕭縣東南五十里爲大觀山，其處有霧豬山，其泉曰豬泉，爲豬龍所伏，歲旱禱雨極應。本集《祈雪祝文》云：「噫嘻我民，何辜於天。不水則旱，於今二年。天未悔禍，百日不雨。雪不斂塵，麥不蓋土。天子命我，禱於山川。側聞此山，神龍之淵。」

〔二〕敲榜：韓愈《赴江陵》詩：「何況親犴獄，敲(榜)〔搒〕發奸偷。」

## 次韻舒堯文祈雪霧猪泉

長笑蛇醫一寸腹，銜冰吐雹何時足。蒼鵝無罪亦可憐，斬頸橫盤不敢哭。豈知泉下有猪龍，卧枕雷車踏陰軸。前年太守爲旱請〔一〕，雨點隨人如撒菽。公自注：傅欽之曾禱此泉，得雨。太守歸國龍歸泉，至今人詠淇園緑。我今又復罹此旱，凜凜疲民在溝瀆。却尋舊跡叩神泉，坐客仍攜王子淵。公自注：欽之時客，惟舒在矣。看草《中和》《樂職》頌，新聲妙語慰華顛。曉來泉上東風急，須上冰珠老蛟泣。怪詞欲偪龍飛起，險韻不量吾所及。行看積雪厚埋牛，誰與春工掀百蟄。此時還復借君詩，餘力汰輈仍貫笠。揮毫落紙勿言疲，驚龍再起震失匙。

〔一〕前年太守：按，《宋史·傅堯俞傳》不載知徐州事。《一統志》「徐州名宦」條下，列傅堯俞姓名。以公詩考之，傅守徐，當在熙寧乙卯、丙辰間。

**附黄魯直次韻：**

老農年饑望人腹，想見四溟森雨足。林回投璧負嬰兒，豈聞烹兒翁不哭。未論萬户無炊烟，蛛絲蝸涎經杼軸。使君憫雪無肉味，煮餅青蒿下鹽菽。豈云剪爪宜侵肌，霜不殺草仍故緑。幽靈奰屭西山霧，牲肥酒香神未瀆。得微往從董父餐，寧當睡繫葛陂淵。卜擇祠官齊博士，暴露致告蒼崖顛。請天行澤不汲汲，爾亦枯魚過河泣。生鵝斬頭血未乾，風馬雲車坐相及。百里旌旗灑玉花，使君義動龍蛇蟄。老農歡喜有春事，呼兒飯牛理蓑笠。博士勿嘆從公疲，明年麥飯滑流匙。

## 宋復古畫瀟湘晚景圖三首〔一〕

### 其一

西征憶南國，堂上畫瀟湘。照眼雲山出，浮空野水長。舊游心自省，信手筆都忘。會有衡陽客，來看意渺茫。

〔一〕宋復古：夏文彦《圖繪寶鑑》：「宋迪，字復古。擢第爲郎。師李成，畫山水，運思高妙，筆墨清潤。又喜畫松，或高或偃，或孤或雙，以至於千萬株，森森然殊可駭。」江少虞《皇朝事實類苑》：「度支員外郎宋迪，善爲平遠山水，其得意者，有『平沙落雁』、『遠浦歸帆』、『山市晴嵐』、『江天暮雪』、『洞庭秋月』、『瀟湘夜雨』、『煙寺晚鐘』、『漁村落照』，謂之八景。好事者多傳之。」《湘山野録》：長沙有八景臺，宋迪度支工畫，有平沙落雁等名，謂之八景。僧惠洪各賦詩於左。

其　二

落落君懷抱，山川自屈蟠。經營初有適〔一〕，揮灑不應難。江市人家少，烟郵古木攢。知君有幽意，細細爲尋看。

〔一〕經營：謝赫《畫品》：「畫有六法，五曰經營位置。」杜甫詩：「意匠〔慘淡〕經營中（慘淡）。」

其　三

咫尺殊非少，陰晴自不齊。徑蟠一本作「遥」趨後崦，水會赴前溪。自説非人意，曾經入馬蹄。他年宦遊處，應指劍山西。

慎按：以上三首，施氏原本不載，《外集》編第五卷。今從新刻本《續補》下卷移編。

## 贈狄崇班季子〔一〕

狄生臂鷹來，見客不會揖。踞牀咤得雋〔二〕，借筯數禽入。短後掬豹裘，猶濺猩血濕。指呼索酒嘗，快作長鯨吸。半酣論刀槊，怒髮欲起立。北方老猘子，狂突尚不縶。要須此慓悍，氣壓邊烽急。夜走追鋒車，生斬活離級。持歸獻天王，封侯穩可拾。何爲走獵師，日使群毛一作「毛群」泣。

〔二〕狄崇班：名失考。孫彦同《職官分紀》：「淳化二年，置内殿崇班，在東西供奉、侍禁、殿直之上。先是，供奉殿直等有四十年不遷者，故特置崇班，差定其次授焉。」

〔三〕得雋：韓愈詩：「得雋語時囂。」

慎按：此詩施氏原本不載，《外集》編第五卷，在徐州時作。今據此從新刻本《續補》上卷移編。

## 石　炭〔一〕并引

彭城舊無石炭。元豐元年十二月，始遣人訪獲於州之西南白土鎮之北〔二〕，治鐵作兵，犀利勝常云。

君不見前年雨雪行人斷，城中居民風裂骭。濕薪半束抱衾裯，日暮敲門無處换。豈料山中有遺寶，磊落如礐萬車炭。流膏迸液一作「乳」無人知，陣陣腥風自吹散。根苗一發浩無際，萬人鼓舞千人看。投泥潑水愈光明，爍玉一作「石」流金見一作「實」精悍。南山栗林漸可息，北山頑鑛何勞鍛。爲君鑄作百鍊刀，要斬長鯨爲萬段。

〔一〕石炭：《水經注》：「石虎作冰井臺，井深十五丈，藏冰及石墨焉。石墨可書，又然之難盡。亦謂之石炭。」

〔二〕白土鎮：《禹貢》：「徐州，厥貢惟土五色。」《漢書・郊祀志》：王莽使徐州，「歲貢五色土。」《九域志》：「徐州蕭縣有永安、白土二鎮。」

慎按：此詩施氏原本編己未卷首，今據本題年月改正。

【校記】

一、《李思訓畫長江絶島圖》注二引《太平寰宇記》云云，其中「湖心有大孤山」一語，於原文乃在「彭蠡湖周圍四百五十里」一語之前，初白顛倒語序以順文意。引文又衍「一別德化都昌之界」一語。

二、《次韻張十七九日贈子由》注二引《北史》云云，今本《北史》無此引文，實轉引自宋葉庭珪《海録碎事》卷四上《地部下・邊塞門》「笓籬」條。

三、《鹿鳴宴》注二引《古今詩話》云云，實轉引自宋佚名《錦繡萬花谷・前集》卷二十二《科舉》「錦標」條。

# 東坡先生編年詩卷十八

## 古今體詩四十七首 起元豐二年己未正月在徐州任，三月後移知湖州道中作。

### 人日獵城南會者十人以身輕一鳥過槍急萬人呼爲韻得鳥字

兒童笑使君，憂愠常悄悄。誰拈白接羅，令跨金騕褭。東風吹濕雪〔一〕，手冷怯清曉。忽發兩鳴髇，相趁飛蝱小。放弓一長嘯，目送孤鴻矯。吟詩忘鞭轡，不語頭自掉。歸來仍脱粟，鹽豉煮芹蓼。何似雷將軍，兩眼霜鶻皎。黑頭已爲將，百戰意未了。馬上倒銀缾，得兔不暇燎。少年負奇志，蹭蹬百憂繞。回首英雄人，老死已一作「亦」不少。青春還一夢，餘年真過鳥。莫上呼鷹臺〔二〕，平生笑劉表。

〔一〕濕雪：《埤雅》：「霰，閩俗謂之米雪，今名濇雪，亦曰濕雪。」

〔二〕呼鷹臺：《水經注》：「沔水南有層臺，號曰景升臺，〔蓋〕表（蓋）遊於此。」《太平寰宇記》：「呼鷹臺在襄陽鄧城縣東南一里，劉表所築。表（常）〔往〕登（此）〔之〕，鼓琴作樂，有鷹來至，因名。」

《烏臺詩案》：「軾先與將官雷勝並同官寄居等一十人出獵，作詩各一首，計十首。後批『請王定國轉示晉卿都尉，當輸我一籌也。』王詵，字晉卿。詵令書表司張遵寄軾詩十一首，并後序云：『子瞻所寄新詩，並會獵事迹，夸示一時之樂。余因回示報樂侍寢清歌者雲英等，凡十有一人，輒效子瞻十家之詩，各以其名，製詞一篇寄子瞻，不知却復輸此一籌否？』其意説富貴作樂，即無譏諷。上件詩，不係册子内。」

**附子由次韻：**

將賢士氣振，令肅軍聲悄。晨登戲馬臺，一試胡騣裹。城空巷無人，里社轉相曉。吾公庶無疾，但恐園囿小。荆榛一焚蕩，雉兔皆驚矯。翩翩白馬將，手把青絲掉。少小事邊徼，斬刈輕荼蓼。殿前賜鞍勒，珂月明皎皎。自言得所事，强暴無不了。廟算本詩書，下策禁焚燎。當令百煉剛，甘就一指繞。低回未嘗試，坐被世人少。秋霜一朝下，凌厲見鷙鳥。爲君整驕惰，重立穰苴表。

## 將官雷勝得過字代作

胡騎入雲一作「回」中，急烽連夜過。短刀穿鹵陣，濺血貂裘涴。一來輦轂下，愁悶惟欲卧。今朝從公獵，稍覺天宇大。一雙鐵絲箭，未發手先唾。射殺雪毛狐，腰間餘一箇〔一〕。

〔一〕一箇：《大射禮》：「搢三，挾一个。」《詩疏》引之云：「搢者，插也。挾，謂手挾之。射用四矢，故插三於帶間，挾一以扣弦而射也。」《荀子》：「負〔服〕矢五十箇。」个、箇二字，古通用。慎按，餘一箇，謂尚餘一矢也。《左傳·成公十六年》：「楚王召養由基，與之兩矢，使射吕錡。中項伏弢，以一矢復命。」詩中後四句正用此。舊注引杜詩「峽口驚猿聞一箇」，似無謂，今駁正。

## 臺頭寺步月得人字

風吹河漢掃微雲，步屧中庭月趁人。浥浥爐香初泛夜，離離花影欲搖春〔一〕。遥知金闕同清景，想見氈車輾一作「碾」暗塵。回首舊游真是夢，一簪華髮岸綸巾。

〔一〕《石林詩話》：「詩下雙字極難，須使五言、七言之間，除去五字、三字外，精神興致全見於兩言，方爲工妙。唐人記『水田飛白鷺，夏木囀黄鸝』爲李嘉祐詩，王摩詰添『漠漠』、『陰陰』四字，如李光弼將郭子儀軍，一號令之，精彩數倍。如老杜『無邊落（葉）〔木〕蕭蕭下，不盡長江滚滚來』，『江天漠漠鳥雙去，風雨時時龍一吟』等，乃爲超絶。近時，蘇子瞻『浥浥爐香初泛夜，離離花影欲摇春』，可以追配前作也。」

## 臺頭寺送宋希元〔一〕

相從傾蓋只今年，送別南臺便黯然〔二〕。入夜更歌《金縷曲》，他時莫忘《角弓》篇。公自注：是日與宋君同栽松寺中。三年不顧東鄰女，公自注：取宋玉。二頃方求負郭田。公自注：取季子。我欲歸休君未可，茂先方議斸龍泉。

〔一〕宋希元：爵里失考。

〔二〕南臺：即戲馬臺，以在徐州城南，故名。

## 種松得徠字公自注：其四在懷古堂，其六在石經院。

春風吹榆林，亂莢飛作堆。荒園一雨過，戢戢千萬栽。青松種不生，百株望一枚。一枚已有餘，氣壓千畝槐。野人易斗粟，云自魯徂徠〔一〕。魯人不知貴，萬竈飛青煤。束縛同一車，胡爲乎來哉？泫然解其縛，清泉洗浮埃。枝傷葉尚困，生意未肯回。山僧老無子，養護如嬰孩。坐待走龍蛇，清陰滿南臺。孤根裂山石，直幹排風雷。我今百日客，公自注：時去替不百日。養此千歲材。茯苓無消息，雙鬢日夜催。古今一俯仰，作詩寄餘哀。

〔一〕徂徠：《水經注》：「環水又左入於汶水，又西南流經徂徠山西，山多松柏。《詩》所謂『徂徠之松』也。《記》曰：『徂徠山在梁甫、奉高、博三縣界，猶有美松，亦曰尤徠之山也。』」《名勝志》：「在泰安州東南四十里。」

## 作書寄王晉卿忽憶前年寒食北城之遊走筆爲此詩〔一〕

北城寒食烟火微，落花胡蝶作團飛。王孫出遊樂忘歸，門前驄馬紫金鞿。吹笙帳底烟霏霏，行人舉頭誰敢睎。扣門狂客君不麾，更遣傾城出翠帷。書生老眼省見稀，畫圖但覺周昉肥〔二〕。别來春物已再菲，西望不見紅日圍。何時東山歌《采薇》，把盞一聽《金縷衣》。

〔一〕王晉卿：補録施氏原注：「王晉卿，名詵，太原人，徙開封。自少志趣不群，能詩善畫，選尚魏國賢惠公主。母宣仁高后，於神宗爲同産。主性賢厚，不妬忌，好讀古文章，喜筆札。晉卿慕東坡，相與遊從。嘗爲作《寶繪堂記》，多蓄法書名畫，及自製丹青，每爲題詠。坡以詩對御史臺，謫黄州，晉卿自絳州團練使，坐追兩秩停廢。賢惠病，神宗復其官，以慰主意。未幾，薨，遂貶官安置均州。元豐七年春，徙潁。哲宗即位，許居京師。元祐初，自登州刺史，復文州團練使，駙馬都尉。與東坡不相聞者七年，感嘆，作詩相屬。坡和篇真跡，在臨川王掞子俞家，刻於婺倅廳。徽宗爲端王，相與情好最厚。既即位，自和州防禦使，遷定州觀察使。」

〔二〕周昉肥：《廣川畫跋》：「李龍眠得周昉《按箏圖》，（指）〔持〕以問曰：『人物豐穠，肌勝於骨，蓋畫者自有所好哉？』余曰：『此固唐世所好。諸説太真豐肌秀骨，今見於畫，亦肌勝於骨。韓公言曲眉豐頰，便知唐人所尚，以豐肌爲美。昉於此時知所好，以圖之矣。』」

## 往在東武與人往反作粲字韻詩四首今黄魯直亦次韻見寄復和答

苻堅破荆州，止獲一人半。中郎老不遇，但喜識元歎。我今獨何幸？文字厭奇玩。又得天下才，相從百憂散。陰求我輩人，規作林泉伴。寧當待垂老，倉卒收一旦。不見梁伯鸞，空對孟光案。才難不其然，婦女厠周亂。世豈無作者，於我如既盥一作「灌」，非。獨喜誦君詩，咸韶音節緩。夜光一已多，矧獲纍纍貫。相思君欲瘦，不往我真懦。吾儕眷微禄，寒夜抱寸炭。何時定相過，徑就我乎館。飄然東南去，江水清且暖。相與訪名山，微言師忍粲。

**附黄魯直次韻三首：**《山谷集》原題云「見子瞻粲字韻詩和答三人四反不困而愈奇崛輒次韻寄彭門」。

公才如洪河，灌注天下半。風日未嘗攖，晝夜聖所嘆。名世三十年，窮無歌舞玩。入宫又見妬，徒友飛鳥散。一飽事難諧，五車書作伴。風雨暗樓臺，雞鳴自昏旦。雖非錦繡贈，欲報青玉案。文似《離騷》經，詩窺《關雎》亂。賤生恨學晚，曾未奉巾盥。昨蒙雙鯉魚，遠託鄭人緩。風義薄秋天，神明還舊貫。更磨薦禰墨，推挽起疲懦。忽忽未嗣音，微陽歸候炭。仁風從東來，拭目望齋館。鳥聲日日春，柳色弄晴暖。漫有酒盈樽，何因見此粲。

人生等尺捶，豈耐日取半。誰能如秋蟲，長夜向壁歎。朝四與暮三，適爲狙公玩。臭腐暫神奇，暗噫即飄散。我觀萬世中，獨立無介伴。小黠而大癡，夜氣不及旦。低首甘豢養，尻脽登俎案。所以終日飲，醉眠朱碧亂。無人明此心，忍垢待濯盥。仰看東飛雲，只使衣帶緩。先生古人學，百氏一以貫。見義勇必爲，少作衰俗懦。忠言願回天，不忍效吞炭。還從股肱郡，待詔圖書館。投壺得賜金，侏儒餘飽暖。寧令東方公，但索長安粲。

元龍湖海士，毀譽略相半。下牀卧許君，上牀自永歎。丈夫屬有念，人物非所玩。坐令結歡客，化爲烟霧散。武功有大略，亦復寡朋伴。詠歌思見之，長夜鳴曷旦。東南望彭門，官道平如案。簡書束縛人，一水不能亂。斯文媲秬鬯，可用圭瓚盥。誠求活國醫，何忍棄和緩。開疆日百里，都内錢朽貫。銘功甚俊偉，乃見儒生懦。且當置是事，勿使冰作炭。上帝群玉府，道家蓬萊館。曲肱夏簟寒，炙背冬屋暖。只令文字垂，萬世星斗粲。

慎按：《山谷集》中三首之外，又有《次韻答堯民》一首，《次韻聞子瞻得湖州》一首，陳後山亦有次韻二首，今不具録。

## 雪齋〔一〕公自注：杭僧法言，作雪山於齋中。

君不見峨眉山西雪千里，北望成都如井底〔二〕。春風百日吹不消，五月行人如凍蟻。紛紛世人争奪中，誰信言公似贊公〔三〕。人間熱惱無處洗，故向西齋作雪峰。我夢扁舟入吴越，長廊静院燈如月。開門不見人與牛〔四〕，公自注：言有詩見寄云：林下閒看水牯牛。惟見空庭滿山雪。

〔一〕雪齋：秦觀《雪齋記》略云：「雪齋者，杭州法（慧）〔會〕院言師所居之東軒也。始，師開此軒，汲水爲池，（界）〔累〕石爲山，又灑粉於峰巒草木之上，以象飛雪之集。州倅蘇公過而愛之，名曰雪齋。後四年，公爲彭城，復命郡從事畢景儒篆其名，作詩寄之。於是，雪齋之名有聞於時。」

〔二〕成都：《十道志》：「益州成都府，古梁州巴、濮、庸、蜀之地。」
〔三〕言公：名法言，字無擇，見《淮海集》。
〔四〕人牛：歸宗《牧牛圖序》云：「嶺上人牛俱不見，空留箬笠與蓑衣。」

## 以雙刀遺子由子由有詩次其韻

寶刀匣不見，但見龍雀環〔一〕。何曾斬蛟蛇，亦未切琅玕。胡爲穿窬輩，見之要領寒。吾刀不汝問，有愧在其肝。念此力自藏，包之虎皮斑。湛然如古井，終歲不復瀾。不憂無所用，憂在用者難。佩之非其人，匣中自長歎。我老衆所易，屢遭非意干。惟有王玄通，堦庭秀芝蘭。知子後必大，故擇刀所便。屠狗非不用，一歲六七刓。欲試百鍊剛〔二〕，要須更泥蟠。作詩銘其背，以待知者看。

〔一〕龍雀環：《水經注》：「赫連龍昇七年，遣將作大匠梁公叱造五兵，器鋭精利，乃咸百鍊，爲龍雀大環。銘其背曰：『古之利器，吴楚湛盧。大夏龍雀，名冠神都。可以懷遠，可以柔逋。如風靡草，威服九區。』」
〔二〕百鍊剛：《文選》：「豈意百鍊剛，化爲繞指柔。」
慎按：王氏注云：《詩案》曾供此詩「胡爲穿窬輩」四句，以詆當時邪佞之人也。世所傳《烏臺詩案》無此一段，附録於此。

**附子由原作：**

彭城一雙刀，黄金錯刀環。脊如雙引繩，色如青琅玕。開匣飛電落，入手清霜寒。引之置膝上，凛然愁肺肝。我衰氣力微，覽鏡毛髮斑。誓將斬鯨鯢，静此滄海瀾。又欲戮犀兕，永息行路難。有志竟不從，撫刀但長歎。投刀淚如霰，北斗空闌干。歸來刈蓬蒿，鋤田植芳蘭。惜刀不忍用，用亦非所便。棄置塵土中，坐使鋒刃刓。牀頭夜生光，知有蛟螭蟠。慚君贈我意，時取一磨看。

## 遊桓山〔一〕會者十人以春水滿四澤夏雲多奇峰爲韻得澤字〔二〕

東郊欲尋春，未見鶯花跡。春風在流水，鳧雁先拍拍。孤帆信溶漾，弄此半篙碧。艤舟桓山下，長嘯理輕策。彈琴石室中，幽響清礫礫。弔彼泉下人，野火失枯臘。悟此人間世，何者爲真宅。暮回百步洪，散坐洪上石。愧我非王襄，子淵肯見客。臨流吹洞簫，水月照連璧。此歡真不朽，回首歲月隔。想像斜川遊，作詩寄彭澤。

〔一〕桓山：注見前。

〔二〕十人：按，本集《遊桓山記》：「從遊者八人，畢仲孫、舒焕、寇昌朝、王適、王遹、王肆、軾之子邁、焕之子彦舉。」合戴道士及先生爲十人。

## 戴道士得四字代作〔一〕

少小家江南，寄跡方外士。偶隨白雲出，賣藥彭城市。雪霜侵鬢髮，塵土污冠袂。賴此三尺桐，中有山水意。自從夷夏亂，七絲一作「絃」久已棄一作「廢」。心知鹿鳴三，不及胡琴四。使君獨慕古，嗜好與衆異。共弔桓魋宮，一灑孟嘗淚。歸來鎖塵匣，獨對斷絃喟。挂名石壁間，寂寞千歲一作「載」事。

〔一〕戴道士：《遊桓山記》：「元豐二年正月晦，從二三子游於泗上，登桓山，入石室，使道士戴日祥鼓雷氏之琴，操《履霜》之遺音。曰：『噫嘻，悲夫！此宋司馬桓魋之墓也。』《太霄經》：『平王東遷洛，置道士七人。』《漢書·郊祀志》注：『《漢宫闕疏》云：『神明臺，高五十丈，上有九室，（常）〔恒〕置九天道士百人。』』道士之名，自武帝始，平王事不可考。

## 次韻田國博部夫南京見寄二絶〔一〕

### 其一

歲月翩翩下坂輪〔二〕，歸來杏子已生仁。深紅落盡東風惡，柳絮榆錢不當春。

〔一〕部夫：督部夫役也。本集有《鹽官部役》詩，義同。

〔三〕下坂輪：白居易詩：「我今六十五，走若下坂輪。」

## 其二

火冷餳稀杏粥稠，青裙縞袂餉田頭。大夫行役家人怨，應羨居鄉馬少游。

# 月夜與客飲杏花下

杏花飛簾散一作「報」餘春，明月入户尋幽人。褰衣步月踏花影，炯如流水涵青蘋。花間置酒清香發，争挽長條落香雪。山城酒薄不堪飲，勸君且吸杯中月。洞簫聲斷月明中，惟憂月落酒杯空。明朝卷地春風惡，但見緑葉棲殘紅。

# 送蜀人張師厚赴殿試二首

## 其一

忘歸不覺鬢毛斑，好事鄉人尚往還。斷嶺不遮西望眼，送君直過楚王山〔一〕。

〔一〕楚王山：《水經》：「獲水又東，過蕭縣南。」注云：「北流注之蕭縣南對山，世謂之蕭城南山。戴延之（《述征記》）謂之同孝山。劉澄之（《山川志》）謂縣南有冒山。」按《志》，即徐州之桓山也。有楚元王墓。《彭門志》云：山下古冢數十，皆依山爲之，甃以巨石。元王冢特大，餘者皆其子孫。○按，楚王山以楚元王得名，非因項羽也。施氏補注引《史記·項羽本紀》者，訛。原本無此條，今駁正。

其 二

雲龍山下試春衣，放鶴亭前送落暉。一色杏花三十里，新郎君去馬如飛〔一〕。

〔一〕新郎君：《摭言》：「薛逢厄於宦途，嘗策羸赴朝，值新進士榜下，綴行而出，見逢行旅蕭條，前導曰：『迴避新郎君。』逢語之曰：『阿婆三五少年時，也曾東塗西抹來。』」

## 再次韻答田國博部夫還二首

其 一

西郊黄土没車輪，滿面風埃笑路人。已放役夫三萬指，從教積雨洗殘春。

其 二

枝上稀疎地上稠，忍看紅糝落牆頭〔一〕。風流别乘多才思，歸趁西園秉燭遊。

〔二〕紅糝：韓愈詩：「始見洛陽春，桃枝綴紅糝。」

## 田國博見示石炭詩有鑄劍斬佞臣之句次韻答之

楚山鐵炭皆奇物，知君欲斫姦邪窟。屬鏤無眼不識人，楚國何曾斬無極。玉川狂直古遺民，救月裁詩語最真。千里妖蟇一寸鐵，地上空愁蟣蝨臣。

## 答郡中同僚賀雨

水旱行十年，飢疫遍九土。奇窮所向惡，歲歲祈晴雨〔一〕。雖非爲己求，重請終愧古。鬼神亦知我，老病入腰膂。何曾拜向人〔二〕，此意難不許。重雲萋已合，微潤先流礎。蕭蕭止還作，坐聽及三鼓。天明將吏集，泥土滿鞾屨。登城望麰麥，緑浪風掀舞。愧我賢友生，雄篇鬬新語。君看大熟歲，風雨占十五〔三〕。天地本無功，祈禳何足數。渡河不入境，未一作「豈」若無蝗虎。而况刑白鵝，下策君勿取。

〔一〕歲歲祈晴雨：先生倅杭時，有《立秋禱雨》及《捕蝗》詩。繼守密州，有《禱雨張龍公》及《雩泉記》。及移徐州，初至即被水災，既而祈雪霧豬泉，又有《元豐元年春旱禱雨》詩，皆見本集。

〔二〕拜向人：《三十國春秋》：慕容皝少見潘欒，長揖而已。或勸屈節，皝攘袂曰：「吾狀貌如此，行望人拜，豈能拜向人？」

〔三〕風雨占十五：《論衡》：「儒者論太平瑞應，皆言五日一風，十日一雨。」

## 留别叔通元弼坦夫

田三昔同寮，向我每傾倒。當年或齟齬，反復看愈好。寇三我部民，孝弟化隣保。有如袁伯業，苦學到衰老。石生吾邑子，勁立風中草。宦遊甑生塵，飯疑當作「飲」水媚翁媪。我窮交舊絶，計拙集枯槁。三子尤見存，往復紛紵縞。迎我淮水北，送我睢陽道。願存金石契，凛凛貫華皓。

慎按：田三即叔通，寇三即元弼，石生即坦夫也。叔通時爲徐倅，故稱同寮。陳後山《寇參軍集序》云：「太常少卿寇君之子，其季曰元弼。曾爲許州司户參軍。」徐州人也。又有《次韻元弼三兄》詩。惟石坦夫不可考。先生初自密移徐，故云「迎我淮水北」，今自徐往南京，故云「送我睢陽道」，其爲離彭城時作無疑。施氏原本不載，今從《補遺》上卷移編於此。

# 罷徐州往南京馬上走筆寄子由五首〔一〕

其一

吏民莫扳援，歌管莫凄咽。吾生如寄耳，寧獨爲此别？别離隨處有，悲惱緣愛結。而我本無恩，此涕誰爲設？紛紛等兒戲，鞭鐙遭割截。道邊雙石人〔二〕，幾見太守發。有知當解笑，撫掌冠纓絶。

〔一〕徐州：《元和郡縣志》：「秦泗水郡，項羽都此（號彭城）。漢改沛郡，立楚國，今州理是也。宣帝改彭城郡，宋永初二年，改徐州。自隋氏鑿汴以來，南控埇橋，以扼汴路，其鎮尤重。西南至宋州三百一十里。」

〔二〕雙石人：陳師道《送杜純》詩云：「國家有急君得辭，徐人不勞扣關請。向來此地幾送迎，草間翁仲口不瘖。」任淵注云：「《水經注》：『鄗南千秋亭壇廟之東，枕道有兩石翁仲。』東坡《罷徐州》詩曰：『道邊雙石人，幾見太守發。』則徐州有石人可知。」

其二

父老何自來，花枝裊長紅。洗盞拜馬前，請壽使君公。前年無使君，魚鼈化兒童。舉鞭謝父老，正坐使君窮。窮人命分惡，所向招災凶。水來非吾過，去亦非吾功。

其　三

古汴從西來〔一〕，迎我向南京。東流入淮泗，送我東南行。暫别復還見，依然有餘情。春雨一作「風」漲微波，一夜到彭城。過我黄樓下，朱欄照飛甍。可憐洪上石，誰聽月中聲？

〔一〕古汴：《水經》：睢水東逕睢陽縣南，汴水從北來注之。《太平寰宇記》：汴水在商邱縣北，「梁孝王廣睢陽城七十里，開汴河，後汴水（始）經城南。」

其　四

前年過南京，麥老櫻桃熟。今來舊遊處，櫻麥半黄緑。歲月如宿昔，人事幾反覆。青衫老從事〔一〕，坐穩生髀肉。聯翩閲三守〔二〕，迎送如轉轂。歸耕何時決，田舍我已卜。

〔一〕老從事：時子由尚爲南京簽書判官。

〔二〕閲三守：子由初到陳州，時張安道留守南都；至熙寧七年，陳述古自杭州移知應天府；其一人無可考。

## 其五

卜田向何許？石佛山南路〔一〕。下有爾家川，千畦種秔稌。山泉宅龍蜃〔二〕，平地走膏乳。異時畝一金，近欲爲逃户。逝將解簪紱，賣劍買牛具。故人豈不懷？廢宅生蒿櫓。便恐桐鄉人，長祠仲卿墓。

〔一〕石佛：《九域志》：眉山縣有石佛鎮。

〔二〕山泉：《怪異記》：豬龍泉在眉山石佛鎮，曾有乳豬伏於此，化二鯉。

**附子由和五首**：《欒城集》題云「和子瞻自徐移湖將過宋都途中見寄」。

東武厭塵土，彭門富溪山。從兄百日留，退食同躋攀。輕帆過百步，船底驚雷翻。肩輿上南麓，眼界涵川原。愛此忽忘歸，顧見且三年。我去已匆匆，兄來亦奔奔。永懷置酒地，遶郭多雲烟。

我昔去彭城，明日河流至。不見五斗泥，但見三竿水。驚風鬱飆怒，跳沫高睥睨。瀲灩三月餘，浮沉一朝事。分將食魚鼈，何暇顧鄰里。悲傷念遺黎，指顧出完壘。繞堞對連山，黄樓麗清泗。功成始踰歲，脱去如一屣。空使西楚氓，欲語先垂涕。

千金築黄樓，落成費百金。誰言使君侈，聊慰楚人心。高秋吐明月，白壁懸青岑。晃蕩河漢高，恍悵窗户深。邀我三日飲，不去如籠禽。使君今吴越，雖往將誰尋。

欲買爾家田，歸種三頃稻。因營山前宅，遂作泗濱老。奇窮少成事，飽暖未應早。願輸橐中裝，田家近無報。平生百不遂，今夕一笑倒。他年數畝宫，懸知迫枯槁。梁園久蕪没，何以奉君遊。故城已耕稼，臺觀皆荒邱。池塘塵漠漠，雁鶩空遲留。俗衰賓客盡，不見枚與鄒。輕舟捨我南，吴越多清流。

## 泗州〔一〕僧伽塔〔二〕

我昔南行舟繫汴，逆風三日沙吹面。舟人共勸禱靈塔，香火未收旗脚轉。回頭頃刻失長橋，却到龜山未朝飯。至人無心何厚薄，我自懷私欣所便。耕田欲雨刈欲晴，去得順風來者怨〔三〕。若使人人禱輒遂，造物應須日千變。我今身世兩悠悠，去無所逐來無戀。得行固願留不惡，每到有求神亦倦。退之舊云三百尺，澄觀所營今已换〔四〕。不嫌俗士污丹梯，一看雲山繞淮甸。

〔一〕泗州：《元和郡縣志》：「秦泗水郡，漢武分置臨淮郡。周大象二年，改泗州。開元中，自宿遷縣移今理。」《太平寰宇記》：「泗州南至淮水一里，與盱眙分界。」《東南防守利便》：「泗州夾河爲城，古盱眙縣在淮〔北〕岸（北），今城鎮（淮）〔汴〕泗之衝。」

〔二〕僧伽塔：《高僧傳》：「僧伽者，葱嶺北何國人也。何國在碎葉國東北。伽在本土，少而出家，始至西凉，次歷江淮。當龍朔初至臨淮，就信義坊居人乞地下標志之，穴土獲古碑，乃齊香積寺，得金像，衣葉刻『普照王佛』字。嘗卧賀拔氏家，現十一面觀音形，其家遂捨宅。其香積寺基，即今寺也。中宗景龍二年，詔赴内道場，仍褒飾其寺，曰『普光王』。後示寂，歸葬淮上。多於塔頂現小僧狀，於時乞風者得風，求子者得子。太平興國七年，敕重蓋塔，務從高敞，加其層累。」《釋氏稽古略》云：「宋太宗雍熙元年，詔修增僧伽塔，加謚『大聖』二字。」與本傳年月小異。劉貢父《中山詩話》：「泗州塔，人傳下藏真身。後閣有碑，道興國中塑僧伽像事甚詳。」云云。與本傳正合。《稽古略》訛也。《詩話》又云：「退之詩『火燒水轉掃地空』，則真身焚矣。塔本喻都料所造，極工巧，俗謂塔頂爲天門。蘇國老詩云：『上到天門最高處，不能容物只容身。』」

〔三〕「耕田欲雨」二句：《困學紀聞》：「劉夢得賦云：『同涉於川，其時在風。沿者之吉，溯者之凶。同藝於野，其時在澤，伊穜之利，乃穋之厄。』東坡詩『耕田』二句意本此。」

〔四〕澄觀：葛立方《韻語陽秋》：「唐中葉浮屠中有四澄觀：架支提以舍僧伽者，洛陽之澄觀也，退之元和五年爲洛陽令，與之詩者也。參無名大師，爲《嚴華疏》主譯經潤文者，會稽之澄觀也，裴休爲塔銘云：『元和五年，授僧統印，歷九宗聖世，爲七帝門師，俗壽一百二者也。』《傳燈録》有鎮國大師澄觀。又有曹溪别出第二世五臺山華嚴澄觀大師，似即會稽之澄觀。然續云：『無機緣語句可録。』則又非也。」

慎按：本篇有「我昔」「我今」二語，後篇又有「再過龜山」之句，乃自徐移湖時作也。先生初赴杭時，有《將至渦口遇風留宿》及《發洪澤中途遇大風復還》二詩，故此云「我昔南行舟繫汴，逆風三日沙吹面」也。先生於甲寅秋杪自杭守密，至己未夏，自徐移湖，是爲歲五周矣。故下首云「再過龜山歲五周」。施氏原本編入倅杭卷中者，訛。今與《龜山》一首，俱改入本卷，凡余之編次，即以本詩爲證，皆此類也。

**附子由和：**

清淮濁汴争强雄，龜山下閟支祁宫。高秋水來無遠近，蕩滅洲渚乘城墉。千艘銜尾復誰惜，萬人雨泣哀將窮。城中古塔高百尺，下有蜕骨黄金容。蛟龍百怪不敢近，迴風倒浪歸無蹤。越商胡賈豈知道，脱身獻寶醻元功。至人已立萬物表，劫火僅置毛孔中。區區淮汴亦何有？一挹可注滄溟東。胡爲尚與水族較，時出變怪驚愚聾。嗚呼此意不可詰，仰視飛栱凌晴空。

## 龜　山〔一〕

我生飄蕩去何求，再過龜山歲五周。身行萬里半天下，僧卧一菴初白頭。地隔中原勞北望，潮連滄海欲東游。元嘉舊事無人記，故壘摧頹今在不？公自注：宋文帝遣將拒魏太武，築城此山。

〔一〕龜山：《宋書》：「元嘉二十七年，遣臧質拒魏，遂於梁山築長圍城，造浮橋，絶水路。」《太平寰宇記》：「梁山又改爲長圍山，在楚州西南一百八十里。」在盱眙縣北三十里，即下龜山也。上有絶壁，下有重淵。宋文帝築城拒魏處。

## 書泗州孫景山西軒〔一〕

落日明孤塔〔二〕，青山繞病身。知君向西望，不媿塔中人。

〔一〕孫景山：名奕，見《欒城集》。

〔二〕孤塔：即僧伽塔。

## 泗州遇倉中劉景文老兄戲贈一絶

既聚伏波米，還數魏舒籌。應笑蘇夫子，僥倖得湖州。

慎按：此詩施氏原本不載，据詩語，仍自徐移湖時作。今從《續補》下卷移編。

## 過淮三首贈景山兼寄子由

其一

好在長淮水，十年三往來〔一〕。功名真已矣，歸計亦悠哉。今日風憐客，平時浪作堆。晚來洪澤口，捍索響如雷。

〔二〕三往來：先生於熙寧辛亥赴杭，甲寅移知密州，元豐己未自徐移湖，往來經淮上，相距九年，今云十年，亦略約言之耳。

其二

過淮山漸好，松檜亦蒼然。藹藹藏孤寺，泠泠出細泉。故人真吏隱，小檻帶巖偏。却望臨淮市〔一〕，東風語笑傳。

〔一〕臨淮：《元和郡縣志》：「泗州臨淮郡，漢武置。南臨淮水，西枕汴河。水路東至楚州二百二十里。」詳見《泗州》注。

其三

回首濉陽幕〔一〕，簿書高没人。何時桐柏水〔二〕，一洗庾公塵。此去漸佳境，獨遊長慘一作「愴」神。待君詩百首，來寫浙西春。

〔一〕濉陽：《元和郡縣志》：春秋宋國秦碭郡，漢曰濉陽，以濉水在郡之南也。

〔二〕桐柏水：《禹貢》：「導淮自桐柏。」疏云：「桐柏山在南陽平氏縣東南，淮水所出。《水經》云：出胎簪山，東北過桐柏山。胎簪蓋桐柏之旁小山，傳言南陽郡之東也。」

**附子由次韻三首：**《欒城集》題云「次韻子瞻過淮見寄兼東孫奕職方」。

出處平生共，江淮恨不來。宦遊良誤我，老病賦懷哉。狗物終今世，量書盡幾堆。歸耕少憂患，惟有仰春雷。自注：蜀中謂田無水利者，爲雷鳴田。

龜山昔同到，松柏故依然。紅印封鹽鼓，黄罌分井泉。青天携杖處，晚日落帆偏。無限相思意，新詩句句傳。

行役饒新喜，臨川逢故人。相看對泉石，憐我在埃塵。會合終多故，分張類有神。南遊得如願，夢想雪溪春。

## 舟中夜起

微風蕭蕭吹菰蒲，開門看雨月滿湖。舟人水鳥兩同夢，大魚驚竄如奔狐。夜深人物不相管，我獨形影相嬉娱。暗潮生渚弔寒蚓，落月挂柳看懸蛛。此生忽忽憂患裏，清鏡過眼能須臾。雞鳴鐘動百鳥散，船頭擊鼓還相呼。

## 余去金山五年而復至次舊詩韻贈寶覺長老

誰能斗酒博西涼，但愛齋厨法豉香。舊事真成一夢過，高談爲洗五年忙。清風偶與山阿曲，明月聊隨屋角方。稽首願師憐久客，直將歸路指茫茫。

**附少游次韻：**

雲峰一變隔炎凉，猶喜重來飯積香。宿鳥水干迎曉鬧，亂帆天際受風忙。青鞋踏雨尋幽徑，朱火籠紗語上方。珍重故人敦妙契，自憐身世兩微茫。

## 大風留金山兩日

塔上一鈴獨自語〔一〕，明日顛風當斷渡。朝來白浪打蒼崖，倒射軒窗作飛雨。龍驤萬斛不敢過，漁艇《苕溪叢話》作「舟」一葉從掀舞〔二〕。細思城市有底忙，却笑蛟龍爲誰怒。無事久留童僕怪，此風聊得妻孥許。灊山道人獨何事，夜半不眠聽粥鼓。

〔一〕塔鈴語：《晉佛圖澄外傳》：石宣與佛圖澄同坐浮圖，一鈴獨鳴，澄聽鈴音以言事，無不效驗。按，「明日顛風當斷渡」一句，即鈴音也。

〔二〕龍驤、漁艇：《苕溪漁隱叢話》：「對句法，人不過以事以意〔以〕出處〔具〕備（具）謂之妙，不若東坡之奇特。如曰：『聞説騎鯨遊汗漫，記曾捫蝨話酸辛。』又曰：『龍驤萬斛不敢過，漁舟一葉從掀舞。』以『鯨』爲『蝨』對，以『龍驤』爲『漁舟』對，大小氣焰不等，其意若玩世而英傑之氣，終不可没。」

慎按：先生自徐移湖，過高郵，與少遊、參寥同行，遊金山時，兩公皆在焉。故前篇少遊有和詩，此篇結句所云「灊山道人」，即參寥也。施氏原本譌編倅杭卷中，今改正。

## 遊惠山〔一〕并引

余昔爲錢塘倅，往來無錫，未嘗不至惠山。既去五年，復爲湖州，與高郵秦太虛、杭僧參寥同至，覽唐處士王武陵〔二〕、竇群〔三〕、朱宿〔四〕所賦詩，愛其語清簡，蕭然有出塵之姿，追用其韻，各賦三首。

### 其一

夢裏五年過，覺來雙鬢蒼。還將塵土足，一步一作「涉」猗瀾堂〔五〕。俯窺松桂影，仰見鴻鶴翔。炯然肝肺間，已作冰玉一作「雪」光。虚明中有色，清浄自生香。還從世俗去，永與世俗忘。

〔一〕惠山：陸羽《惠山寺記》：「惠山，古華山也。顧歡《吴地（志）〔記〕》：『華山在吴城西北一百里。』釋寶唱《名僧傳》云：『沙門僧顯宗，元徽中入吴，憩華山精舍。』《老子》、《枕中記》所謂吴西神山是也。梁大同中，有青蓮花育於此，尋更爲惠山寺。寺前有曲水亭，中有方池，名千葉蓮花池，亦名爐塘，亦名浣沼。」獨孤及《惠山新泉記》：「寺居吴西神山之足，山小多泉，山下有靈池異花。」唐〔邱〕丹（丘）《湛長史舊居志》云：「無錫縣西郊七里有惠山寺，即宋司徒〔右〕長史湛茂之之別墅也。」

〔二〕王武陵：字晦伯。

〔三〕竇群：字丹列。

〔四〕朱宿：字遐景。

〔五〕猗瀾堂：朱昱《毘陵志》：「猗瀾堂在惠山第二泉上。」

**附王武陵原作**：明談修《惠山古今考》載此詩，原題云「戊辰八月吴郡朱遐景自秦還吴次無錫命予及竇丹列會於惠山之精舍是時山林始秋高興在目凉風白雲起於坐隅逍遥於長松之下偃息於盤谷之上仰視雲嶺俯瞰寒影夕陽西歸皓月東出群動皆息視身如空玄言妙論以極窮奥丹列有遁世之志遐景有塵外之心予亦樂天知命怡然契合夫良辰嘉會古人所惜序述不作是闕文也山水之下景物秀茂賦詩以紀方外之游」。

秋日遊古寺，秋山正蒼蒼。泛舟次巖壑，稽首金仙堂。下有寒泉流，上有珍禽翔。石門吐明月，竹木涵清光。中夜何沉沉，但聞松桂香。曠然出塵境，幽慮澹已忘。

其　二

薄雲不遮山，疎雨不濕人。蕭蕭松徑滑，策策芒鞋新。嘉我二三子，皎然無緇磷。勝遊豈殊昔，清句仍絶塵。弔古泣舊史，疾讒歌《小旻》。哀哉扶風子，難與巢許隣。公自注：謂竇群。

朱彝尊曰：王武陵、朱宿，新舊《唐書》無考。惟竇群有之。按，王字晦伯，朱字遐景，三人後皆登諫列，而題詩惠山日，皆未仕也。故東坡目以處士。《五竇集》，近白門龔賢，依宋本刊行，然群遊惠山詩亦不載。其《初入諫司喜家室至》絶句曰：一旦悲歡見孟光，十年辛苦伴滄浪。不知筆硯緣封事，猶問傭書日幾行。近於俗狀矣。此蘇詩所以有「難與巢許隣」之句也。

**附竇群原作：**《惠山古今考》載此詩，原題云「元和二年五月三日重遊此寺獨覽舊題二十年矣當時三人皆登諫列朱遐景方詣行車王晦伯尋卒郎署余自西掖累遷外臺復此躊躇吁嗟存殁因題壁以志所懷」。

共訪青山寺，曾隱南朝人。問世松桂老，開襟言笑新。步移月亦出，水映石磷磷。予洗腸中酒，君濯纓上塵。結彩入幽抱，清氣達蒼旻。信此澹忘歸，淹留冰玉鄰。

## 其三

敲火發山泉，烹茶避林樾。明窗傾紫盞〔一〕，色味兩奇絶。吾生眠食耳，一飽萬想滅。頗笑玉川子，飢弄三百月。豈如山中人，睡起山花發。一甌誰與共，門外無來轍。

〔一〕紫盞：蔡襄《茶録》：「茶色白，宜黑盞。建安所造者紺黑，紋如兔毫，他處或色紫，皆不及也。」

**附朱宿原作：**亦見《惠山古今考》。

古寺隱秋山，登攀度林樾。悠然青蓮界，此地塵境絶。機閒任晝昏，慮淡知生滅。微吹遞遥泉，疎松對殘月。庭虛露華綴，池净荷香發。心悟形未留，遲遲履歸轍。

**附秦太虛次韻三首：**

輟棹縱幽討，籃輿入青蒼。圓頂如邀迓，旃檀燎深堂。層巒淡如洗，傑閣森欲翔。林芳含雨滋，岫日隔林光。涓涓續清溜，靡靡傳幽香。俯仰佳覽眺，悠然身世忘。

使君厭機械，所與惟散人。顧慙蒹葭陋，謬倚瓊林新。上干青礉礉，下矚白磷磷。洞天不知老，金界無棲塵。緬彼人間世，烏蟾閱青旻。詎得踵三隱，山阿相與鄰。

樓觀相複重，邈然閟清樾。九龍吐清泠，淲淲曾未絶。罌缶走千里，真珠猶不滅。況復從茶仙，茲焉試葵月。岸巾塵想消，散策佳興發。何以慰遨嬉，操觚繼前轍。

**附參寥次韻三首：**

山烟弄滅没，山木含葱蒼。刺舟傍遥岸，理策升虛堂。周遭矚層巘，矯矯如翺翔。下瞰平田流，澮然浮日光。青篁解初籜，洗雨聞幽香。雖云迫前途，真賞豈易忘。

松門暗朝雨，寂歷無行人。蔓草忽穿徑，卉木鬱以新。堦泉漱石齒，照眼光磷磷。使君美無度，卓犖遺囂塵。風標傲竹柏，談笑凌窮旻。何媿沈冥子，卧霞吞結鄰。

揚帆渡江來，洗眼驚翠樾。雲姿既容裔，鳥弄更清絶。凌梯訪前踪，蜿蜿亦未滅。嗟我魚目光，疇能綴明月。狂墨掃琅玕，風烟坐中發。殊勝區中人，茫茫走飛轍。

**附李端叔次韻三首：**《姑溪集》題云「子瞻參寥太虛同遊惠山用王武陵竇群朱宿三詩韻各有所賦參寥録以相示予將遊焉因次

其韻」。

曾爲惠山客，心已寄莽蒼。知今幾何時，常在山間堂。淹留情莫摯，悵望自疑翔。聯翩得秀句，古殿逢燈光。耳冷徹孤神，境幽拂清香。買舟行有期，此興安能忘。

三子骨已朽，來者非一人。簫聲起孤鳳，抑按皆清新。松陰貯老月，蘚暈涵蒼磷。崎嶇固有屢，千載無纖塵。物物吾已矣，今昔均可旻。何當事一廛，顧水終爲鄰。

膏肓有前人，老意繫叢樾。差池紛繽霜，味蠟火已絶。一吸風漱液，幽思起復滅。詎慚數及七，緬子在明月。疎更蹇修途，景耿重激發。泠然倘可御，千古同一轍。

## 贈惠山僧惠表〔一〕

行遍天涯意未闌，將心到處遣人安。山中老宿依然在〔二〕，案上楞嚴一作「伽」已不看〔三〕。欹枕落花餘幾片，閉門新竹自千竿。客來茶罷空無有，盧橘楊梅尚帶酸。

〔一〕惠表：失考。

〔二〕老宿：《翻譯名義》：「梵云體毘履，此云老宿。又云五十夏以上，一切沙門所尊敬者，名耆宿。」

〔三〕楞嚴：《翻譯名義》：「首楞嚴，經言，一切（究）〔畢〕竟而得堅固，定名爲佛性。（又）〔慈恩〕翻爲金剛藏，諸菩薩證此定，故名。」

## 贈錢道人

書生苦信書，世事仍臆度。不量力所負，輕出千鈞諾。當時一快意，事過有餘怍。不知幾州鐵，鑄此一大錯。我生涉憂患，常恐長罪惡。静觀殊可喜，脚淺猶容却。而况錢夫子，萬事初不作。相逢更何言，無病亦無藥〔一〕。

〔一〕無病無藥：《（傳）〔天聖廣〕燈録》：「百丈懷海禪師云：佛是衆生邊藥，無病不要喫藥。藥病俱消，喻如清水。」

## 與秦太虚參寥會於松江而關彦長徐安中適至分韻得風字二首〔一〕

### 其一

吴越溪山興未窮，又扶衰病過垂虹〔二〕。浮天自古東南水，送客今朝西北風。絶境自忘千里遠，勝遊難復五人同。舟師不會留連意，擬看斜陽萬頃紅。

〔一〕松江：《九域志》：「即吴江也。」注詳十一卷。

〔二〕垂虹：《吴郡志》：垂虹，吴江東門外橋名，一名長橋。慶曆八年，縣尉王庭堅建。東西百餘丈，中間有垂虹亭，錢公輔作記。治平三年，縣令孫覺重修。以木爲之，南渡後判官張顯祖始甃以石。《輟耕録》：「吴江長橋七十二間，作橋者，僧從雅師立總其役。」

其二

二子緣詩老更窮，人間無處吐長虹。平生睡足連江雨，盡日舟横擘岸風。人笑年來三黜慣，天教我輩一尊同。知君欲寫長相憶，更送銀盤尾鬣紅。

**附秦太虚作**得浪字：

松江浩無旁，垂虹跨其上。漫然銜洞庭，領略非一狀。恍如陣平野，萬馬攢穹帳。離離雲抹山，窅窅天粘浪。烟中漁唱起，鳥外征帆颺。愈知宇宙寬，斗覺東南壯。太史主文盟，諸豪盡詩將。超摇外形檢，語笑供頡頏。便娟棄追逐，撥剌亦從放。獨留三百釭，聊用沃軒曠。

**附參寥作**得岸字：

蜿蜒跨長虹，吴會稱極觀。淪漣幾萬頃，放目失垠岸。倒影射遥山，青螺點空半。從來誇震澤，勝事無昏旦。破浪涌長鬐，排空度飛翰。肺肝入清境，劃若春冰泮。安得凌九垓，從公遊汗漫。

## 次韻關令送魚〔一〕

舉網驚呼得巨魚，饞涎不易忍流酥。更煩赤脚長鬚老，來聽西風十幅蒲。

〔二〕關令：即前題中關彥長也。前詩第二首結句「更送銀盤尾鬣紅」，當指送魚事。

## 次韻秦太虛見戲耳聾

君不見詩人借車無可載，留得一錢何足賴。晚年更似杜陵翁，右臂雖存耳先聵。人將蟻動作牛鬭，我覺風雷真一噫。聞塵掃盡根性空，不須更枕清流派。大朴初散失渾沌，六鑿相攘更勝敗。眼花亂墜酒生風，口業不停詩有債。君知五蘊皆是賊〔一〕，人生一病今先差。「瘥」同但恐此心終未了，不見不聞還是礙。今君疑我特佯聾，故作嘲詩窮嶮怪。須防額癢出三耳，莫放筆端風雨快。

〔一〕五蘊是賊：《心經》：「五蘊皆空。」又云：「無色無受想行識。」《疏記》云：五蘊亦爲五陰。《維摩經》：「樂離五欲，樂觀五陰，觀如怨賊。」《楞嚴經》：「眼、耳、鼻、舌及與身、意，六爲賊媒，自劫家寶。」

慎按：此題《淮海集》失原作。

## 端午遍遊諸寺得禪字

肩輿隨所適，遇勝輒流連。焚香引幽步，酌茗開淨筵。微雨止還作，小窗幽更妍。盆山不見日，草木自蒼然。忽登最高塔〔一〕，眼界窮大千〔二〕。卞峰照城郭，震澤浮雲天〔三〕。深沈既可喜，曠蕩亦所便。幽尋未云畢，墟落生晚烟。歸來記所歷，耿耿清不眠。道人亦未寢，孤燈同夜禪。

〔一〕最高塔：《吴興志》：飛英寺在湖州府治北，寺中有塔名飛英。注詳後卷。

〔二〕大千：道宣《釋迦方誌·統攝篇》云：「海外有山，是鐵所成，數至一千，鐵圍都繞名小千世界，即此小千數至一千，鐵圍都繞名中千世界，即此中千數至一千，鐵圍都繞名爲大千世界。」

〔三〕卞峰、震澤：注俱見前。

慎按：先生自題此詩後云：「僕爲《吴興遊飛英寺》詩：「微雨止還作，小窗幽更妍。盆山不見日，草木自蒼然。自非至吴越，不見此景也。」

**附秦太虛作：**《淮海集》原題云「同子瞻端午日遊諸寺賦得深字」。

太史抱孤韻，暢懷在登臨。別乘載鄒枚，佳辰事幽尋。參差水石瘦，窈窕房櫳深。清磬發疎箔，妙香横素襟。復登窣堵坡，環迴矚嶔崟。雙溪貫城郭，暝色帶孤禽。凉飈動爽籟，薄雨生微陰。塵想澹清漣，牢愁洗芳斟。揮箋訂往古，援毫示來今。愧無刻燭敏，續此金玉音。

## 送劉寺丞赴餘姚〔一〕

中和堂後石楠樹〔二〕，與君對牀聽夜雨〔三〕。玉笙哀怨不逢人，但見香烟横碧縷。謳吟思歸出無計，坐想蟋蟀空房語。明朝開鑠放觀潮，豪氣正與潮爭怒。銀山動地君不看，獨愛清香生雲一作「雪」霧。別來聚散如宿昔，城郭空存鶴飛去。我老人間萬事休，君亦洗心從佛祖。手香新寫法界觀，眼净不覷登伽女，餘姚古縣亦何有〔四〕。龍井白泉甘勝乳〔五〕。千金買斷顧渚春〔六〕，似與越人降日注〔七〕。

〔一〕劉寺丞：施氏原注前半缺，後段云：「寺丞名誼，號宜翁。本集又有《送劉行甫赴任餘姚詞·調寄南柯子》，『山雨瀟瀟過』一首是也。行甫手寫《華嚴經》八十一卷，故詩中有『手香新寫法界觀』之句。宜翁提舉廣西常平，上書極論新法，載國史。學道欲輕舉，自稱三茅翁。元祐間知韶州，公行其詞云：『汝昔爲使者，親見民病，盡言而不諱，夫豈知有今日之報哉。』又嘗有書從其問道云。」此段新刻本删去，今補録。○《湖州舊志》：劉誼，字公曼，號宜翁，長興人，治平四年進士。子名燾，字無言，元豐三年中甲科。《吴興掌故》：「劉宜翁有《文集》三十卷，《奏議》四十卷。」

〔二〕中和堂：《咸淳臨安志》載李左史《中和堂記》，略云：「始錢王鏐於其宮作堂，名閲禮。本朝至和中，威敏孫公沔來守此土，易名中和。守居負鳳皇山，堂跨山憑高。蘇文忠嘗謂下瞰海門，洞視萬里。觀覽之傑，抑可想見。」

〔三〕聽雨：《咸淳臨安志》：「聽雨軒在中和堂後，景定五年，劉安撫良貴爲屋八楹，取東坡『中和堂後石楠樹，與君對牀聽夜雨』之句爲扁。」

〔四〕餘姚古縣：《元和郡縣志》：「舜後支庶所封，舜姓姚，故曰餘姚。本漢舊縣。」《太平寰宇記》：餘姚山，一名「姚邱山，在餘姚縣西北六十里。」《九域志》：「餘姚縣在越州東北百四十七里。」

〔五〕龍井白泉：《嘉泰會稽志》：餘姚縣秘圖山之西一里有靈緒山，南俯姚江，亦名嶼山。山腰有微泉，未嘗竭，所謂龍泉也。孔曄記云：山巔有葛仙井。

〔六〕顧渚春：《吴興備志》引吴均《入東記》云：顧渚在長興縣北三十里。吴王夫差顧其渚次原隰平衍，可爲都邑，故名。勞鉞《湖州志》：長興縣有堯市山，在縣西北。又七里爲顧渚山，旁有二山相對，大澗中流，産茶異品。有泉曰金沙，不常出。每春將造茶，太守致祭，頃即清溢。造畢即涸。《南部新書》：「唐制，湖州造茶，謂之顧渚貢焙。」晁公武《讀書志》：「陸羽與皎然、朱放輩論茶，以顧渚春爲第一。」

〔七〕日注：《嘉泰會稽志》：「日鑄嶺在會稽縣東南五十五里，嶺下有寺，名『資壽』，其陽坡名『油車』。朝暮常有日色，産茶絶奇，有名（最）〔頗〕晚。吴越貢奉中朝，土毛畢入，不聞有『日鑄』茶，則『日鑄』之出，殆在吴越國除之後。《歸田録》云：『草茶盛於兩浙，兩浙之品，日注第一。』芽纖白而長，其絶品至二三寸，不過數十株。餘雖不逮，然非他産可比。多啜宜人，無停滯酸噎之患。按，日鑄，他書及土人皆用此『鑄』字，惟《歸田録》則書爲『日注』，疑歐公自有所據。其後書作『注』者，自歐始也。」

【校記】

一、《雪齋》注二引《十道志》云云，實轉引自李昉《太平御覽》卷一百六十八《州郡部十二·劍南道》「益州」。○注四引歸宗《牧牛圖序》云云，實轉引自《錦繡萬花谷·前集》卷二十八《禪法》「牧牛」條。

二、《戴道士得四字代作》注一引《太霄經》云云，實轉引自唐徐堅《初學記》卷二十三《道釋部》「道士第三」條。又見於李昉《太平御覽》卷六百六十六《道部八》「道士」第一條。

三、《龜山》注一引《宋書》云云，今本《宋書》無此引文，實轉引自樂史《太平寰宇記》卷十六《河南道十六·泗州》「長圍山」條引《宋書》。又見於李昉《太平御覽》卷四十三《地部八》「長圍山」條。

四、《遊惠山·其一》注一引陸羽《惠山寺記》云云，實轉引自元佚名《無錫縣志》卷四中《記述四之二上·唐》，此志全文收録陸氏此文。○同注又引獨孤及《惠山新泉記》云云，亦轉引自上述《無錫縣志》同卷。按，《惠山新泉記》收入獨孤及《毘陵集》卷十七《記述》。初白《采輯書目》未見獨孤氏《毘陵集》，當未寓目也。○同注又引唐邱丹《湛長史舊居志》，亦見於《無錫縣志》卷四上《辭章第四·唐》，題作「惠山寺宋司徒右長史湛茂之之舊居志并詩」。

五、《贈錢道人》注一引《傳燈録》云云，《傳燈録》無此引文，而另見於宋李遵勖《天聖廣燈録》卷九，又見於明瞿汝稷《指月録》卷八。又，宋賾藏主《古尊宿語録》卷一亦載此引文而文字小異。初白《采輯書目》不載上述諸書，究不知初白引自何書，姑繫於《天聖廣燈録》之下。

# 東坡先生編年詩卷十九

## 古今體詩五十首起元豐己未五月，盡十二月作。

慎按：元豐二年四月二十九日，先生到湖州任，七月二十八日中使到湖追攝，八月十八日赴臺獄，十二月二十八日獄具，謫黄州團練副使，在獄出獄詩共十一首。施氏原本編《遺詩》卷中，胡仔云：此數詩，東坡不欲傳於世，蓋手自芟者，今從編年例，附入湖州以後。

### 霅上訪道人不遇

花光紅滿欄，草色緑參岸。不逢青眼人，長歌白石澗一作「爛」。

慎按：此詩施氏原本不載，新刻載《續補》下卷，據《外集》編湖州卷中，題云「霅上訪道人不遇」，諸本作「靈上」者，訛，今改正移編。

## 李公擇過高郵見施大夫與孫莘老賞花詩憶與僕去歲會於彭門折花餽筍故事作詩二十四韻見戲依韻奉答亦以戲公擇云〔一〕

汝陽〔二〕真天人〔三〕，絹帽著紅槿。纏頭三百萬，不買一笑哂。共誇青山峰，曲盡花不隕。當時謫仙人，逸韻謝封畛。詩成天一笑，萬象解寒窘。驚開小桃杏，不待雷發軫。餘波尚涓滴，乞與居易、稹。爾來誰復見，前輩風流盡。寂寞兩詩人，殘紅對櫻筍〔四〕。飢腸得一醉，妙語傳不泯。君來恨不與，更復相牽引。我老心已灰，空煩扇餘燼。天遊照六鑿，虛室掃充牣。懸知色竟空，那復嗜烏吻〔五〕。蕭然一方丈，居士老龐蘊。散花從滿裓，不答天女問。故人猶故目一作「日」，怨句寫餘恨。疑我此心在，遮防費欄楯〔六〕。應虞已斃蛇，折尾時一蠢。仄聞孟光賢，未學處仲忍。公自注：開閤放出，事見本傳。寄招應已足，左右侍雲鬟。何時花月夜，羊酒謝不敏。此生如幻耳，戲語君勿慍。應同亡是公，一對子虛聽。

〔一〕折花餽筍：先生在徐州，有《送筍芍藥與公擇》詩，見第十六卷。

〔二〕汝陽：《舊唐書》：「讓皇帝長子璡，封汝陽郡王。」

〔三〕天人：裴松之《三國志注》引《魏略》云：邯鄲淳見曹植才辨，謂之天人。杜甫《贈特進汝陽王》詩：「特進群公表，天人夙德升。」

〔四〕櫻筍：韓偓《食含桃》詩自注云：「秦中謂三月爲櫻筍時。」《南部新書》引李綽《秦中歲時記》：「四月（十五）以後，自堂厨至百司厨，通謂之櫻筍厨。」施氏補注專屬宰相者，訛。

〔五〕烏吻：《本草》：「烏喙，即草烏頭也。」

〔六〕欄楯：《彌陀經》：「極樂國土，七重欄楯。」注云：「横曰欄，直曰楯。」

慎按：《唐書・藝文志》有南卓《羯鼓録》一卷，考《吴興志》，卓，德宗朝人，與張志和同時，有《和漁父詞》五首。施氏補注所引《羯鼓録》，訛「南卓」爲「南京」，不止一處，附辨於此。

## 王鞏清虚堂

清虚堂裏王居士〔一〕，閉眼觀心一作「身」如止水〔二〕。水中照見萬象空，敢問堂中一作「前」誰隱几？吴興太守老且病，堆案滿前長渴睡。願君勿笑反自觀，夢幻去來殊未已。長疑安石恐不免，未信犀首終無事。勿將一念住清虚，居士與我蓋同耳。

〔一〕清虚堂：《汴京遺跡志》：清虚堂在開封府城東。子由《記》略云：「王定國爲堂於居室之西，置圖史百物，而名曰清虚。蕭然如〔入於〕山林高僧逸居，忘其在京師塵土之鄉也。及其經涉世故，出入禍患，乃發篋，出其玩好，投以予人，意其〔有〕真（有）清虚者在焉。」

〔二〕觀身如止水：用《楞嚴經》中月光童子事。

## 次韻答王鞏

我有方外客，顔如瓊之英。十年塵土窟，一寸冰雪清。朅來從我遊，坦率見真情。顧我無足戀，戀此山水清。新詩如彈丸，脱手不暫停。昨日放魚回，衣巾滿浮蘋。今日扁舟去，白酒載烏程。山頭見月出，江路聞鼉鳴。莫作《孺子歌》，滄浪濯吾纓。吾詩自堪唱，相子棹歌聲。

慎按：此詩施氏原本編入彭城卷中，細觀詩語，極道山水之勝，當是先生守湖州，定國復來相訪，與清虚堂詩同時作也。若在彭城，不應有「白酒載烏程」之句，故改編於此。

## 和孫同年〔一〕卞山龍洞禱晴〔二〕

吴興連月雨，釜甑生魚蛙。往問卞山龍，曷不安厥家。梯空尚一作「上」巉絶，俯視驚谽谺。神井湧雲蓋〔三〕，陰崖垂蘚花。交流百道泉，赴谷走群蛇。不知落何處，隱隱如繅車。我來叩石户，飛鼠翻白鴉。寄語洞中龍，睡味豈不嘉。雨師少弭節，雷師亦停撾。積水得反壑，稻苗出泥沙。農夫免菜色，龍亦飽豚豭。看君擁黄紬，高卧放晚衙。

〔一〕孫同年：名失考。

〔二〕卞山龍洞：《吴興掌故集》：「卞山有一石，上大而末小，危立如幢。旁有洞，深叵測，相傳神龍居之。（黄魯直）〔山谷〕書『黄龍洞』三字。」《名勝志》引《山墟名》云：「卞山之陰，有黄龍洞，吴越時立祥應宫以祀之。」

〔三〕神井：談鑰《吴興志》：黄龍洞在城北十八里，舊名金井。梁貞明初，有黄龍見於井中，易今名。歲以五月二十二日致祭。

慎按：《吴興備志》：公手書此詩，當時刻石，置黄龍洞，後移府中。明正德朝，郡守吕某爲跋。今石猶在郡署聽事後。

## 乘舟過賈收水閣收不在見其子三首〔一〕

### 其一

愛酒陶元亮，能詩張志和。青山來水檻，白雨滿漁蓑。淚垢添丁面，貧低舉案蛾〔二〕。不知何所樂，竟夕獨酣歌。

〔一〕賈收水閣：《苕溪漁隱叢話》：「賈耘老舊有水閣，在苕溪之上，沈會宗爲賦小詞。」《吴興掌故集》：「賈收所居，名浮暉閣。」

〔二〕添丁舉案：本集《與耕老尺牘》云：「念賈處士貧甚，乃作怪石古木一紙，可令雙荷葉收掌，須添丁長以付之也。」又，本集《戲贈賈收》詩第二首公自注云：「賈將再娶。」今云「貧低舉案蛾」，則賈此時已再娶矣。

其二

嫋嫋風蒲亂，猗猗水荇長。小舟浮鴨緑，大杓瀉鵞黄。得意詩酒社，終身魚稻鄉。樂哉無一事，何處不清凉。

其三

曳杖青苔岸，繫船枯柳根。德公方上冢，季路獨留言。已占蒲魚港，更開松菊園。從兹來往數，兒女自膺門。

次韻孫祕丞見贈〔一〕

感概一作「慨」清哀一作「衷」似變風，老於詩句耳偏聰。迂疎自笑成何事，冷淡誰能用許功。不怕飛蚊如立豹〔二〕，肯隨白鳥過垂虹〔三〕。吟哦相對忘三伏，擬泛冰溪入雪宮。公自注：湖州多蚊蚋，豹脚尤毒。垂虹，吴江亭名。

〔一〕孫祕丞：名失考。按，《宋史·職官志》：祕書省丞，從七品，位次少監下。

〔二〕飛蚊如豹：《齊東野語》：「吴興多蚊，蓋水蟲之所變，生草木中者吻尤利，而足有文采，號爲豹脚。」

〔三〕白鳥：《夏小正》：「丹鳥，螢也。羞白鳥，謂螢以蚊爲糧。」施氏補注又引《金樓子》云：「白鳥，蚊也。」〇慎按，詩中所云白鳥乃鷗鷺之類，蓋上句既用飛蚊，本句白鳥若再作蚊蚋解，於義重複，非作者本旨也。

## 與客遊道場何山得鳥字

清溪到山盡，飛路盤空小。紅亭與白塔〔一〕，隱見喬木杪。中休得小菴，孤絶寄雲表。洞庭在北户，雲水天渺渺。菴僧俗緣盡，净業洗未了。十年畫鵲竹，益以詩自繞。高堂儼像設，禪室各深窈。奔泉何處來，華屋過溪沼。何山隔幽谷，去路清且悄。長松度翠蔓，絶壁挂啼鳥。我友自杭來，尚歎所歷少。歸途風雨作，一洗紅日燎。俄驚萬竅號，黑霧卷蓬蓼。舟人紛變色，坐羨輕鷗矯。我獨喚酒杯，醉死勝流殍。書生例强狠，造物空煩擾。更將掀舞勢，把燭畫風篠。美人爲破顔，正似腰支嫋。公自注：歸自道場何山，遇大風，因憩耘老溪亭，命官奴秉燭捧硯，寫風竹一枝。明朝更一作「便」陳迹，清景墮空杳。作詩記餘歡，萬古一昏曉。

〔一〕白塔：朱彧《蘋州可談》云：「宋熙寧中，有老僧言道場山在州(之)〔南〕離方文筆山也，低於他山，故未有魁天下者。僧乃乞緣，即山背建(塔)〔浮圖〕，望之如卓一筆。其後大觀賈安宅、政和莫儔，相繼爲廷試魁。」○按，詩中所云白塔，即山巔浮圖也。施氏本引白塔巷有白石塔，與道塲山無涉，今駁正。

慎按：「更將掀舞勢」四句，諸刻本另作五言絶句一首。明屬重出，今移原題作四句注脚，以正向來之譌。

僕去杭五年吴中仍歲大饑疫故人往往逝去聞湖上僧舍不復往日繁麗獨净慈〔一〕本長老學者益盛作詩寄之〔二〕

來往三吴一夢間，故人半作冢纍然。獨依舊社傳真法，要與遺民度厄年。趙叟近聞還印綬〔三〕，公自注：聞資政趙公致政，得謝。竺翁先已反林泉〔四〕。何時策杖相隨去，任性逍遥不學禪。

〔一〕净慈：《咸淳臨安志》：「南山報恩〔光孝禪〕寺，即净慈寺。顯德元年建，初號慧日永明院，中有五百羅漢堂。」

〔二〕本長老：《釋氏稽古略》：「元豐初，蘇州瑞光寺禪師，名宗本，移杭净慈寺，奔走禪子道塲甚盛。」

〔三〕趙叟還印綬：《咸淳臨安志》：「熙寧十年五月，趙抃自知越州（以）資政殿大學士移知杭州。」《清獻公神道碑》云：「公年未七十，告老不許，請之不已。元豐二年二月，加太子少保致仕。」

〔四〕竺翁：指辯才。公在徐州有《聞辯才復歸上天竺》詩。施氏注謂指本長老者，訛。

## 舶趠風〔一〕并引

吴中梅雨既過，颯然清風彌旬，歲歲如此，湖人謂之舶趠風。是時，海舶初回，云此風自海上與舶俱至云爾。

三旬已過黄梅一作「梅黄」雨〔二〕，萬里初來舶趠風。幾處縈回度山曲，一時清駛滿江東。驚飄簌簌先秋葉，唤醒昏昏嗜睡翁。欲作蘭臺快哉賦，却嫌分别問雌雄。

〔一〕舶趠風：《庚溪詩話》：「吴中每暑，則東南風數日，名舶趠風，云海外舶船禱於神而得之，乘此風到江浙間也。余官吴門，庚午六月既望風作，踰旬而止，暑氣頓減。丙子歲，余罷官寓居無錫，六月晦前三日，此風作，凡七日乃止。按，坡詩則當在五月或六月初，而余兩見之，乃在六月望後與六月晦前，節氣有早晚也。」

〔二〕黄梅雨：《埤雅》：「江湘兩浙四五月，梅欲黄落，則水潤土溽，其霏如霧，名曰梅雨。自江以南三月雨謂之迎梅，五月雨謂之送梅。」○劉須溪曰：先生詩格固豪放老健，至對偶切處，如「黄耳蕈」對「白芽薑」，「牛尾貍」對「雞頭鶻」，今以「舶趠風」對「黄梅雨」。或者謂因事請客，然原其句意，每每相貫。

## 丁公默送蝤蛑〔一〕

溪邊石蟹〔二〕小於一作「如」錢〔三〕，喜見輪囷赤玉盤〔四〕。半殼含黃宜點酒〔五〕，兩螯斫雪勸加餐。蠻珍海錯聞名久〔六〕，怪雨腥風入坐寒。堪笑吴興饞太守，一詩換得兩尖團〔七〕。

〔一〕丁公默：爵里失考。

〔二〕石蟹：《蟹譜》：「明越溪澗石穴中出小蟹，其色赤而堅，俗呼爲石蟹。」

〔三〕小於錢：《博物志》：「南海有水蟲，名蒯，其中有小蟹，大如榆莢。」又，《廣志》：「蜅，小蟹，大如貨錢。」

〔四〕赤玉盤：《大觀本草》：「生南海中，其螯最鋭，斷物如芟刈。扁而最大，後足闊者名蝤蛑，南人謂之撥棹子。大者如升（如盤），小者如盞楪，兩螯如手，異於衆蟹。一名執火，其色赤也。」《咸淳臨安志》：「蝤蛑，〔産〕鹽官（産者佳）。」

〔五〕含黃：《吴興掌故集》：「蟹子未成時曰黃，（甲）〔中〕有細骨，黃依以生。入海則黃化爲子，而芒亦漸長。至春深散子，則芒亦輸出，蟹腐矣。」

〔六〕海錯：《禹貢》：「海物惟錯。」

〔七〕尖團：唐彦謙《蟹》詩：「謾誇風味過蝤蛑，尖臍猶勝團臍好。」

# 送孫著作〔一〕赴考城〔二〕兼寄錢醇老李邦直二君於孫處有書見及〔三〕

使君閒如雲，欲出誰肯伴？清風獨無事，一嘯亦可唤。來從白蘋洲〔四〕，吹我明月觀〔五〕。門前遠行客，青衫流白汗。問子何匆匆？王事不可緩。故人錢與李，清廟兩圭瓚。蔚爲萬乘器，尚記溝中斷。子亦東南珍，價重不可算。别情何以慰，酒盡對空案。惟持一榻凉，勸子巾少岸。此風那復有，塵土飛灰炭。欲寄二大夫，發發不可絆〔六〕。

〔一〕孫著作：名失考。按，《宋史·職官志》：秘書省有著作郎及佐郎。

〔二〕考城：《水經注》：「考城，周之采邑，春秋戴國。《陳留風俗傳》曰：秦穀縣也。後改菑縣。《名勝志》：「〔後〕漢顯宗東巡，改爲考城，今河南睢州之屬縣。」

〔三〕錢、李：錢醇老，名藻。李邦直，名清臣。注見前。

〔四〕白蘋洲：白居易《五亭記》：「湖州城東南二百步抵霅溪，溪連汀洲，一名白蘋。」《吴興掌故集》：「其名起於柳惲之詩，光啓中，李師悦廢而爲倉。」《太平寰宇記》：「白蘋洲在霅溪東南，去州治一里。」

〔五〕明月觀：勞鉞《湖州志》：府治有明月樓，在子城西南隅。唐貞元十三年建。梅聖俞《吴興五咏》，明月樓其一也。《吴興備志》引王氏《畫苑》，有李伯時所畫「水晶宫明月館圖」。王氏注謂在江寧府故臺城者，謬。今駁正。

〔六〕發發：《詩》：「飄風發發。」《漢書》：「（發發者）非古〔之〕風也，〔發發者〕。」

## 泛舟城南會者五人分韻賦詩得人皆苦炎字四首

### 其一

城中樓閣似魚鱗，不見清風起白蘋。試選苕溪最深處〔一〕，仍呼我輩不羈人。窺船野鶴何曾下，見燭飛蟲空自馴。遶郭荷花一千頃〔二〕，誰知六月下塘春〔三〕。

〔一〕苕溪：《咸淳臨安志》引「《祥符志》云：『苕溪闊七十六步，秋冬深五尺，春夏深九尺。』《山海經》云：『天目山一名浮玉山，苕溪出焉。』在於潛、臨安兩縣界。《耆老（相）傳》云：『夾岸多苕花，每秋風飄散水上，如飛雪然，因名。』」

〔二〕遶郭荷花：《吴興掌故集》引姜白石云：「吴興號水晶宫，荷花（極）盛〔麗〕。陳簡齋（詞）云：『今年何以報君恩，一路荷花，相送到青墩。』亦可見矣。」

〔三〕下塘：梅堯臣《送胡武平》詩：「始時繞郊郭，水不通蹄輪。公來作新塘，直抵吴淞垠。」程大昌《演繁露》：「湖州東門外上塘路，武平始築也。」《咸淳臨安志》：「上、下塘河，南自天宗水門、餘杭水門，二河合於北郭税務前，與城東水合，分爲兩派。一由東北上塘入大運河，一由西北過江漲橋以北，入安吉州界，曰下塘河。」」

其　二

苦熱誠知處處皆，何當危坐學心齋。海螯要共詩人把，溪月行遭霧雨霾。鄉國飄零斷書信，弟兄流落隔江淮。便應築室苕溪上，荷葉遮門水浸堦。

其　三

紫蟹鱸魚賤如土，得錢相付何曾數〔一〕。碧筩時作象鼻彎，白酒微帶荷心苦。運肘風生看斫鱠〔二〕，隨刀雪落驚飛縷。不將醉語作新詩，飽食應慙腹如鼓。

〔一〕得錢：杜甫詩：溪女得錢留白魚。

〔二〕斫鱠：《吴興掌故集》：「（湖人）〔吴興〕往時善斫鱠，縷切如絲，簇成人物花草，雜以姜桂。山谷云：『吴興庖人斫松江鱸鱠。』則吴興斫鱠之名遠矣。」《七啓》：「輕隨風飛，刀不轉切。」潘岳《西征賦》：「饔人（細）〔縷〕切，鸞刀若飛。」即此也。

其　四

橋上游人夜未厭，共依水檻立風簷。樓中煮酒初嘗芡，月夜一作「下」新粧半出簾。南郭清遊繼顏謝，北窗歸臥等羲炎。人間寒熱無窮事，自笑疎頑不受痁〔一〕。

〔一〕痁：《左傳》：「齊侯疥，遂痁。」杜預注：「痁，瘧疾也。」

## 與王郎夜飲井水一作「贈王郎」〔一〕。

吴興六月水泉温，千頃菰蒲聚鬭一作「暗」蚊。此井獨能深一丈，源龍如我亦如君。

〔一〕王郎：名適，字子立。注見前。

慎按：《外集》題上有「湖州」二字，詩中「源龍」作「龍源」，「如我」作「如故」。

## 次韻李公擇梅花

詩人固長貧，日午飢未動。偶然得一飽，萬象困嘲弄。尋花不論命，愛雪長忍凍。天公非不憐，聽飽即喧鬨。君爲三郡守〔一〕，所至滿賓從。江湖常在眼，詩酒事豪縱。奉使今折磨，清比於陵仲。永懷茶山下，攜妓修春貢〔二〕。更憶檻泉亭〔三〕，插花雲髻重。蕭然臥灊麓〔四〕，愁聽春禽哢。忽見早梅花，不飲但孤諷。詩成獨寄我，字字愈頭痛。嗟君本侍臣，筆橐從上雍。脱鞾吟芍藥，給札賦雲夢。何人慰流落，嘉藕天爲種。杯傾笛中吟一作「曲」，帽拂果下鞚。感時念羈旅，此意吾儕共。故山今一作「亦」何有，桐花集么鳳。君亦憶匡廬，歸掃藏書洞。何當種此花，各抱漢陰甕。

〔一〕三郡守：《宋史·李常傳》：熙寧中，自諫院出守鄂州，未幾徙湖州，又自湖移知齊州。

〔二〕茶山修貢：《吴興備志》：常州宜興縣東南有茶山，唐時茶入貢，又名唐貢山。杜牧之《（湖州）〔題茶山〕》詩：「山實東南秀，茶稱瑞草魁。剖符雖俗吏，修貢亦仙才。」

〔三〕檻泉亭：在濟南。《欒城集》中有《和孔教授濟南四咏》，其一爲「檻泉亭」。李公擇知齊州，故云。施氏補注引《爾雅》，失之矣。

〔四〕卧灊麓：公擇時提點淮南西路刑獄，提刑司在舒州。《九域志》：「舒州灊山（縣），漢（移）〔之〕南嶽（於此）〔也〕。」

## 送淵師歸徑山

我昔嘗爲徑山客，至今詩筆餘山色。師住此山三十年，妙語應須得山骨。谿城六月水雲蒸，飛蚊猛捷如花鷹。羨師方丈冰雪冷，蘭膏不動長明燈。山中故人知我至，争來問信今何似。爲言百事不如人，兩眼猶能書細字。公自注：徑山夏無蚊。余舊詩云：問龍乞水歸洗眼，欲看細字銷殘年。

## 送表忠觀錢道士歸杭并引

熙寧十年，詔以龍山廢佛祠爲表忠觀〔一〕。元豐二年，通教自杭來，見予於吴興，問：「觀亦卒工乎？」曰：「未也。杭人比歲不登，莫有助我者。」余曰：「異哉！杭人重施輕財，是不獨爲福田也，將自托於不朽。今歲成矣，子其行乎！」及還，作詩送之。

先王舊德在民心，著令稱忠上意深。墮淚行看會祠下〔二〕，挂名争欲刻碑陰〔三〕。凄涼破屋塵凝坐，憔悴雲孫雪滿簪〔四〕。未信諸豪容郭解，却從他縣施千金。

〔一〕表忠觀：《咸淳臨安志》：「表忠觀在城南龍山，熙寧十年，趙清獻公請於朝，即龍山廢佛刹妙因院爲觀。詔賜額，曰表忠。詳具蘇公所撰碑。」

〔二〕墮淚：〔本集《表忠觀碑》引〕趙抃奏疏云：「錢氏墳廟在錢塘者二十有六，在臨安者十有一，父老過之，有流涕者。」

〔三〕碑陰：施氏原注：「《表忠觀碑》文實東坡爲之，『挂名争欲刻碑陰』之句，指此碑也。」

〔四〕雲孫：《爾雅》：「昆孫之子爲仍孫，仍孫之子爲雲孫。」按，指通教錢道士也。

## 次韻周開祖長官見寄〔一〕

俯仰東西閲數州，老於岐路豈伶優。初聞父老推謝令，旋一作「已」見兒童迎細侯。政拙年年祈水旱，民勞處處避嘲謳。河吞巨野那容塞〔二〕，盜入蒙山不易搜〔三〕。仕道固應慚孔、孟，扶顛未可責由、求。漸謀田舍猶懷禄，未脱風濤且傍洲。惘惘可憐真喪狗，時時相觸是虚舟。朅來震澤都如夢，只有苕溪可倚樓。齋釀酸甜如蜜水，樂工零落似風甌。遠思顔、柳并諸謝，近憶張、陳與老劉〔四〕。公自注：謂張子野、陳令舉、劉孝叔。風定軒窗飛豹脚〔五〕，雨餘欄檻上蝸牛。舊游到處皆蒼蘚，同甲惟君尚黑頭。憶昔湖山共尋勝，相逢杯酒兩忘憂。醉看梅雪清香過，夜棹風船駭汗流。百首共成山上集，三人同作月中遊。海南未起垂天翼，澗底仍依徑寸麻。已許春一作「秋」風歸過我一作「歸便得」，預憂詩筆老難酬。此生歲月行飄忽，晚節功名亦謬悠。犀首正緣無事飲，馮驩應爲有魚留。從今更一作「便」踏青州麴，薄酒知君笑督郵。

〔一〕周開祖：名邠，先生倅杭時，周爲錢塘令，多唱和詩。又有《送周邠赴闕》及《周邠寄雁蕩山圖作》。蓋周自錢塘赴闕，復出宰樂清，故云「海南未起垂天翼，澗底仍依徑寸麻」，惜其未大用於時也。

〔二〕河吞巨野：公在徐州事。

〔三〕盜入蒙山：公在密州事。

〔四〕張陳老劉：張子野名先，陳令舉名聖俞，劉孝叔名述。注詳見前。先生罷杭倅赴密，李公擇時知湖州。先生與令舉輩過之，子野作《六客詞》，見《樂府序》。

〔五〕豹脚：《苕溪漁隱叢話》：「吴興，澤國也。春夏之交，地尤卑濕，仍多蚊蚋。子瞻有詩，云『風定軒窗飛豹脚，雨餘欄檻上蝸牛』，真紀實也。」

水旱，民勞處處避嘲謳。《烏臺詩案》：「元豐二年六月十三日，軾知湖州，有周邠作詩寄軾。軾答云：『政拙年年祈河呑巨野那容塞，盜入蒙山未易搜。』自言遷徙數州，未蒙朝廷擢用，老於道路，並所至遇水旱盜賊夫役數起，民蒙其害，以譏諷朝廷政事闕失，並新法不便之所致也。』『仕道』二句云云，以言已仕而道不行，則非仕道也。故有慙於孔、孟。孔子責由、求云：『危而不持，顛而不扶，則將焉用彼相矣？』顛謂顛仆也，意以譏諷朝廷大臣不能扶正其顛仆。軾在臺，於九月十四日，准問目有無未盡事，軾供出上件詩因依。不係朝旨降到册子内。」

## 林子中以詩寄文與可及余與可既没追和其韻〔一〕

斯人所甚厭，投畀每不受。欲其少須臾，奪去唯恐後。云誰尸此職，無乃亦假守。賦才有巨細，無異斛與斗。胡不安其分，但聽物所誘。時來各飛動，意合無妍醜。坐令雞棲車，長載朱伯厚。平生無一旅，既死咤萬口。自聞與可亡〔二〕，胸臆生堆阜。懸知臨絶意，要我一執手。相望五百里，安得自其牖。遺文付來哲，後事待諸友。伶俜嵇紹孤〔三〕，老病孟光偶。世人賤目見，争笑千金帚。君詩與楚詞，識者當有取。但知愛墨竹，此歎吾已久。故人多厚禄，能復哀君否？不見林與蘇，飢寒自奔走。

〔一〕林子中：《宋史》：「林希，字子中，福州人。第進士。元祐初，歷進中書舍人。紹聖初，章惇用事，時方推明紹述，希皆密豫其議。自司馬光、吕公著、吕大防、劉摯、蘇軾、轍等數十人之制，皆希爲之。詞極醜詆，讀者無不憤歎。遷吏部、禮部尚書，擢同知樞密院。徽宗立，以其詞命醜正之罪，奪職，知揚州，徙舒州。卒贈資政殿學士，謚文節。」

〔二〕與可亡：按《文湖州墓志》，與可以元豐戊午移知湖州，卒。先生作詩在己未，相距纔一年耳。

〔三〕嵇紹孤：與可之子，字逸民，子由壻也。

## 與王郎昆仲及兒子邁遶城觀荷花登峴山亭〔一〕晚入飛英寺〔二〕分韻得月明星稀四首

### 其一

昨夜雨鳴渠，曉來風襲月。蕭然欲秋意，谿水清可啜。環城三十里，處處皆佳絶。蒲一作「浦」蓮浩如海，時見舟一葉。此間真避世，青蘋低白髮。相逢欲相問，已逐驚鷗没。

〔一〕峴山亭：《韻語陽秋》：「吴興峴山，去城三里，有李適之窪尊亭。」勞鉞《湖州志》：晉太守殷康築亭於顯山上，名曰顯亭。後避廟諱改焉。凡守令之去，而見思者，勒石峙亭，以比羊叔子之峴山云。

〔三〕飛英寺：勞鉞《湖州志》：飛英寺在府城北門內。唐咸通中，僧雲皎自長安來，得舍利，建飛英石塔。中和五年，改上來寺。景德二年，改今額。後分爲二，東曰飛英教寺，西曰飛英塔院。

## 其二

清風定何物，可愛不可名。所至如君子〔一〕，草木有嘉聲。我行本無事，孤舟任斜橫。中流自偃仰，適與風相迎。舉杯屬浩渺，樂此兩無情。歸來兩溪間，雲水夜自明。

〔一〕君子風：《風俗通》：「風或清明來，久長不摇樹木，離地二三丈者，此謂龍德在於下。風或清明不及二三尺者，此君子風也。」

## 其三

苕水如漢水，鱗鱗鴨頭青。吴興勝襄陽，萬瓦浮青冥。我非羊叔子，媿此峴山亭。悲傷意則同，歲月如流星。從我兩王子，高鴻插修翎。湛輩何足道〔一〕，當以德自銘。

〔一〕湛輩：鄒湛，字潤甫。洪容齋《題跋》云：「《晉代名臣文集》，凡十四家。有張敏者，太原人，其中一篇云《頭責子羽文》，（凡）〔其文〕九百餘言。鄒湛姓名，因羊叔子而傳，字曰潤甫，（蓋）〔則〕見於此。」○按，《元和郡縣志》云：「羊（叔子）〔祜〕鎮襄陽，與鄒（潤甫）同登峴山。」湛之字，世亦有稱之者矣。

其四

吏民憐我懶，鬬訟日已稀。能爲無事飲，可作不夜歸。復尋飛英游，盡此一寸暉。撞鐘履聲集〔一〕，顛倒雲山一作「山雲」衣。我來無時節，杖屨自推扉。莫作使君看，外似中已非。

〔一〕撞鐘：《楞嚴經》：「食辦擊鼓，衆集撞鐘。」

## 次韻章子厚飛英留題

款段曾陪馬少游，而今人在鳳麟洲。黄公酒肆如重過，杳杳白蘋天盡頭。

慎按：《宋史》章惇本傳：「熙寧中，出知湖州，徙杭州，入爲翰林學士。元豐三年，拜參知政事。」先生來吴興，正子厚爲翰林學士時也。故云「而今人在鳳麟洲」，此詩施氏原本不載，新刻編《續補遺》下卷，今因題附録。

## 城南縣尉〔一〕水亭〔二〕得長字

兩尉鬱相望，東西一作「南」百步塲。揮一作「插」旗蒲柳市，伐鼓水雲鄉。已作觀魚檻，仍開射鴨堂。全家依畫舫，極目亂紅粧。瀲瀲波頭細，踈踈雨脚長。我來閒濯足，溪漲欲浮牀。澤國山圍裏，孤城水影旁。欲知歸路處，葦外記風檣。

〔一〕縣尉：趙與時《賓退録》：「隋改縣尉爲縣正，又爲書佐。《新唐書〔・百官志》注云〕：『武德元年，仍改書佐曰縣尉。』《唐六典》：『諸州上縣，尉各二人。』」《宋史・職官志》：「千户以上縣，置令、簿、尉。若不置簿，則以尉兼之。」五代多用軍校，大爲民患，太祖以初賜第人充掌閲藉弓手，戢奸禁暴。

〔二〕水亭：《吴興掌故集》載顔魯公《記》，略云：「湖州烏程縣南水亭，即柳惲之西亭也。繚以遠峰，浮以清流，實資游宴之美。陸羽《圖記》云：『西亭在縣南六十步，跨苕溪爲之。』」

## 與胡祠部〔一〕遊法華山〔二〕

陂湖欲盡山爲界，始見寒泉落高派。道人未放泉出山，曲折虛堂瀉清快。使君年老尚兒戲，緑棹紅船舞澎湃。一笑翻杯水濺裙，餘歡濯足波生隘。長松攙天龍起立，蒼藤倒谷雲崩壞。仰穿蒙密得清曠，一覽震澤吁可怪〔三〕。誰云四萬八千頃，渺渺東盡日所曬〔四〕。歸途十里盡風荷，清唱一聲聞《露薤》。公自注：是日樂工有作此聲者。嗟予少小慕真隱，白髮青衫天所械。忽逢佳士與名山，何異枯楊便馬疥〔五〕。君猶鸞鶴偶飄墮，六翮如雲豈長鎩。不將新句紀茲游，恐負山中清净債。

〔一〕胡祠部：名失考。按，《宋史・職官志》：禮部所屬祠部郎中，從六品。員外郎，正七品。

〔二〕法華山：《湖州志》：卞山之别峰有石斗山，又名法華山，下有法華寺。

〔三〕一覽震澤：《吴興掌故集》：「法華寺高頂有臨湖亭。」勞鉞《湖州志》：太湖周三萬六千頃，縱廣二百八十里，東爲松江，又東流二百里入海。

〔四〕東盡日所曬：《困學紀聞》引《楚漢春秋》：「下蔡亭長詈淮南王曰：『封汝爵爲千乘，東南盡日所出，尚未足黔徒群盜所耶，而反，何也？』」

〔五〕枯楊馬疥：《五燈會元》：「僧問仁岳禪師：『一大藏教盡是名言，離却名言，如何指示？』師曰：『癩馬揩枯柳。』」

## 又次前韻贈賈耘老

具區吞滅三州界〔一〕，浩浩湯湯納千派〔二〕。從來不著萬斛船，一葉漁舟恣奔快。仙壇古洞不可到〔三〕，空聽餘瀾鳴湃湃。今朝偶上法華嶺一作「頂」，縱觀始覺人寰隘。山頭卧碣弔孤冢〔四〕，下有至人僵不壞〔五〕。空餘白棘網秋蟲，無復青蓮出幽怪。公自注：事見本院碑。我來徙倚長松下〔六〕，欲掘茯苓親洗曬。聞道山中富奇藥，往往靈芝雜葵薤。詩人空腹待黄精〔七〕，生事只看長柄械。公自注：子美詩云：長鑱長鑱白木柄，我生托子以爲命。今年大熟期一飽〔八〕，食葉微蟲真癬疥。公自注：賈云今歲有小蟲，食葉不甚爲害。白花半落紫穗香，攘臂欲助磨鎌鎩。安得山泉變春酒，與子一洗尋常債。

〔一〕三州界：勞鉞《湖州志》：太湖歸墟，一名震澤，兼跨蘇、常、湖三州之界。

〔二〕納千派：王鏊《震澤編》：北曰百瀆，納建康、常、潤之水。南曰諸漊，納宣、歙、臨安、苕、霅之水。

〔三〕仙壇古洞：《玄中記》：洞庭，古人謂仙壇之靈區，有龍威、林屋等洞。

〔四〕山頭卧碣：王象之《碑目》：「烏程縣法華寺有唐太光和尚神異碑，李紳書。」

〔五〕不壞：白居易詩：「身壞口不壞，舌根如紅蓮。」

〔六〕長松：《吴興備志》：「法華寺前有松，逕數里。」皎然詩：「路入松聲遠更奇，山光水色共參差。中峰禪寂一僧在，坐對梁朝老(樹)〔桂〕枝。」即此地也。

〔七〕黄精：《苕溪漁隱叢話》：「杜詩『黄精無苗』，後人所改也。舊乃『黄獨』，本處謂之土芋，根惟一顆而色黄，故名黄獨。饑歲，土人掘以充〔糧〕食，故老杜云爾。東坡云『詩人空腹待黄精』，則坡讀杜詩，亦以『黄獨』爲『黄精』矣。」

〔八〕大熟：《書》：「秋大熟，未穫。」《漢書·食貨志》：「大熟則上糴三而舍一。」

## 趙閱道〔一〕高齋〔二〕

見公奔走謂公勞，聞公隱退云公高。公心底處有高下，夢幻去來隨所遭。不知高齋竟何義，此名之設緣我曹。公年四十已得道，俗緣未盡餘伊皐。功名富貴俱逆旅，黄金知繫何人袍。超然已了一大事，挂冠而去真秋毫。坐看猿猱落罝一作「罟」罔，兩手未肯置所操。乃知賢達與愚陋，豈直相去九牛毛。長松百尺不自覺，企而羡者蓬與蒿。我欲贏糧往問道，未應舉臂辭盧敖。

〔一〕趙閱道：《東都事略》：「趙抃，字閱道，衢州西安人。（元豐二年）致仕，退居於衢。有溪石松竹之勝，與山僧野老遊，不復有貴勢也。居六年，卒，謚清獻。」○施氏原注：「趙清獻爲侍御史，京師目爲鐵面御史。知成都，以一琴一鶴自隨，爲政簡易。擢參知政事。時王介甫行新法，閱道屢斥其不便，最後上言，制置條例司遣使者四十輩，騷動天下。安石强辨自用，詆天下之公論以爲流俗，違衆罔民，順非文過。奏入，懇乞去位。拜資政殿學士知杭州，移青，再帥蜀，歸知越州，復徙杭，遂致仕，薨年七十七。」

〔二〕高齋：施氏原注：「其自杭告老而歸也，錢塘州宅之東，舊據城闉，横爲屋，下瞰虚白堂，不甚高大，而最超出州宅，爲州者多居之，謂之高齋。東坡守杭，秦少章輩寓焉，亦有『留下高齋月明』之句。清獻既治室衢州，其旁不遠數步，亦有山麓，屹然而起，即作別館其上，亦名高齋。」

○按，以上二段，皆施氏原本所有，新刻删去，今補録。

**附趙閲道《自題高齋絶句二首》**：按，《清獻集·退居十咏》，今録《高齋》、《雙松》二首。

軒外長溪溪外山，捲簾空曠水雲間。高齋有問如何樂？清夜安眠白日閒。

少時親手植雙松，晝愛層陰夜聽風。今日歲寒踰五紀，也應心似主人翁。

## 送俞節推〔一〕

公自注：汝尚之子。汝尚，字退翁。○慎按，俞汝尚，《宋史》有傳，諸本脱去汝字，今補正。

吴興有君子〔二〕，淡如朱絲琴。一唱三太息，至今有遺音。嗟余與夫子，相避如辰參。公自注：退翁官於蜀，余在京師，余歸而退翁去。及余官於吴興，則退翁亡矣。猶喜見諸郎，窈然清且深。異時多良士，末路喪初心。我生不有命，其肯枉尺尋。

〔一〕俞節推：《吴興掌故集》：「退翁之子（俞節推，名）有任，（仕爲節推）。」施氏原注以爲名温甫，兩處互異，存以備考。

〔二〕吴興君子：周必大《題滕元發與退翁詩後》云：「《四朝國史》於『遺逸』中立《俞退翁傳》，大槩用孫莘老所作《墓表》。惟自西川召爲御史，力辭不拜。《墓表》但云以闕員召，《傳》乃云王介甫藉其清望，使擊故老。夫（退翁）清德安肯妄發？介甫用人，寧不察此？竊疑元發嘗倅湖州，退翁郡人，熟知其賢，觀所贈詩可知。當熙寧元年，神廟待元發方厚，擢爲中丞，必舉臺屬。退翁之召，或以其薦。是歲十二月，元發改翰林。明年春，介甫得政，出之於外。知幾而退，是乃所以爲退翁。況舉主補外，自應隨罷耶。《墓表》不書其由，莘老亦嘗攻元發故也。退翁（元）〔玄〕孫洪出示元發詩翰，妄意如此。」《又題溪堂集後》亦云然。

**附子由作：**《欒城集》題云「送青州簽判俞退翁致仕還湖州」。

不作清時言事官，海邦那復久盤桓。早依蓮社塵緣少，新就草堂歸計安。富貴暫時朝露過，江山故國水精寒。宦游從此知多事，收取楞伽静處看。

**附俞退翁次韻：**此詩亦見《欒城集》，末附跋語云：「高祖郎中以侍御史召，力辭不允，解組而歸。先生作是詩送之，高祖《溪堂集》中亦嘗賡和。淳熙丁未，澂假守筠陽，謹刊篇末。」澂，退翁之仍孫也。

釋屩從軍早濫官，已衰能復尚盤桓。邇來齒髮羞相問，乞有衡茅覓自安。使我襟懷遺内熱，送君詩句襲人寒。知誰便是知音者，且作巖溪雪景看。

慎按：《吴興備志》俞汝尚有《溪堂集》四卷，惜不傳，今從《欒城集》采出，附録一章於此。

## 次韻答孫侔〔一〕

十年身不到朝廷，欲伴騷人賦落英。但得低頭拜東野，不辭中路候淵明。艤舟苕霅人安在？卜築江淮計已成。千里論交一言足，與君蓋亦不須傾〔二〕。

〔一〕孫侔：《宋史》：「孫侔，字少述（真州人）。事母盡孝，屢舉進士。及母病革，終身不求仕。與王安石友善，安石爲相，過真州，待之如布衣交。」《宋文鑑》載林希所作《孫少述傳》云：「侔，吴興人。父及，仕至簡州倅。侔方四歲，從其母（吴）〔胡〕氏，家揚州。初名處，字正之。王安石《自序》所云：『淮之南，有賢人焉，曰正之，余得而友之者也。』」○慎按，少述，本吴興人，而家於揚。與先生詩五六聯正合。《宋史》以爲真州人者，訛。當從《宋文鑑》。

〔二〕傾蓋：楊誠齋曰：「孔子與程子相見，傾蓋而語。」鄱陽云：「傾蓋如故。」孫侔與東坡初不相識，以詩寄坡，坡和云「與君蓋亦不須傾」，此翻案法也。

## 重寄

凛然高節照時人，不信微官解浼君〔一〕。蔣濟謂能來阮籍，薛宣真（一作「直」）欲吏朱雲。好詩衝口誰能擇，俗子疑人未遣聞。乞取千篇看俊逸〔二〕，不將輕比鮑參軍。

〔一〕微官：施氏原注：「劉原父敞知揚州，言孫侔孝弟忠信，足以扶世矯俗。詔以爲揚州教授，力辭。沈文通、王陶、韓維連薦之，授忠武軍推官、常州通判，皆不就。元豐三年，命以通判致仕。」

〔二〕千篇：《吴興備志》：孫侔所著，名《徵士集》。

# 次韻和劉貢父登黃樓見寄並寄子由二首

## 其一

清派連淮上，黃樓冠海隅一作「禺」。此詩尤偉麗，夫子計魁梧〔一〕。公自注：劉爲人短小。世俗輕瑚璉，巾箱襲武夫。坐令乘傳遽〔二〕，奔走爲儲胥。邂逅我已失，登臨誰與俱。貧貪倉氏粟，身聽治家樵。會合難前定，歸休試後圖。腴田未可買，公自注：本欲買田於泗上，今已不遂矣。窮鬼却須呼。二水何年到〔三〕，雙洪不受艫。至今清夜夢，飛轡策天吳。公自注：此詩寄劉。

〔一〕計魁梧：《錦繡萬花谷》云：《史記·張良傳》「魁梧」注：「蘇林曰：『梧音悟。』」東坡和『夫』字韻詩，平聲押韻，似訛。」趙次公注蘇，亦云然。○慎按，《後漢書》：「臧洪體貌魁梧。」注：「音吾。」杜甫詩：「魁梧秉哲尊。」曾文清詩亦有「乃翁容貌計魁梧」之句，皆作平聲用。安得單据一説，以坡公爲訛耶？

〔二〕乘傳遽：《東都事略·劉攽傳》：熙寧中與安石不合，斥通判泰州。又知曹州，歷京東轉運使，徙知兗、亳二州。吴居厚代爲轉運使能奉法令，致財賦，追坐攽廢弛，黜之。以先生詩考之，正貢父爲京東轉運時也。

〔三〕二水：謂汴、泗。

其二

與子皆去國，十年天一隅。數奇逢惡歲，計拙集枯梧。好士餘劉表，窮交憶灌夫。不矜持漢節，猶喜攬桓須。清句金絲合，高樓雪月俱。吟哦出新意，指畫想前橅。公自注：子由初赴南京，送之出東門，登城上，覽山川之勝，云：此地可作樓觀。於是，始有改築之意。自寫千言賦，新裁六幅圖。公自注：近以絹自寫子由《黄樓賦》，爲六幅圖，甚妙。傳看一座聳，勸著尺書呼。莫使騷人怨，東流不到吴。公自注：此詩寄子由。

**附子由次韻二首：**

青山開四面，白水繞三禺。野闊時聞籟，人閒舊據梧。畫船留上客，遺蹟問田夫。事少日常飲，才疎世未須。决河初洊至，勝事偶相俱。燕子卑無取，滕王遠可橅。飛濤隱埤堄，落日麗浮圖。同舍新持節，專城敢遽呼。未迎行部駕，已放下淮艫。試問登消暑，自注：吴興有消暑樓。如何楚與吴。

藹藹才名世，鬖鬖日轉禺。一時同接淅，平昔共棲梧。攬轡真壯士，擁旄良丈夫。塵埃脱緇綬，水石慰霜須。勝地來相失，清尊未暇俱。射餘空見括，鑄罷祇觀橅。歸計何當决，徂年貴早圖。檻中終爲食，韝上恥聞呼。顧我牛羊毳，平生一釣艫。微官不須滿，也復試遊吴。

## 吴江岸〔一〕

晚色兼秋色，蟬聲雜鳥聲。壯懷銷鑠盡，回首尚心驚。

〔一〕吴江岸：宋宜興進士單鍔《水利書》：「吴江岸界於吴松江、震澤之間，岸東則江岸，西則震澤。自慶曆二年，欲便糧運，遂築此隄，横絶江流五六十里。致震澤之水，溢而不泄。吴江岸之東水，常低於岸西之水一二尺。」

慎按：此詩施氏原本不載，新刻本編《續補遺》下卷。考《年譜》，公前後過吴江，或在春夏之交，或秋盡，或冬杪。今詩中所叙，乃初秋景物，當是己未七月攝赴臺獄時作，故移於此。

## 御史臺榆槐竹柏四首〔一〕

### 榆

我行汴堤上〔二〕，厭見榆陰緑。千株不盈畝，斬伐同一束。及居幽囚中，亦復見此木。蠹皮溜秋雨，病葉埋牆曲。誰言霜雪苦，生意殊未足。坐待春別本作「秋」，訛風至，飛英覆空屋。

〔一〕御史臺：孫彦同《職官分紀》引《漢官解詁》注云：「西京謂御史府，亦謂之御史臺。」江少虞《事實類苑》：「自大夫至主簿，並存六典舊式。」《宋史·職官志》：「御史臺掌糾察官邪，肅正紀綱。其屬有三：一臺院，二殿院，三察院。國初置推直官二人，專治獄事。凡推直有四：曰臺一推，臺二推，殿一推，殿二推。咸平中，又置推勘官十人。」《刑法志》：「凡群臣犯法，大者多下御史臺，小則（大理寺）開封府、〔大理寺〕鞫治。」曾肇《重修御史臺記》：「門北向，取陰殺之義。」李濂《汴京遺蹟志》：「御史臺在京城内東澄清街北。」

〔三〕汴隄：《元和郡縣志》：「禹開汴渠，以通淮、泗。漢永平初，築隄。隋煬帝更令自板渚引河入汴口，又從大梁之東引汴達淮，河畔樹之以（榆）柳。」

**附子由次韻：**

秋風一何厲，吹盡山中緑。可憐凌雲條，化爲樵夫束。凛然造物意，豈復私一木。置身有得地，不問直與曲。青松未必貴，枯榆還自足。紛然落葉下，蕭條愧華屋。

## 槐

憶我初來時，草木向衰歇。高槐雖經一作「驚」秋，晚蟬猶抱葉〔一〕。淹留未云幾，離離見疏莢。棲鴉寒不去，哀叫飢啄雪。破巢帶空枝，疎影挂殘月。豈無兩翅羽〔二〕，伴我此愁絶。

〔一〕抱葉：杜甫詩：「抱葉寒蟬静。」

〔二〕無翅羽：白居易詩：「奮飛無翅羽。」

**附子由次韻：**

盛衰日相尋，循環何曾歇。攀條擥柔荑，回首驚脱葉。緑槐陰最厚，零落今存莢。千林一枯槁，平地三尺雪。草木何足道，盈虚視新月。微陽起泉下，生意未應絶。

## 竹

今日南風來，吹亂庭前竹。低昂中音會〔一〕。甲刃紛相觸。蕭然風雪意，可折不可辱。風霽竹已一作「亦」回，猗猗散青玉。故山今何有，秋雨荒籬菊。此君知健否，歸掃南軒一作「三徑」緑。

〔一〕中音會：《莊子》：「庖丁爲解牛，奏刀騞然，莫不中音，合於《桑林》之舞，乃中《經首》之會。」

**附子由次韻：**

故園今何有？猶有百竿竹。春雷起新萌，不放牛羊觸。雖無朱欄擁，不見紅塵辱。清風時一過，交戛響鳴玉。淵明避紛亂，歸嗅東籬菊。嗟我獨何爲，棄此北窗緑。

## 柏

故園多珍木，翠柏如蒲葦。幽囚無與樂，百日看不已。時來拾流膠一作「肪」，未忍踐落子。

當年誰所種，少長與我齒。仰視蒼蒼幹，所閲固多矣。應見李將軍，膽落温御史〔一〕。

〔一〕温御史：指李定、舒亶輩。

慎按：先生赴獄詩共十一首，施氏原本止録《獄中遺子由》二首、《出獄》二首、《太皇太后挽詞》二首，入《遺詩》卷中。此外俱不載。胡仔《苕溪叢話》謂御史府諸詩，先生意不欲傳於世，故居世英家所刻前集無之。施氏在南宋時，故尚仍其舊。今從《續補》卷中移入湖州以後，黄州以前，編年之例應爾也。

**附子由次韻：**

曲如山下藤，脆若溪上葦。春風一張王，秋霜死則已。胡爲南澗中，辛勤種柏子。上枝撓雲霓，下根絞泉齒。伐之爲梁棟，歲月良晚矣。白首閲時人，君看柱下史。

## 己未十月十五日獄中恭聞太皇太后不豫有赦作詩〔一〕

庭柏陰陰晝揜門，烏知有赦鬧黄昏。漢宫自種三生福，楚客還招九死魂。縱有鋤犂及田畝，已無面目見丘園。只應聖主如堯舜，猶許先生作正言。

〔一〕太皇太后：《東都事略》：「仁宗后曹氏，贈韓王彬之孫，贈吴王玘之女。仁宗崩，英宗即位，詔軍國大事請太后權同處分，乃御内東門小殿，垂簾聽政。神宗即位，尊爲太皇太后。」

慎按：此詩施氏原本不載，新刻本載《續補》下卷，今移編。

## 十月二十日恭聞太皇太后升遐以軾罪人不許成服欲哭則不敢欲泣則不可故作挽詞二章〔一〕

### 其一

巍然開濟兩朝勳〔二〕，信矣才難十亂臣。原廟固應祠百世〔三〕，先王何止活千人〔四〕。和熹未聖猶貪位，明德雖賢不及民。月落風悲天雨泣，誰將椽筆寫光塵。

〔一〕十月：《東都事略·后妃世家》：曹太后崩於元豐二年十月二十日。諸刻本題中多訛爲「十二月」，今删去「二」字，以正向來之訛。

〔二〕兩朝勳：《宋史》：「曹彬，字國華，真定靈壽人。太祖開寶六年，進檢校太傅。七年，平江南，拜樞密使。太宗即位，加同平章事。從征太原，加兼侍中。太平興國三年，進檢校太師，尋封魯國公。咸平二年卒，追封濟陽郡王，謚武惠。」

〔三〕原廟：《宋史》本傳：「配享太祖廟庭。」

〔四〕何止活千人：《宋史》本傳：「乾德二年，伐蜀，彬爲都監。所下郡縣諸將欲屠城，以逞其欲。彬申令戢下，所至悦服。開寶七年，奉詔赴荆南，發戰艦，以彬爲都部署。八年，師次秦淮，彬每緩師，冀李煜歸（命）〔服〕。使人諭曰：『事勢如此，所惜者一城生聚。』城垂克，忽稱疾，諸將來問疾，彬曰：『惟諸公誠心自誓，城克之日，不妄殺一人，則吾疾自愈矣。』明日城陷，煜與其臣詣軍門（降）〔罪〕，彬待以賓禮，卒賴保全。」

## 其二

未報山陵國士知〔一〕，遶林松柏已猗猗。一聲慟哭猶無所，萬死酬恩更有時。夢裏天衢隘雲仗，人間雨泪變彤帷。《關雎》、《卷耳》平生事，白首纍臣正坐詩〔二〕。

〔一〕國士知：《東都事略》：「蘇軾以詩得罪，知必死。慈聖太后違豫中聞之，謂神宗曰：『嘗憶仁宗以制科得軾兄弟，甚喜，曰：「吾爲子孫得兩宰相。」今聞軾以作詩繫獄，得非仇人中傷之？捃至於詩，其過微矣。吾疾勢已篤，不可以冤濫，致傷中和。』神宗涕泣，軾由是得免。」

〔二〕纍臣坐詩：《烏臺詩案》：「監察御史舒亶札子：『包藏禍心，訕讟慢罵，無復人臣之節，未有如軾者也。陛下發錢以本業貧民，則曰「贏得兒童語音好，一年强半在城中」；陛下明法以課試（群）〔郡〕吏，則曰「讀書萬卷不讀律，致君堯舜知無術」；陛下興水利，則曰「東海若知明主意，應教斥鹵變桑田」；陛下謹鹽禁，則曰「豈是聞韶解忘味，邇來三月食無鹽」；其他觸物即事，無不以譏謗爲主。旁屬大臣緣以指斥乘輿，可謂大不恭矣。』御史中丞李定札子：『軾自度不爲朝廷獎用，銜怨懷怒，恣行醜詆。見於文字，或有燕蝠之譏，或有竇梁之比，訕上罵下，法所不宥。』」

# 予以事繫御史臺獄獄吏稍見侵自度不能堪死獄中不得一别子由故作二詩授獄卒梁成以遺子由

其　一

聖主如天萬物春，小臣愚暗自亡身。百年未滿先償債，十口無歸更累人。是一作「到」處青山可埋骨，他年夜雨獨傷神。與君世世爲兄弟，又結來生未了因。

其　二

柏臺霜氣夜凄凄，風動琅璫月向低。夢繞雲山心似鹿，魂驚湯火命如雞。眼中犀角真吾子，身後牛衣愧老妻。百歲神遊定何處，桐鄉知葬浙江西。公自注：獄中聞杭、湖間民爲余作解厄道場者累月，故有此句。

慎按：先生獄中詩向不入正集，南宋人詩話中往往載之，多有不同者。《石林避暑録》「未滿先償債」作「未了須還債」，「無歸」作「無家」，「埋骨」作「藏骨」，「他年」作「他時」，「眼中」作「額中」，「百歲」作「他日」，「何處」作「何所」，「知葬」作「應在」。《韻語陽秋》「埋骨」亦作「藏骨」。

《捫蝨新語》「世世」作「今世」，「吾子」作「無子」，「知葬」作「知在」。

## 十二月二十八日蒙恩責授檢校水部員外郎黄州團練副使復用前韻二首〔一〕

### 其一

百日歸期恰及春〔二〕，餘年樂事最關身〔三〕。出門便旋風吹面〔四〕，走馬聯翩鵲啅人。却對酒杯渾是夢，試拈詩筆已如神。此災何必深追咎，竊禄從來豈有因。

〔一〕檢校員外郎：孫彦同《職官分紀》：「檢校，兼官也。」《唐會要》：「員外郎，神龍以後有之。惟皇親戰功之外，不復除授。今則貶責者，然後以員外官處之。」○團練副使：《職官分紀》：「國朝節度防禦團練副使，從八品。」

〔二〕百日：公以八月十八日赴獄，十二月二十八日出獄，恰滿百日。

〔三〕樂事：陶潛詩：「樂事滿餘齡。」

〔四〕便旋：《詩》：「子之還兮。」傳：「便捷之貌。」疏云：「便捷，本作便旋。」

《烏臺詩案》：「御史臺根勘所於十一月三十日結案，具狀申奏，差陳睦録問，別無翻異。准敕作匿名文字嘲訕朝政及中外臣僚，徒二年。情重者奏裁，准律犯私罪，以官當徒者，九品以上，一官當徒一年。據按，蘇軾見任祠部員外郎、直史館、并歷太常博士，其蘇軾合追兩官，係情重，及比附并，或以官，或以職。奉聖旨，蘇軾可責授檢校水部員外郎，充黄州團練副使，本州安置，不得簽書公事。」○又按，孫君孚《談圃》云：「子瞻得罪時，有朝士賣一詩策，内有使墨君事者，遂下獄。李定、何正臣劾其事，以指斥論，謂蘇曰：『學士素有名節，何不與他招了？』蘇曰：『軾爲人臣，不敢萌此心，却未知何人造此意。』一日，禁中遣馮宗道按獄，止貶黄州團練副使。」此段《烏臺詩案》所不載，附録於此。

其　二

平生文字爲吾累，此去聲名不厭低。塞上縱歸他日馬，城東不鬭少年雞〔一〕。休官彭澤貧無酒，隱几維摩病有妻〔二〕。堪笑睢陽老從事，爲余投劾向江西。公自注：子由聞予下獄，乞以官爵贖予罪，貶筠州監酒。

〔一〕城東鬭雞：《城東父老傳》云：賈昌年七歲，明皇召爲雞坊小兒長。至「元和庚寅，年九十八矣。語太平事，歷歷可聽。自言少（年）〔時〕以鬭雞媚上，上以倡優畜之。」

〔二〕維摩有妻：《維摩經·法喜以爲妻》注云：「法喜，謂見法（内）生〔内〕喜也。世人以妻色爲悦，菩薩以法喜爲悦。」

慎按：十月二十日以下六章，施氏原本俱載《遺詩三十一首》卷中，今據歲月，移於此。

**【校記】**

一、《乘舟過賈收水閣收不在見其子三首・其一》注一引《吴興掌故集》「賈收所居，名浮暉閣」，原文爲「浮暉閣，賈收耘老所居」，初白顛倒引之。

二、《次韻孫祕丞見贈》注三引《夏小正》云云，實轉引自宋周密《齊東野語》卷十「多蚊」條。

三、《丁公默送蝤蛑》注三引《博物志》云云，引文不見於今本《博物志》，實轉引自《太平御覽》卷九百四十二《鱗介部十四》「蟹」條。〇注三又引《廣志》云云，實轉引自唐段公路《北户録》卷二「紅蟹殼」條。

四、《次韻李公擇梅花》注二引《吴興備志》云云，然《吴興備志》無此引文，此段引文又見於李賢《明一統志》卷十《常州府・山川》「唐貢山」條，文字小有異同。

五、《送表忠觀錢道士歸杭》注二引趙忭奏疏云云，此段引文是出自《蘇軾文集》第十七卷《碑・表忠觀碑》。

六、《與王郎昆仲及兒子邁遶城觀荷花登峴山亭晚入飛英寺分韻得月明星稀四首・其二》引《風俗通》云云，此段引文不見於今本《風俗通義》，按，此引文見於唐歐陽詢《藝文類聚》卷一《天部上・風》，然初白《采輯書目》未收此書，則實轉引自李昉《太平御覽》卷九《天部九・風》。又，初白參與編撰之《淵鑑類函》卷六《天部六・風》亦收録《風俗通》此引文。

七、《重寄》注二引《吴興備志》「孫倬所著，名《徵士集》」云云，今本《吴興備志》無此引文。清修《湖州志》卷五十六《藝文略一》則云「孫倬集，佚」，未知初白引文所自也。

# 東坡先生編年詩卷二十

## 古今體詩六十首 起元豐三年庚申正月赴黄州，盡一年作。

### 陳州〔一〕與文郎逸民飲别攜手河隄上作此詩〔二〕

白酒無聲滑瀉油，醉行隄上散吾愁。春風料峭羊角轉，河水渺綿瓜蔓流。君已思歸夢巴峽，我能未到説黄州〔三〕。此生聚散何窮已，未忍悲歌學楚囚。

〔一〕陳州：《太平寰宇記》：「自開封府東南至陳州三百十里。」

〔二〕文逸民：名務光，子由壻也，故呼爲文郎。按，范百禄所撰《文湖州墓志》，男五人，務光，第四子也。

〔三〕黄州：注詳後。

### 子由自南都來陳三日而别〔一〕

夫子自逐客，尚能哀楚囚。奔馳二一作「三」百里，徑來寬我憂。相逢知有得，道眼清不流。

別來未一年，落盡驕氣浮。嗟我晚聞道，款啓如孫休。至言難久服，放心不自收。悟彼善知識〔二〕，妙藥應所投。納之憂患場，磨以百日愁。冥頑雖難化，鐫發亦已周。平時種種心〔三〕，次第去莫留。但餘無所還，永與夫子游。此別何足道，大江東西州。畏蛇不下榻，睡足吾無求〔四〕。便爲齊安民〔五〕，何必歸故邱。

〔一〕南都來陳：宋州歸德軍，宋爲南京。《太平寰宇記》：「自歸德軍西南至陳州二百八十里。」

〔二〕善知識：《法華經·本事品》：「其善知識，能作佛事。」

〔三〕種種心：猶俗言般般也。施氏原注引《左傳》「余髮種種」者，訛。

〔四〕睡足：杜牧之《〔憶〕齊安郡》詩：「平生睡足處，雲夢澤南州。」

〔五〕齊安：《元和郡縣志》：「春秋邾地，後爲黄國之境。蕭齊於此置齊安郡。開皇三年罷郡，置黄州。」《太平寰宇記》：「淮南道黄州齊安郡，唐中和五年移於舊邾城南，與武昌對岸。東北至東京一千九百里，南至武昌縣隔大江，北至（光）〔兖〕州七百里，〔東北至光州固始縣五百七十里〕。」

## 正月十八日蔡州道上遇雪次子由韻二首〔一〕

### 其一

蘭菊有生意，微陽回寸根。方憂集暮雪，復喜迎朝暾。憶我故居室，浮光動南軒。松竹半傾瀉，未數葵與萱。三徑瑤草合，一缾井花温〔三〕。至今行吟處，尚餘屐舃痕。一朝出從仕，永愧李仲元。晚歲益可羞，犯雪方南奔。山城買廢圃，槁葉手自掀。長使齊安人，指説故侯園。

〔一〕蔡州：《元和郡縣志》：「漢汝南郡，隋自豫州移入懸瓠城，今理是也。大業二年，改蔡州。東北至陳州（二百六）〔三百二〕十里，東南至光州三百二十里。」《九域志》：「京（東）西北路蔡州汝南郡，淮康軍節度，領新息、新蔡等十縣。」《（明）一統志》：「今汝寧府。」

〔三〕井花：杜甫詩：「兒童汲井花，慣捷瓶在手。」

## 其二

鉛膏染髭鬚〔一〕，旋露霜雪根。不如閉目坐，丹府夜自暾。誰知憂患中，方寸寓羲軒〔二〕。大雪從壓屋，我非兒女萱。平生學踵息，坐覺兩蹬温。下馬作雪詩，滿地鞭箠痕。佇立望原野，悲歌爲黎元。道逢射獵子，遥指狐兔奔。蹤跡尚可原一作「尋」，窟穴何足掀。寄謝李丞相，吾將反邱園。

〔一〕染髭鬚：劉禹錫詩：「近來時世輕前輩，好染髭鬚媚後生。」

〔二〕方寸：《黄庭經》注：「三丹田，各方一寸，曰寸田。」

慎按：《欒城集》原題云「次韻王適雪晴復雪二首」，其首章用韻不同，先生所和，皆第二首韻也。

**附子由原作一首：**

同雲自成幄，飛雪來無根。一爲清風卷，坐見東方暾。重陰偶復合，飛霰滿南軒。油然青春意，已見出土萱。老病一不堪，惟恃濁酒温。開户理松菊，掃蕩無遺痕。卷舒朝夕間，誰識造化元。乾坤本何施，中有神怪奔。萬物極毫末，顛倒何足掀。老農但知種，荷鋤理南園。

## 過新息留示鄉人任師中〔一〕公自注：任時知瀘州，亦坐事對獄。

昔年嘗羨任夫子，卜居新息臨淮水〔二〕。怪君便爾忘故鄉，稻熟魚肥信清美。竹陂雁起天爲黑，公自注：小竹陂在縣北。桐柏烟横山半紫。公自注：桐柏廟在縣南。知君坐受兒女困〔三〕，悔不先歸弄清泚。塵埃我亦失收身，此行蹭蹬尤可鄙。寄食方將依白足，附書未免煩黄耳。往雖不及來有年，詔恩倘許歸田里。却下關山入蔡州，爲買烏犍三百尾。公自注：蔡州出水牛。

〔一〕任師中：名伋，注見前。

〔二〕卜居：《欒城集》云：任師中，名伋，「世家眉山，吾先君子之友也。始爲新息令，其民愛之，買田而居。」〇新息：《元和郡縣志》：「漢新息縣，唐武德（二）〔四〕年，置息州，貞觀中廢爲縣。」

《太平寰宇記》：「新息縣在蔡州東南一百五十里，淮水自西流入，經縣南。」《漢書》注：本息縣，其後東徙，故加新字。

〔三〕坐受兒女困：《淮海集·瀘州使君任公墓表》：「熙寧（五）〔某〕年，熊本薦伋知瀘州。元豐二年，納溪砦互市，有毆夷人至死者。故事，漢人殺夷人，既論死，仍償其資，謂之骨價。時砦將欲勿與，夷人争譟。公曉以禍福，投兵請降。而轉運判官意與公異，公具奏，使者欲貪功生事。使者即誣奏公前乞弟過江安不時掩擊，疑有私謁。朝廷疑之，乃先免而下章於他（郡）〔部〕，各窮究所考，未具而公卒。」

## 過淮

朝離新息縣，初亂一水碧。暮宿淮南村〔一〕，已度千山赤。麏鼯號古戍，霧雨暗破驛。回頭梁楚郊，永與中原隔。黄州在何許，想像雲夢澤〔二〕。吾生如寄耳，初不擇所適。但有魚與稻，生理已自畢。獨喜小兒子，少小事安佚。相從艱難中，肝肺如鐵石。便應與晤語〔三〕，何止寄衰疾。公自注：時家在子由處，獨與兒子邁南來。

〔一〕淮南村：《元和郡縣志》：「淮水（去新息五里）自西流入，經縣南〔去新息縣五里〕。」

〔二〕雲夢澤：《史記·司馬相如傳》：「楚有七澤，其小者名雲夢。」《太平寰宇記》：「雲夢澤在安陸縣東南，闊數百里，南接荆（州）〔湖〕。」〇慎按，《左傳》：「邳子之女，棄子於夢中。」《史記》：楚令尹子文生時，父母棄雲中。羅子蒼《識遺》云：「江北爲雲，今玉沙、監利、景陵等縣。江南爲夢，今公安、石首、建寧等縣。跨江南北，總謂之雲夢。」乃二澤名。《禹貢》、《爾雅》皆言雲夢，並舉而言耳。舊《尚書》：「雲夢土作乂。」唐太宗得古本《尚書》，作「雲土夢作乂」，遂詔從古本。

〔三〕晤語：《詩·陳風》：「彼美淑姬，可與晤語。」

## 書麐公詩後并引

過加禄鎮南二十五里大許店，休馬於逆旅祁宗祥家，見壁上有幅紙，題詩云：「滿院秋光濃欲滴，老僧倚杖青松側。只怪高聲問不麐，嗔余踏破蒼苔色。」其後題云：「滏水僧寶麐。」宗祥謂余：「此光黄間狂僧也，年百三十，死於熙寧十年。既死，人有見之者。」宗祥言其異事甚多，作是詩以足之。麐公本名清戒，俗謂之戒和尚云。

麐公昔未化，來往淮山曲。壽逾兩甲子，氣壓諸尊宿。但嗟濁惡世，不受龍象蹴。我來不及見，悵望空遺躅。霜顱隱白毫，鏁骨埋青玉〔一〕。皆云似達摩，隻履還西竺。壁間餘清詩，字勢頗拔俗。爲吟五字偈，一洗凡眼肉。

〔一〕鏁骨：《續玄怪録》：「延州有婦人，甚有姿色，少年悉與狎。數歲而殁，葬道左。有胡僧敬禮其墓曰：『斯乃大慈悲，喜捨俗之欲，無不狥焉。此即鏁骨菩薩。』衆人開視，其骨鉤結，皆如鏁狀，遂與起塔。」

## 遊净居寺〔一〕并引

净居寺在光山縣南四十里大蘇山之南〔二〕，小蘇山之北。寺僧居仁爲余言：齊天保中，僧惠思過此〔三〕，見父老，問其姓，曰蘇氏，又得二山名。乃歎曰：「吾師告我，遇三蘇則住。」遂留結菴。而父老竟無有，蓋山神也。其後僧智顗見思於此山而得法焉〔四〕，則世所謂思大和尚智者大師是也。唐神龍中，道岸禪師始建寺於其地〔五〕。廣明庚子之亂，寺廢於兵火，至乾興中乃復，而賜名曰梵天云。

十載遊名山，自製山中衣。願言畢婚嫁，攜手老翠微。不悟俗緣在，失身陷危機。刑名非夙學，陷穽損積威。遂恐生死隔，永與雲山違。今日復何日，芒鞋自輕飛。稽首兩足尊〔六〕，舉頭雙涕揮。靈山會未散〔七〕，八部猶光輝〔八〕。願從二聖往〔九〕，一洗千劫非。徘徊竹溪月，空翠摇烟霏。鐘聲自送客，出谷猶依依。回首吾家山，歲晚將焉歸。

〔一〕净居：《名勝志》：「净居山在光山西南，山上有净居寺。」

〔二〕光山縣：《元和郡縣志》：「光山縣在光州南三十里，本漢西陽縣，魏屬弋陽郡，宋孝武於此立縣。光山一名弋山，在縣西北八十里。」

〔三〕惠思：《南嶽思大禪師行狀》：「師諱慧思，武津李氏子，依北齊慧聞禪師，悟入《法華》三昧，時稱思大和尚。及領徒南邁，值梁之亂，暫止大蘇。後居南嶽般若寺，爲法華三祖。」《釋氏稽古略》云：「初，南嶽慧聞探藏經，得龍樹大士所造《中觀論》，悟旨，遂遥禮龍樹爲師。以《法華》宗旨授慧思，思授智者大師智顗，顗授灌頂尊者，頂授縉雲威，縉雲傳東陽威，東陽傳左溪元朗，朗傳湛然荆溪尊者，通爲九祖。（後世）〔學者〕宗之，曰天台教。」

〔四〕智顗：《續高僧傳》：「智顗，字德安，姓陳氏。年十八，投相州果願寺出家。後詣光州大蘇山慧思禪師受業，思每歎曰：『昔在靈山同聽《法華》，今復來矣。』即示普賢道場，爲説四安樂行。顗乃於此山行《法華》三昧，又入白沙，如前入觀。於經有疑，輒見思來冥爲披釋。後常令代講，聞者伏之。思既遊南嶽，顗便詣金陵。」

〔五〕道岸：《高僧傳》：「道岸，姓唐氏，世居潁川，爲大族。永嘉南渡，遷於光州。出家後，居會稽龍興寺，時號大和尚。孝和皇帝召入朝，圖（形）〔畫〕於林光宫，御製（像）〔畫〕贊。後辭還光州，度人置寺，於是祇陀苑囿，欝起僧坊。」

〔六〕兩足尊：（傳燈録）〔《古尊宿語録》卷三〕：「黄蘖云：舉足即佛，下足即衆生。諸佛兩足尊者，即理足、事足、衆生足、生死足、一切等足。足故不求。」

〔七〕靈山會：《釋氏稽古略》：「智者大師初謁大蘇山惠思禪師，悟《法華》三昧，見靈山一會，儼然未散。」

〔八〕八部：《翻譯名義》：「一天，二龍，三夜叉，四乾闥婆，五阿修羅，六迦樓羅，七緊那羅，八摩睺羅。」皆有大神力，能變形在座聽法。

〔九〕二聖：謂惠思與智顗。

## 梅花二首

慎按：施氏原注：「此詩墨蹟今在湖州向氏，首有『净居』二字。」新刻删去，今補録。

### 其一

春來幽谷水潺潺，的皪梅花草棘間。一夜東風吹石裂，半隨飛雪度關山。

慎按：周必大《題跋》：「東坡手書《梅花二絶》，元豐三年正月，貶黄州道中作。」「一夜」，手書作「昨夜」。

### 其二

何人把酒慰深幽，開自無聊落更愁。幸有清溪三百曲，不辭相送到黄州。

## 戲作種松

我昔少年日，種松滿東岡。初移一寸根，瑣細如插秧。二年黄茅下，一一攢麥芒。三年出蓬艾，滿山散牛羊。不見十餘年一作「十年餘」，想作龍蛇長。夜風波浪碎，朝露珠璣香。我欲食其膏，已伐百本桑。公自注：煮松脂法，用桑柴灰水。人事多乖迕，神藥一作「物」竟渺茫。朅來齊安野，夾路須髯蒼。會開龜蛇窟，不惜斤斧瘡。縱未得茯苓，且當拾流肪。釜盎百出入，皎然散飛霜。槁死三彭仇，澡換五穀腸。青骨凝緑髓，丹田發幽光。白髮何足道，要使雙瞳方。却後五百年，騎鶴還故鄉。

慎按：《雲笈七籤》養生家有服松脂法，此詩後半首本此。

## 萬松亭〔一〕并引

麻城〔二〕縣令張毅〔三〕，植萬松於道周，以芘行者，且以名其亭。去未十年，而松之存者十不及三四。傷來者之不嗣其意也，故作是詩。

十年栽種百年規，好德無人助我儀。公自注：古語云：一年之計，樹之以穀。十年之計，樹之以木。百年之計，樹之以德。縣令若同倉庾氏，亭松應長子孫枝。天公不救斧斤厄，野火解憐冰雪姿。爲問幾株能合抱，殷勤記取《角弓》詩。

〔一〕萬松：《復齋漫録》：萬松嶺在關山。《苕溪詩話》：「麻城縣界有萬松，連日行清陰中，其亭館亦可愛，適當關山路。」孔武仲詩注云：萬松，治平中張毅所植。

〔二〕麻城：《太平寰宇記》：「麻城在黄州東北一百七十里。本漢西陵縣地，周大象元年置麻城縣。」《名勝志》：「石勒使其將麻秋所築，隋以立縣。」與《太平寰宇記》不合。

〔三〕張毅失考。

**附孔常父作：**

鬱鬱青山夾路松，行人笑語緑陰中。排雲架壑無餘地，灑面侵襟有好風。一日勞心非欲速，千年流惠亦何窮。我來俯仰尋遺愛，更喜清虚萬慮空。

## 張先生并引

先生不知其名，黄州故縣人〔一〕。本姓盧，爲張氏所養。陽狂垢污，寒暑不能侵。常獨行市中，夜或不知其所止。往來者欲見之，多不能致。余試使人召之，欣然而來。既至，立而不言。與之言，不應。使之坐，不可。但俯仰熟視傳舍堂中，久之而去。夫孰非傳舍者，是中竟何有乎？然余以有思維心，追躡其意，蓋未得也。

熟視空堂竟不言，故應知我未天全。肯來傳舍人皆説別本作「悦」者，訛，能致先生子亦賢〔二〕。

脱屣不妨眠糞屋，流澌争看浴冰川。士廉豈識桃椎妙，妄意稱量未必然。

〔一〕故縣：《九域志》：「黄州麻城縣有岐亭、故縣等六鎮。」

〔二〕能致：《後漢書・陳蕃傳》：「郡人周璆，高潔之士，前後郡守招命，莫肯至，惟蕃能致焉。」

**附子由次韻：**

得罪南來正坐言，道人閉口意深全。天游本自有真樂，羿彀誰知定不賢。構火暾暾初吐日，飛流滚滚旋成川。此心此去如灰冷，肯更逢人問復然。

## 初到黄州

自笑平生爲口忙，老來事業轉荒唐。長江繞郭知魚美，好竹連山覺筍香。逐客不妨員外置〔一〕，詩人例作水曹郎〔二〕。只慙無補絲毫事，尚費官家壓酒囊。公自注：檢校官例折支，多得退酒袋。

〔一〕員外置：《〔新〕唐書・百官志》：「初，太宗省内外官，定制爲七百三十員，然是時已有員外置，其後又有特置，同正員。至於檢校兼守、判、知之類，非本制也。」又，《魏元忠傳》：「（令）〔今〕州牧縣宰割（削）〔剥〕自私，而更員外置官，古謂之十羊九牧。」《宋史・職官志》：隋唐以來，以省、臺、寺、監、府、衛分庶務，以品爵勳階别群才，「復有員外之置，有檢校、試、攝、判、知及諸使之名」，歷五季不廢。唐趙謙光詩：「惟愁員外置，不應列星文。」

〔三〕例作水曹郎：《瀛奎律髓》：「何遜、張籍、孟賓于三詩人皆水部。」

## 陳季常〔一〕所蓄朱陳村嫁娶圖二首〔二〕

### 其一

何年顧陸丹青手，畫作朱陳嫁娶圖。聞道一村惟兩姓，不將門户買崔盧。

〔一〕陳季常：名慥，自號方山子，陳公弼之少子。

〔二〕朱陳村：事詳《白氏長慶集》。

### 其二

我是朱陳舊使君，勸農曾入杏花村〔一〕。而今風物那堪畫，縣吏催錢一作「租」夜打門。

〔一〕杏花村：《名勝志》：「朱陳村距（蕭）〔豐〕縣東南百里，杏花村與朱陳村相連。」

## 少年時嘗過一村院見壁上有詩云夜涼疑有雨院静似無僧不知何人詩也宿黄州禪智寺寺僧皆不在夜半雨作偶記此詩故作一絶

佛燈漸暗飢鼠出，山雨忽來修竹鳴。知是何人舊詩句，已應知我此時情。

慎按：潘閬《夏日宿西禪寺》詩：「此地絶炎蒸，深疑到不能。夜涼如有雨，院静似無僧。枕潤連雲石，窗(虚)〔明〕照佛燈。浮生多賤骨，時日恐難勝。」全篇見《宋文鑑》，方回《瀛奎律髓》亦載之，今附録。

## 定惠院寓居月夜偶出〔一〕

幽人無事不出門，偶逐東風轉良夜。參差玉宇飛木末，繚繞香烟來月下。江雲有態清自媚，竹露無聲浩如瀉。已驚弱柳萬絲垂，尚有殘梅一枝亞。清詩獨吟還自和，白酒已盡誰能借。不惜青春忽忽過，但恐歡意年年謝。自知醉耳愛松風，會揀霜林結茅舍。浮浮大甑長炊玉，溜溜小槽如壓蔗。飲中真味老更濃，醉裏狂言醒可怕。閉門一作「但當」謝客對妻子，倒冠落佩從嘲罵。

〔二〕定惠院：《名勝志》：「在黄岡縣東南。」

慎按：施氏原注：「此詩墨蹟在臨川黄掞家，嘗刻於婺倅廳，『但當謝客』，墨蹟作『閉門謝客』。」此段新刻本删去，今補録。

## 次韻前篇

去年花落在徐州，對月酣歌美清夜。公自注：去年花下對月，與張師厚、王子立兄弟飲酒，作「蘋」字韻詩。今年黄州見花發，小院閉門風露下。萬事如花不可期，餘年似酒那禁瀉。憶昔扁舟泝巴峽，落帆樊口公自注：在黄州南岸高桅亞。長江衮衮空自流，白髮紛紛寧少借。竟無五畝繼沮溺，空有千篇凌鮑謝。至今歸計負雲山，未免孤衾眠客舍。少年辛苦真食蓼，老境安一作「清」閒如啖蔗。飢寒未至且安居，憂患已空猶夢怕。穿花踏月飲村酒，免使醉歸官長罵。

**附子由次韻二首：**《欒城集》題云「次子瞻夜字韻作中秋對月二篇一以贈王郎一以寄子瞻」。

平明坐曹黄昏歸，終歲得閒惟有夜。已邀明月出牆東，更遣清風掃庭下。城上青鬟四山合，門前白練長江瀉。誰家高會吹參差，鄰婦悲歌舂罷亞。二年憂患今已過，一夕清光天所借。西京詩句出蘇李，南國風流數王謝。已隨孤棹去中原，肯顧新科求上舍。讀書本自比嵇鍛，學劍要須問曹蔗。清觴灩灩君莫違，佳句駸駸余已怕。狂夫猖狂終累人，不返行遭親黨罵。

十年秋月照相思，相從祇有彭門夜。露侵笳鼓思城闕，寒迫魚龍舞潭下。厭厭夜飲歡自足，落落襟懷向人瀉。秋深河來巨野溢，水乾樓起滕王亞。北海孔公雖好客，河内寇君那得借。是非朝野忽紛紜，得喪芳菲一開謝。明月多情還入户，流水何知空繞舍。晨餐江市富鱣魴，夜宿山郵足梨蔗。坐隅鵩鳥不須問，牆外蝮蛇猶足怕。婁公見唾行自乾，馮老尚多誰定罵。

**附李端叔次韻二首**：《姑溪集》題云「常愛東坡去年花落在徐州二詩因即其韻聊記目前」。

老來不慣離家久，獨卧一床今八夜。抓搔十爪垢已滿，降伏千魔心未下。熒熒病眼日更昏，皎皎孤懷誰與瀉。恨無鸞帳與睡俱，獨有笻枝伴身亞。華嚴性海每深味，兜率陀天聊復借。平生好書陋顔柳，近日作詩幾沈謝。百年旅夢行將覺，萬事家園猶未舍。妄緣倘或未嘗贍，佳境安能如食蔗。從來少味燕偏知，早已忘機鼠休怕。行當遂作重屏圖，闒茸凡材任譏罵。自注：世圖白老謂之重屏圖。

良宵明月爲誰好，記得初來正今夜。城頭火客咯不斷，花下鵲棲驚欲下。更深未覺單衣怯，風細只疑清露瀉。漂流南北心已老，綿歷間關身自亞。傷心黄卷不相契，過眼青春難更借。那知交臂輒深扃，驟學問缺一字誰與謝。家書杳邈隔重嶺，客飯酸鹹真傳舍。殷勤兒女致雙鯉，璀璨肴蔬勝木蔗。定知何日遂能歸，却憶今朝真可怕。解衣就枕已多三，喘咄多言翻自罵。

## 安國寺浴〔一〕

老來百事懶，身垢猶念浴。衰髮不到耳，尚煩月一沐。山城足薪炭，烟霧蒙湯一作「暘」谷。塵垢能幾何，翛然脱羈梏。披衣坐小閣，散髮臨修竹。心困萬緣空，身安一牀足。豈惟忘净穢，兼以洗榮辱。默歸毋多談，此理觀要熟。

〔一〕安國寺：本集《黄州安國寺記》云：「城南精舍曰安國寺，有茂林修竹，陂池亭榭。寺僧曰繼連。寺立於僞唐保大二年，始名護國。嘉祐八年，賜今名。堂宇齋閣連，皆新易之，嚴麗深穩，悦可人意，至者忘歸。」

## 安國寺尋春

卧聞百舌呼春風，起尋花柳村村同。城南古寺修竹合，小房曲檻欹深紅。看花歎老憶年少，對酒思家愁老翁。病眼不羞雲母亂，鬢絲强理茶烟中。遥知二月王城外〔一〕，玉仙〔二〕洪福花如海〔三〕。薄羅匀霧蓋新粧，快馬争風鳴雜珮。玉川先生真可憐，一生耽酒終無錢。病過春風九十日，獨抱添丁看花發。

〔一〕王城：指開封也。王氏注謂洛陽者，謬。

〔二〕玉仙：孟元老《東京夢華録》：玉仙觀在開封城南。《苕溪漁隱叢話》：「玉仙觀在宣化門外八里。仁宗朝陳道士所修葺，花木亭臺，四時遊客不絶。東坡詩所謂『玉仙洪福花如海』是也。」

〔三〕洪福：《汴京遺跡志》：「洪福寺有二，其一在開封城西金水河北，其一在城東北沙窩岡。」

## 寓居定惠院之東雜花滿山有海棠一株土人不知貴也

江城地瘴蕃草木，只有名花苦幽獨。嫣然一笑竹籬間，桃李漫山總麤俗。也知造物有深意，故遣佳人在空谷。自然富貴出天姿，不待金盤薦華屋。朱脣得酒暈生臉，翠袖卷紗紅映肉。林深霧暗曉光遲，日暖風輕春睡足。雨中有淚亦悽愴，月下無人更清淑。先生飽食無一事，散步逍遥自捫腹。不問人家與僧舍，拄杖敲門看修竹。忽逢絶艷照衰朽，歎息無言揩病目。陋邦何處得此花，無乃好事移西蜀。寸根千里不易致一作「到」，銜子飛來定鴻鵠。天涯流落俱可念，爲飲一樽歌此曲。明朝酒醒還獨來，雪落紛紛那忍觸。

慎按：（魏淳甫《詩人玉屑》）〔蔡正孫《詩林廣記・後集》卷三引《詩話》〕云：「東坡（《海棠》）〔作此〕詩，辭格超逸，不復蹈襲前人。平生喜爲人寫，蓋人間刊石者，自有五六本。〔云某〕生平得意詩也。」

**附趙次公和韻：** 次公名夔。此詩載南宋人陳思《海棠譜》中。

化工妙手開群木，酷向棠私意獨。殊姿豔豔雜花裏，端似神仙在流俗。睡起胭脂懶未勻，天然膩理還豐肉。繁華增麗態度遠，婀娜含嬌風韻足。豈惟婉孌彤管姝，真同窈窕《關雎》淑。未能奔往白玉樓，要當貯以黄金屋。顧雖風暖欲黄昏，脉脉難禁倚修竹。可憐俗眼不知貴，空抱容光照山谷。此花本出西南地，李杜無詩恨遺蜀。高才没世孰雕龍，後輩補亡難刻鵠。貂裘季子客齊安，相逢忽慰羈人目。當年甫白君可繼，爲花重賦陽春曲。把酒因澆壘塊胸，搜句輒傾空洞腹。多情恐作絳雲收，兒童莫信來輕觸。

## 次韻樂著作野步〔一〕

老來幾不辨西東，秋後霜林且降紅。眼暈見花真是病，耳虚聞蟻定非聰。酒醒不覺春强半，睡起常驚日過中。植杖偶逢爲黍客，披衣閒咏舞雩風。仰看落蕊收松粉，俯見新芽摘杞叢。楚雨還昏雲夢澤〔二〕，吴潮不到武昌宫〔三〕。公自注：黄州對岸武昌縣有孫權故宫。廢興古郡詩無數，寂寞閒窗《易》粗通〔四〕。解組歸來成二老，風流他日與君同。

〔一〕樂著作：《宋史》：樂京，荆南人。在鄉以行義聞，用薦爲校書郎。神宗初，知長葛縣。不奉助役法。乞去，坐奪官，「經十年乃復，監黄州酒税。（後）以承議郎致仕。」○慎按，先生初至黄，正樂京監酒税時也。校書郎與著作郎同隸秘書省，故得通稱。

〔二〕楚雨：李商隱詩：「楚雨含情皆有托。」

〔三〕武昌宫：《名勝志》：「吴王城在武昌縣東一里，周四百八十步，有五門，北臨大江。城内有安樂宫，宫前有御溝，水流出爲牧馬港。宫殿故基，今爲天王殿。相傳南樓即安樂宫，端門即今譙樓也。」

〔四〕《易》粗通：粗，上聲。先生在黄州，著《易傳》九卷。

## 二月二十六日雨中熟睡至晚强起出門還作此詩意思殊昏昏也

卯酒困三杯，午餐便一肉。雨聲來不斷，睡味清且熟。昏昏覺還卧，展轉無由足。强起出門行，孤夢猶可續。泥深竹雞語，村暗鳩婦哭。明朝看此詩，睡語應難讀。

## 雨晴後步至四望亭下魚池上遂自乾明寺前東岡上歸二首〔一〕

### 其一

雨過浮蘋合，蛙聲滿四鄰。海棠真一夢，梅子欲嘗新。拄杖閒挑菜，鞦韆不見人。殷勤木芍藥，獨自殿餘春。

〔一〕四望亭：《名勝志》：「四望亭在雪堂南，高阜之上。」〇按，濠州亦有四望亭，唐太和中，刺史劉嗣之所立，李紳作記。曹學佺誤引此條，不足據也。

其　二

高亭廢已久，下有種魚塘。暮色千山入，春風百草香。市橋人寂寂，古寺竹蒼蒼。鸛鶴來何處，號鳴滿夕陽。

## 雨中看牡丹

其　一

霧雨不成點，映空疑有無。時於花上見，的皪走明珠〔一〕。秀色洗紅粉，暗香生雪膚。黄昏更蕭瑟，頭重欲相扶。

〔一〕的皪：《上林賦》：「宜笑的皪。」

其　二

明日雨當止，晨光在松枝。清寒入花骨，肅肅初自持。午景發濃豔，一笑當及時。依然暮還斂，亦自一作「似」惜幽姿。

慎按：施氏原注：「『午景發濃豔』，集本作『濃麗』，今從墨蹟。」

其　三

幽姿不可惜，後日東風起。酒醒何所見，金粉抱青子。千花與百草，共盡無妍鄙。未忍汙泥沙，牛酥煎落蘂。

慎按：施氏原注：「此三詩墨蹟在玉山，汪氏嘗摹刻之，後題云『黄州天慶觀牡丹三首』。」新刻删去，今補録。

## 次韻樂著作送酒

少年多病怯杯觴，老去方知此味長。萬斛羈愁都似雪，一壺春酒若爲湯〔一〕。

〔一〕湯雪：《後漢書・皇甫嵩傳》：「折枯消堅，甚於湯雪。」

## 次韻樂著作天慶觀醮〔一〕

濁世紛紛肯下臨，夢尋飛步五雲深，無因上到通明殿。只許微聞玉珮音。

〔一〕天慶觀：本集先生在黄州《與秦少游尺牘》云：「謫居無事，借得本州天慶觀道堂三間，冬至後入此室，四十九日乃出。自非放廢，安得就此？」

## 王齊萬秀才寓居〔一〕武昌縣〔二〕劉郎洑〔三〕正與伍洲〔四〕相對伍子胥奔吴所從渡江也

君家稻田冠西蜀，擣玉揚珠三萬斛。塞江流柹起書樓〔五〕，碧瓦朱欄照山谷。傾家取樂不論命，散盡黄金如轉燭。惟餘舊書一百車，方舟載入荆江曲。江上青山亦何有，伍洲遥望劉郎藪。明朝寒食當過君，請殺耕牛壓私酒。與君飲酒細論文，酒酣訪古江之濆。仲謀、公瑾不須弔〔六〕，一酹波神英烈君。公自注：杭州伍子胥廟封英烈王。

〔一〕王齊萬寓居：齊萬，字文甫，嘉州犍爲人。見本集《與秦少游尺牘》。《能改齋漫録》云：「王文甫所居在黄之車湖，即(車)武子故居，宅枕大江，即散花洲也。」

〔二〕武昌縣：《水經注》：「江之右岸有鄂縣故城，舊樊楚也。」《九州記》曰：『鄂，今武昌也。』」《元和郡縣志》：「武昌在鄂州東北一百七十里，三國吴改江夏縣，後爲武昌。」《輿地廣記》：「孫權初都此，黄初三年，改爲武昌縣。」李燾《鄂州南樓記》云：孫氏更名漢鄂曰武昌，今州東武昌縣是也。

〔三〕劉郎洑：《十道志》：劉郎浦在荆州。《圖經》亦云在石首縣，不言在武昌。《名勝志》：「舊傳孫權迎蜀先主於此。或曰，舊名流浪，訛爲劉郎。」

〔四〕伍洲：《吴越春秋》：「伍員奔吴，到昭關，追者在後。至江，有漁父乘船，泝江而上。子胥呼之，曰：『漁父渡我！』子胥入船，漁父知其意，乃渡之於潯之津。既渡，解百金之劍以贈，漁父不受。」《齊安拾遺》：伍洲與解劍亭相對。而《水經注》則云「江中有五洲相接，故以爲名。宋孝武舉兵江州，建牙洲上，即是洲也。」據此，則伍當作五，存以備考。又，何遜詩：「晚言還九派，回艫出五洲。」

〔五〕書樓：本集有《犍爲王氏書樓》詩，見第一卷。

〔六〕仲謀、公瑾：《三國志》：「孫權，字仲謀。二十五年，都鄂，改名武昌。周瑜，字公瑾，孫策以瑜爲中護軍，領江夏太守。」

## 杜沂游武昌〔一〕以酴醾花〔二〕菩薩泉〔三〕見餉二首

### 其一

酴醾不争春，寂寞開最晚。青蛟走玉骨，羽蓋蒙珠幰。不粧豔已絶，無風香自遠。凄凉吴宫闕，紅粉埋故苑。至今微月夜，笙簫來翠巘。餘妍入此花，千載尚清婉。怪君呼不歸，定爲花所挽。昨宵雷雨惡，花盡君應返。

〔一〕杜沂：失考。

〔二〕酴醿花：《詩話總龜》：「本酒名也。新開花本以顔色似之，故名。山谷有『名字因壺酒，風流付枕幃』之句。」

〔三〕菩薩泉：本集《菩薩泉銘序》云：「陶侃爲廣州刺史，有漁人見神光海上。侃使人跡之，得金像，阿育王所鑄，文殊師利像也。初，送武昌寒溪寺，後惠遠迎歸廬山。今寒溪少西數百步，爲西山寺，有泉出嵌竇間，色白而甘，號菩薩泉。豈昔像之所在乎？」

## 其　二

君言西山頂〔一〕，自古流白泉。上爲千牛乳，下有萬石鉛。不媿惠山味，但無陸子賢。願君揚其名，庶托文字傳。寒泉比吉士，清濁在其源。不食我心惻，於泉非所患。嗟我本何有，虚名空自纏。不見子柳子，餘愚污谿山。

〔一〕西山：《名勝志》：「西山即樊山也，在武昌縣西三里。世傳孫權嘗獵此山，見一老姥，曰：『我樊噲母也。魏將伐吴，當助一戰。』後果有赤壁之捷。因立廟祀之，以名其山。」按，《春秋後語》云鄂渚樊楚，則樊山之名，亦不起於三國。

## 陳季常自岐亭見訪郡中及舊州諸豪争欲邀致之戲作陳孟公詩一首〔一〕

孟公好飲寧論斗，醉後關門防客走。不妨閒過左阿君，百謫終爲賢太守。老居閭里自浮沉，笑問伯松何苦心。忽然載酒從陋巷，爲愛揚雄作酒箴。長安富兒求一過，千金壽君君笑唾。汝家安得客孟公，從來只識陳驚坐。

〔一〕岐亭：《太平寰宇記》：「岐亭在麻城西北八十里。唐武德三年於縣置亭，州取此爲名。」《九域志》：「淮南西路黄州治黄岡縣，麻城在(縣)〔州〕北一百七十〔五〕里，有岐亭鎮。」

## 游武昌寒谿西山寺〔一〕

連山蟠武昌，翠木蔚樊口〔二〕。我來已百日，欲濟空搔首。坐看鷗鳥没，夢逐麏麚走。今朝横江來，一葦寄衰朽。高談破巨浪，飛屨輕重阜。去人曾幾何，絶壁寒溪吼。風泉兩部樂，松竹三益友。徐行欣有得，芝术在蓬莠。西上九曲亭〔三〕，衆山皆培塿。却看江北路，雲水渺何有。離離見吴宫〔四〕，莽莽真楚藪。空傳孫郎石，無復陶公柳。爾來風流人，惟有漫浪叟。買田吾已决，乳水况宜酒。所須修竹林，深處安井臼。相將踏勝絶，更裹三日糗。

〔一〕寒溪西山寺：《太平寰宇記》：「樊山在鄂州西一百七十三里，山下寒溪，盛暑之月，（亦）〔常〕有寒氣。」子由《〔武昌九曲亭〕記》云：「武昌諸山中，有浮圖精舍，西曰西山，東曰寒溪。」

〔二〕樊口：《水經注》：「江水右得樊口。」《名勝志》：「樊山下爲樊口，亦名樊港。控湖澤九十九，（泉）〔東〕南匯入江。」

〔三〕九曲亭：子由《九曲亭記》云：「將適西山，行於松柏之間，羊腸九曲，而獲少平。有廢亭焉，子瞻與客入山，相與營之。亭成而西山之勝始具。」

〔四〕吴宫：《名勝志》：「吴王避暑宫，在寒溪上，今圓通閣是也。」

## 西山戲題武昌王居士并引

予往在武昌，九曲西山亭上有題一句云：玄鴻横號黄檞峴。九曲亭，即吴王峴山，一山皆檞葉，其旁即元結陂湖也，荷花極盛。因爲對云：皓鶴下浴紅荷湖。座客皆笑，同請賦此詩。

江干高居堅關扃，犍耕躬稼角挂經。篙竿繫舸菰茭隔，笳鼓過軍鷄狗驚。解襟顧影各箕踞，擊劍賡歌幾舉觥。荆笄供饁愧攪聒，乾鍋更戛甘瓜羹。

慎按：《漫叟詩話》：「東坡作吃語詩，山谷亦有戲題詩，二老亦作詩戲耶？」《外紀》云：「古之口吃難言者，如周昌、韓非、鄧艾之徒，皆載史傳。東坡此詩，亦緣是善謔耳。」○按，此詩施氏原本不載，今從《續補遺》詩卷中因地改編。

## 武昌銅劍歌〔一〕并引

供奉官鄭文，嘗官於武昌。江岸裂，出古銅劍，文得之，以遺余。冶鑄精巧，非鍛冶所成者。

雨餘江清風卷沙，雷公躡雲捕黄蛇。蛇行空中如枉矢，電光一本亦作「雷公」煜煜燒蛇尾。或投以塊鏗有聲，雷飛上天蛇入水。水上青山如削鐵，神物欲出山自裂。細看兩脅生碧花，猶是西江老蛟血。蘇子得之何所爲，蒯緱彈鋏咏新詩。君不見凌烟功臣長九尺，腰間玉具高拄頤。

〔一〕銅劍：周密《雲煙過眼録》與施氏注所引《廣異記》大同小異，今録於此：「昔漁者於江濱見雷公逐一黄小蛇，擊殺之，化爲劍。背有八字：許旌陽斬蛟第三劍。蓋至寶也。今在張伯雨處。」

# 定惠院顒師爲余竹下開嘯軒

啼鴂催天明，喧喧相一作「更」詆譙一作「誚」。暗蛩泣夜永，唧唧自相弔。飲風蟬至潔，長吟不改調。食土蚓無腸，亦自終夕叫。鳶貪聲最鄙，鵲喜意可料。皆緣不平鳴，慟哭等嬉一作「嘻」笑。阮一作「嵇」生已一作「既」麤率，孫子亦未妙。道人開此軒，清坐默自照。衝風振河海〔一〕，不能號無竅。累盡吾何言，風來竹自嘯。

〔一〕衝風：《楚詞·九歌》：「衝風起兮水横波。」

慎按：周益公《題跋》云：「『喧喧更詆誚』，『更』字下注平聲，而集本改作『相詆譙』。『嘻笑』之下，自添一聯，云：『嵇生既麤率，孫子亦未妙。』按，阮籍遇孫登，與商略終古，及棲神導氣之術，登皆不應。籍長嘯而退，行至半嶺，聞有聲若鸞鳳，響振巖谷，乃登長嘯也。嵇康雖有「永嘯長吟」之句，特言志耳。其用阮對孫無疑。某每校前賢遺文，不敢專用手書及石刻，恐後來自改定也。」

# 石芝并引

元豐三年五月十一日癸酉，夜夢游何人家。開堂西門，有小園、古井。井上皆蒼石。石上生紫藤如龍蛇，枝葉如赤箭。主人言，此石芝也。余率爾折食一枝，衆皆驚笑。其味如雞蘇而甘〔一〕，明日作此詩。

空堂明月清且新，幽人睡息來初匀。了然非夢亦非覺，有人夜呼祁孔賓。披衣相從到何許，朱欄碧井開瓊户。忽驚石上堆龍蛇，玉芝紫筍生無數。鏘然敲折青珊瑚，味如蜜藕和雞蘇。主人相顧一撫掌，滿堂坐客皆盧胡。亦知洞府嘲輕脱，終勝嵇康羡王烈〔二〕。神山一合五百年，風吹石髓堅如鐵。

〔一〕雞蘇：《本草》：水蘇，一名雞蘇。其葉辛香，可以烹雞，故名。多生水旁，南人多以作菜。微温無毒，久服通神明，輕身耐老。《石門題跋》云：「雞蘇，《本〔草〕》龍腦薄荷也。東吴林下人，夏月多以飲客。而俗人不知，私議東坡誤用雞蘇爲紫蘇，可發一笑。」

〔二〕王烈：《神仙傳》：「王烈，字長休，邯鄲人。常服黄精及鉛。嵇叔夜甚敬愛之，共入山，游戲採藥。後烈獨之太行山中，見山破，石裂數百丈，兩畔皆是青石。石中有一穴，青泥流出如髓。烈取泥試丸之，隨手堅凝，氣如粳米飯。攜歸，與叔夜。取而視之，已成青石，即與烈再往視之，斷山復合如故。烈語弟子曰：『叔夜未合得道，故也。』」

**附子由次韻：**

雞鳴東海朝日新，光蒙洲島霧雨匀，一晞石上遍生耳，幽子自食無來賓。寄書乞取久未許，箬籠蕉囊海神户。自注：户，止也。《左傳》：屈蕩户之。一掬誰令墮我前，無爲知我超其數。此身不願清廟瑚，但願歸去隨樵蘇。龜龍百歲豈知道，養氣千息存其胡。塵中學仙定難脱，夢裏食芝空酷烈。中山軍府安得閒，更試朝霞磨鏡鐵。

## 今年正月十四日與子由别於陳州五月子由復至齊安以詩迎之

驚塵急雪滿貂裘，泪灑東風别宛邱。又向邯鄲枕中見，却來雲夢澤南州。暌離動作三年計，牽挽當爲十日留。早晚青山映黄髮，相看萬事一時休。

**附子由次韻：**

西歸猶未有菟裘，擬就南遷買一邱。舟楫自能通蜀道，林泉真欲老黄州。魚多釣户應容貰，酒熟鄰翁便可留。從此莫言身外事，功名畢竟不如休。

## 遷居臨皋亭〔一〕

我生天地間，一蟻寄大磨。區區欲右行，不救風輪左。雖云走仁義，未免違一作「遲」寒餓。劍米有危炊，鍼氈無穩坐。豈無佳山水，借眼風雨過。歸田不待老，勇决凡幾個。幸兹廢棄餘，疲馬解鞍馱。全家占江驛，絶境天爲破。飢貧相乘除，未見可弔賀。澹然無憂樂，苦語不成此蘇个切。

〔一〕臨皋亭：許端夫《齊安拾遺》云：「夏澳口之側本水驛，有亭曰臨皋。」《名勝志》：「臨皋館在黄州朝宗門外，其上有快哉亭，縣令張夢得建。子由《記》略云：『亭之所見，南北百里，東西一舍。晝則舟楫出入於其前，夜則魚龍悲嘯於其下。西望武昌，諸山岡陵起伏，草木行列，烟消日出，漁父樵夫之舍，皆可指數。』」

## 曉至巴一本有「河」字口迎子由〔一〕

去年御史府，舉動觸四壁。幽幽百尺井，仰天無一席。隔牆聞歌呼，自恨計之失。留詩不忍寫，苦泪漬紙筆。餘生復何幸，樂事有今日。江流鏡面净一作「静」，烟雨輕羃羃。孤舟如鳧鷖，點破千頃碧。聞君在磁湖〔二〕，欲見隔咫尺。朝來好風色，旗脚一作「尾」西北擲。行當中流見，笑眼清光溢。此邦疑可老，修竹帶泉石。欲買柯氏林，兹謀待君必。

〔一〕巴口：《水經注》：「水出雩婁縣之下靈山，即大别山也。亦或曰巴山。南歷蠻中，吴時，舊立屯於水側，引巴水以溉野。又南逕巴水戍，南流注於江，謂之巴口。」

〔二〕磁湖：《輿地廣記》：「大冶縣有磁湖。」《名勝志》：「磁山在縣東四十里磁湖側。磁湖者，以旁岸多〔生〕磁石，故名。」《欒城集》云：「舟次磁湖，以風浪留二日。」即此地也。

# 與子由同游寒溪西山

散人出入無町畦，朝游湖北暮淮西。高安酒官雖未上〔一〕，兩脚垂欲穿塵泥。與君聚散若雲雨，共惜此日相提攜〔二〕。千摇萬兀到樊口，一箭放溜先鳧鷖。層層草木暗西嶺，瀏瀏霜雪鳴寒谿。空山古寺亦何有，歸路萬頃青玻瓈。我今漂泊等鴻雁，江南江北無常棲。幅巾不擬過城市，欲踏徑路開新蹊〔三〕。公自注：路有直入寒溪，不過武昌者。却憂别後不忍到，見子行迹空餘悽。吾儕流落豈天意，自坐迂闊非人擠。行逢山水輒羞嘆，此去未免勤鹽虀。何當一遇李八百〔四〕，公自注：李八百宅在筠州。相哀白髮分刀圭。

〔一〕高安：《輿地廣記》：「筠州自唐以前屬洪州。南唐李璟置筠州，領高安等三縣。」《太平寰宇記》：「筠州，理高安縣。唐武德五年，置靖州，七年改米州，又改筠州。」宋名高安郡。與《輿地廣記》不同。按，今江西瑞州府也。

〔二〕惜此日：韓愈詩：「此日足可惜。」

〔三〕新蹊：《詩》：「行道兑矣。」傳：「兑，成蹊也。」疏云：「蹊者，先無行道，初爲徑路之名。」《名勝志》：「萬松山在樊山北，臨江，松陰夾（道）〔路〕，特爲幽邃。〔路〕有（路）直入寒溪，山下之捷徑也。」

〔四〕李八百宅：歐陽守道《碧落堂記》略云：高安郡於江西稱道院，相傳爲上古仙人李八百修煉之所。《至治瑞陽志》：仙洞在州治後圃，即李八百棲隱處。楊廷秀詩：「李真宅子故依然，道院西偏古洞前。」即此地矣。

**附子由作：**

千里到齊安，三夜語不足。勸我勿重陳，起游西山麓。西山隔江水，輕舟亂鳧鶩。連峰多迴溪，盛夏富草木。杖策看萬松，流汗升九曲。蒼茫大江湧，浩蕩衆山蹙。上方寄雲端，中寺倚巖腹。清泉類牛乳，煩熱須一掬。縣令知客來，行庖映脩竹。黄鵝特新煮，白酒亦近熟。山行得一飽，看盡千山緑。幽懷苦不遂，滯念每煩促。歸舟浪花暝，落日金盤浴。妻孥寄九江，此會難再卜。君看孫討虜，百戰不摇目。猶憐江上臺，高會飲千斛。巾冠墮臺下，坐使張公哭。異時君再來，攜被山中宿。

## 次韻答子由

平生弱羽寄衝風，此去歸飛識所從。好語似珠穿一一，妄心如膜退重重。山僧有味寧知子，瀧吏無言只笑儂。尚有讀書清浄業，未容春睡敵千鐘。

**附子由原作：**

慙愧江淮南北風，扁舟千里得相從。黄州不到六十里，白浪俄生百萬重。自笑一生渾類此，可憐萬事不由儂。夜深魂夢先飛去，風雨對牀聞曉鐘。

## 武昌酌菩薩泉送王子立一本題云「武昌別王子立」。

送行無酒亦無錢，勸爾一杯菩薩泉。何處低頭不見我，四方同此水中天。

慎按：此詩施氏原本不載，據《外集》，在黄州作。《欒城集》，王子立隨子由赴高安，此時必同至黄，故連類附編於此。

## 和何長官六言〔一〕一本有「次韻五首」四字。

### 其一

作邑君真伯厚，去官我豈曼容。一廛願託仁政，六字難賡變風。

〔一〕何長官：名失考。

### 其二

五噫已出東洛，三復願比南容。學道未逢潘盎〔一〕，公自注：南海謂狂爲盎。潘，近世得道者也。草書猶似楊風。

〔一〕潘盎：名冕。本集《趙先生舍利記》云：「南海有潘冕者，陽狂不測，人謂之潘盎。嘗與京師言《法華》偈頌往來，言云：『盎，日光佛〔化〕也。』（趙）先生嘗從盎遊，盡得其道。」〇慎按，潘盎事，詳見江少虞《事實類苑》中。儂智高之叛，在皇祐四年，施氏新注引王注謂元祐中者，訛。

其　三

石渠何須反顧，水驛幸足相容〔一〕。長江大欲見庇，探支八月涼風。

〔一〕水驛：即臨臯亭也。注見前。別本作「水澤」者，訛。

其　四

清風初號地籟，明月自寫天容。貧家何以娛客，但知抹月披風。

其　五

青山自是絕色，無人誰與爲容。說向市朝公子，何殊馬耳東風。

## 觀張師正〔一〕所蓄辰砂〔二〕

將軍結髮戰蠻溪，篋有殊珍勝象犀。漫說玉牀收一作「分」箭鏃〔三〕，何曾金鼎識刀圭。近聞猛士收丹穴〔四〕，欲助君王鑄褭蹏。多少空巖人不見，自隨初日吐虹蜺。

〔一〕張師正：《玉壺清話》：張師正，字不疑，初爲辰帥。熙寧中，復帥鼎州。「著《括異志》、《倦游録》。」江少虞《事實類苑》云：「師正，英宗朝爲荆州鈐轄。」《楊文公談苑》：「張師正本進士，換武爲遥郡防禦使。亦能詩，（其佳句）云：『蝸角功名時不與，澗松材幹老甘休。分鹿是非皆委夢，落花貴賤不由人。』」

〔二〕辰砂：范成大《桂海志》：「宜州出砂處，與湖北犬牙山相連，北爲辰砂，南爲宜砂。」江少虞《事實類苑》：「辰州硃砂，佳者出蠻峒錦州界老鴉井。其井深廣十丈。欲取，必先聚薪於井，令滿。以火燎之，石壁迸裂，入火者，既化爲烟，其偶存在壁者，方得之。乃青〔石〕色。」朱輔《溪蠻叢笑》：「辰砂，（以）〔辰〕錦砂（爲）最良，麻陽，古錦州也，舊隸辰郡。」

〔三〕玉牀箭鏃：《事實類苑》云：「頑石有砂處，即有小龕。中坐白石牀，如玉，牀上乃生丹砂，小者如箭鏃，大者如芙蓉。研之如猩血。砂泊牀，大者重七八（斤）〔兩〕，（價十萬）小者五六（萬）〔兩〕。亦有赤色如箭鏃而帶石者，得自土中，非此之比也。」

〔四〕猛士收丹穴：《宋史·神宗本紀》：熙寧九年，章惇招降五溪蠻，遂城下溪州。元豐三年五月，復命韓存寶經制瀘州納夷。

## 五禽言并引

梅聖俞嘗作四禽言。余謫黄州，寓居定惠院，遶舍皆茂林脩竹，荒池蒲葦。春夏之交，鳴鳥百族，土人多以其聲之似者名之。遂用聖俞體，作《五禽言》。

### 其一

使君向蘄州〔一〕，更唱蘄州鬼。我不識使君，寧知使君死。人生作鬼會不免，使君已老知何晚。公自注：王元之自黄移蘄州，聞啼鳥，問其名。或對曰：「此名蘄州鬼。」元之惡之，果卒於蘄。

〔一〕使君向蘄州：《宋史》：「王禹偁，字元之，鉅野人。九歲能文，擢進士。真宗朝歷知制誥。咸平初，出知黄州。四年，徙蘄州。禹偁上表謝，有『宣室鬼神之問，敢望生還；茂陵封禪之書，止期身後』之語。果至郡，未踰月而卒，年四十八。」所著名《小畜集》。《元和郡縣志》：「漢蘄春縣地，後置郡。周平淮南，改曰蘄州。去黄州二百三十里。」

### 其二

昨夜南山雨，西溪不可渡。溪邊布穀兒，勸我脱破褲。不辭脱褲溪水寒，水中照見催租瘢。公自注：土人謂「布穀」爲「脱却破袴」。

其三

去年麥不熟，挾彈規我肉。今年麥上場，處處有殘粟。豐年無象何處尋，聽取林間快活吟。公自注：此鳥聲云：麥飯熟，即快活。

其四

力作力作，蠶絲一百箔。壠上麥頭昂，林間桑子落。願儂一箔千兩絲，繅絲得蛹飼爾雛。公自注：此鳥聲云：蠶絲一百箔。

其五

姑惡，姑惡，姑不惡，妾命薄。君不見東海孝婦死作三年乾，不如廣漢龐姑去却還。公自注：姑惡，水鳥也。俗云婦以姑虐死，故其聲云。

**附梅聖俞《四禽言》：**

泥滑滑，苦竹岡。雨蕭蕭，馬上郎。馬蹄凌兢雨又急，此鳥爲君應斷腸。

婆餅焦，兒不食。爾父向何之，爾母山頭化爲石。山頭化石可奈何，遂作微禽啼不息。提胡蘆，沽美酒，風爲賓，樹爲友。山花撩亂目前開，勸爾一杯千萬壽。不如歸去，春山云暮。萬木兮參天，蜀天一作「山」兮何處。人言有翼可歸飛，安用悲啼向高樹。

慎按：梅詩已載施注，新刻例當附見，故仍采録。

## 次韻子由病酒肺疾發

憶子少年時，肺病一作「喘」疲坐卧。喊呀或終日，勢若風雨過。虚陽作浮漲，客冷仍下墮。妻孥恐悵望，膾炙不登坐。終年禁晚食，半夜發清餓。胃强鬲苦滿，肺斂腹輒破。三彭恣啖囓，二豎肯逋播。寸田可治生，誰勸耕黄穋。公自注：新法，方田謂黄穋，爲上腴。探懷得真藥，不待君臣佐。初如雪花積，漸作櫻桃一作「珠」大。隔牆一作「壁」聞三嚥，隱隱如轉磨。自兹失故疾，陽唱陰輒和。神仙多歷試，中路或坎坷。平生不盡器，痛飲知無奈一作「那」。舊人眼看盡，老伴餘幾個？殘年一斗粟，待子同春簸。云何不自珍，醉病又一挫。真源結梨棗，世味等糠莝。耕耘當待穫，願子勤自課。相將賦遠游，仙語不用些。

**附子由原作：**

朝蒙麴塵居，夜傍糠牀卧。鼻香黍麥熟，眼亂瓶罌過。囊中衣已空，口角涎虚墮。啜嘗未云足，恣醽恐深坐。使君信寬仁，高會慰寒餓。西樓適新成，明月猶半破。擁簷青山橫，拂檻流水播。雕盤貯霜實，銀盎薦秋稉。共言文字歡，豈待紅裙佐。惟知醍醐滑，不悞叵一作「頗」羅大。夜歸肺增漲，晨起脾失磨。清懷忽牢落，藥餌費調和。衰年足奇窮，一醉仍坎坷。清尊自不惡，多病欲何奈。聞公話少年，舉白不論個。歌吟雜嘲謔，笑語爭掀簸。平明起相視，鋭氣曾未挫。達人遺形骸，駑馬懷豆莝。不知逃世網，但解憂歲課。不見獨醒人，終費招魂些。

## 鐵拄杖并引

柳真齡字安期，閩人也。家寶一鐵拄杖，如椰栗木，牙節宛轉天成，中空有簧，行輒微響。柳云得之浙中，相傳王審知以遺錢鏐，鏐以賜一僧，柳偶得之，以遺余，作此詩謝之。

柳公手中黑蛇滑，千年老根生乳節。忽聞鏗然爪甲聲，四坐驚顧知是鐵。含簧腹中細泉語，迸火石上飛星裂。公言此物老有神，自昔閩王餉吴越〔一〕。不知流落幾人手，坐看變滅如春雪。忽然贈我意安在，兩脚未許甘衰歇。便尋轍迹訪崆峒，徑渡洞庭探禹穴。披榛覓藥采芝菌，刺虎鏦蛟擉蛇蝎。會教化作兩錢錐，歸來見公未華髮。問我鐵君無恙否？取出摩挲向公説。

〔一〕閩王：《〔新〕五代史·閩世家》：「王審知，字信通，光州固始人。兄潮，本縣吏，唐末爲福建觀察使，以審知爲副使。乾寧四年，潮卒，審知代立。唐以福州爲武威軍，拜審知爲節度使，封琅邪王。梁太祖時，加拜中書令，封閩王。」

**附子由和：**

截竹爲杖瘦且輕，石堅竹破誤汝行。削木爲杖輕且好，道遠木折恐不到。閩君鐵杖七尺長，色如黑蛇氣如霜。提攜但恐汝無力，撞堅遇險安能傷。柳公雖老尚强健，閉門却掃不復將。知公足力無險阻，憐公未有登山侶。回生四海惟一身，袖中長劍爲兩人。洞庭漫天不覺過，半酣起舞驚鬼神。願公此杖亦如此，適意遨游日千里。歸來倚壁示時人，海外蒼茫空自記。

## 與潘三失解後飲酒

千金敝帚人誰買？半額蛾眉世所妍。顧我自爲都眊矂，憐君欲鬭小嬋娟。青雲豈易量他日，黄菊猶應似去年。醉裏未知誰得喪，滿江風月不論錢。

**【校記】**

一、《書黁公詩後》注一引《續玄怪録》云云，實轉引自宋佚名《錦繡萬花谷·前集》卷二十八《佛祖》「鎖骨菩薩」條。又，另見於李昉《太平廣記》卷一百一、陶宗儀《説郛》卷一百十七下、徐應秋《玉芝堂談薈》卷十二、陳耀文《天中記》卷三十五、《淵鑑類函》卷三百十七、陳元龍《格致鏡原》卷十一。

二、《遊浄居寺》注三引《南嶽思大禪師行狀》云云，實轉引自覺岸《釋氏稽古略》卷二臨海王光大元年「南嶽思大禪師」條。○注六引《傳燈録》云云，此引文不見於《傳燈録》，而見於宋賾藏主集《古尊宿語録》卷三「黄檗斷際禪師宛陵録」，又見於明瞿汝稷《指月録》卷十，而宋李遵勖《天聖廣燈録》卷八亦有載，然文小異。究未知初白引文所自，姑繫於《古尊宿語録》之下。

三、《寓居定惠院之東雜花滿山有海棠一株土人不知貴也》「慎按」引魏淳甫《詩人玉屑》云云，誤。此引文不見於今本《詩人玉屑》，實轉引自宋蔡正孫《詩林廣記·後集》卷三「定惠院海棠」條引《詩話》。

四、《杜沂游武昌以酴醾花菩薩泉見餉二首·其二》注一引《名勝志》云云，其中首句「西山即樊山也」，於原文乃下一條首句，初白因文意順暢故而將下一條首句置於此條之首。

五、《西山戲題武昌王居士》「慎按」引《漫叟詩話》云云，實轉引自胡仔《苕溪漁隱叢話·前集》卷二「國風漢魏六朝下」。

六、《石芝》注二引《神仙傳》云云，今本《神仙傳》卷六有《王烈傳》，但文字與引文大異，當非直接引之。實轉引自《太平廣記》卷九《神仙九》「王烈傳」，原文後注明出《神仙傳》。

七、《觀張師正所蓄辰砂》注一引《楊文公談苑》云云，此段引文不見於今本《楊文公談苑》，實轉引自胡仔《苕溪漁隱叢話·前集》卷五十五引《隱居詩話》。

# 東坡先生編年詩卷二十一

## 古今體詩八十九首元豐四年辛酉、五年壬戌在黄州作。

### 正月二十一日往岐亭郡人潘古郭三人送余於女王城東禪莊院〔一〕

十日春寒不出門，不知江柳已摇村。稍聞决决流冰谷，盡放青青没燒痕。數畝荒園留我住，半瓶濁酒待君温。去年今日關山路，細雨梅花正斷魂。

〔一〕女王城：《隋書·地理志》：黄州古永安郡。《名勝志》：「（去黄州十里，有）永安城〔在府城北十里〕，俗（謂之）〔呼爲〕女王城。初，春申君相楚，受淮北十二縣之封。今之女王城，蓋楚王城之訛耳。在唐爲禪莊院。」

慎按：施氏原本：「此詩真蹟刻石於成都府治，題云『正月二十一日』，諸本作『二十日』，訛。」又，按施氏本，此詩編上卷末，今據年月改正。

# 東坡八首〔一〕并引

余至黄州二年，日以困匱。故人馬正卿哀余乏食〔二〕，爲於郡中請故營地數十畝，使得躬耕其中。地既久荒，爲茨棘瓦礫之場，而歲又大旱，墾闢之勞，筋力殆盡。釋耒而嘆，乃作是詩，自愍其勤，庶幾來歲之入以忘其勞焉。

## 其一

廢壘無人顧，頽垣滿蓬蒿。誰能捐一作「損」筋力，歲晚不償勞。獨有孤旅人，天窮無所逃。端來拾瓦礫，歲旱土不膏。崎嶇草棘中，欲刮一寸毛。喟然釋耒嘆，我廪何時高。

〔一〕東坡：陸游《入蜀記》：「自州門而東，岡壟高下，至東坡，則地勢平曠開豁，東起一壟，頗高。」○按，施氏原注引周益公《雜志》云：「白樂天爲忠州刺史，有《東坡》、《種花》二詩，又有《步上東坡》詩。蘇文忠公不輕許可，獨敬樂天，屢形詩篇。蓋其文章，意主辭達，而忠厚好施，剛直盡言，與人有情，於物無著，大略相似。謫居黄州，始號東坡，其原蓋起於樂天忠州之作。」此段新刻本删去，今補録。

〔二〕馬正卿：名夢得，見本集。

## 其　二

荒田雖浪莽，高庳各有適。下隰一作「濕」種秔稌，東原蒔棗栗。江南有蜀士〔一〕，桑果已許乞。好竹不難栽，但恐鞭橫逸。仍須卜佳處，規以安我室。家僮燒枯草，走報暗井出。一飽未敢期，瓢飲已可必。

〔一〕蜀士：王齊萬，時寓武昌。見第二十卷。

## 其　三

自昔有微泉，來從遠嶺背。穿城過聚落，流惡壯蓬艾。去爲柯氏陂〔一〕，十畝魚蝦會。歲旱泉亦竭，枯萍粘破塊。昨夜南山雲，雨到一犁外。泫然尋故瀆，知我理荒薈。泥芹有宿根，一寸嗟獨在。雪芽何時動，春鳩行可膾。公自注：蜀人貴芹芽膾，雜鳩肉爲之。

〔一〕柯氏陂：《名勝志》：「柯山，在赤壁高塞亭之東。《圖經》云：柯山四望，南直高邱，故名柯邱。」按，先生詩云「欲買柯氏林」，又云「柯邱海棠吾有詩」，即此地也。

## 其　四

種稻清明前，樂事我能數。毛空暗春澤，鍼水聞好語〔一〕。公自注：蜀人以細雨爲雨毛，稻初生時，農夫相語：「稻鹹出矣。」分秧及初夏，漸喜風葉舉。月明看露上，一一珠垂縷。秋來霜穗重，顛倒相撐拄。但聞畦隴間，蚱猛如風雨。公自注：蜀中稻熟時，蚱猛群飛田間，如小蝗狀，而不害稻。新舂便入甑，玉粒照筐筥。我久食官倉，紅腐等泥土。行當知此味，口腹吾已一作「已吾」許。

〔一〕鹹水：杜甫詩：「（濁）〔蜀〕江如綫如鹹水，荆岑彈丸心未已。」

其　五

良農惜地力，幸此十年荒。桑柘未及成，一麥庶可望。投種未逾月，覆塊已蒼蒼。農夫告我言，勿使苗葉昌。君欲富餅餌，要須縱牛羊〔一〕。再拜謝苦言，得飽不敢忘。

〔一〕縱牛羊：賈思勰《齊民要術》：「菅茅之地，宜縱牛羊踐之。」周紫芝《竹坡詩話》：「河朔土人言，河朔地廣，麥苗彌望。方其盛時，須縱牧其間踐蹂，令稍疏，則其收倍多。是縱牛羊所以富餅餌也。」

其　六

種棗期可剥，種松期可斵。事在十年外，吾計亦已慤。十年何足道，千載如風雹。舊聞李衡奴，此策疑可學。我有同舍郎，官居在灊岳〔一〕。公自注：李公擇也。遺我三寸甘，照座光卓犖。百栽倘可致，當及春冰渥。想見竹籬間，青黃垂屋角。

〔一〕灊岳：《爾雅注》：「霍〔山〕即天柱山，灊水所出。」《漢書·（郊祀志）〔武帝紀第六〕》：「元封五年冬，南巡狩，登灊天柱山。」應劭注云：「灊，音〔若〕潛。」徐靈期《南嶽記》：「衡山，南岳也。至於軒轅，乃以灊霍之山爲副，故《爾雅》云：霍山爲岳。」《九域志》：「舒州灊山，漢之南岳。」○按《黄山谷年譜》，元豐庚申，李公擇提點淮南西路刑獄。提刑司在舒州，故云「居官在灊岳」。

## 其七

潘子久不調〔一〕，沽酒江南村〔二〕。郭生本將種〔三〕，賣藥西市垣。古生亦好事〔四〕，恐是押牙孫。家有十畝竹，無時容叩門。我窮交舊絶，三子獨見存。從我於東坡，勞餉同一飧。可憐杜拾遺，事與朱阮論。吾師卜子夏，四海皆弟昆。

〔一〕潘子：張耒《宛邱集·潘昌言墓志》：「潘氏在唐，爲滎陽人。有名吉甫者入（本）朝，（爲）〔終國子〕博士生。子衢，爲屯田郎中。屯田嘗官於黄，遂居之。生處士革，隱德不仕。君諱鯁，字昌言，處士長子也。元豐乙未進士，以宣德郎監淮陽軍酒税，遂以奉議致仕。男二人，大臨、大觀。」先生本集《雜記》云：「樊口有潘生，善釀酒，醇美。」而不著其名，疑即昌言也。

〔二〕江南村：武昌與黄州隔江，在江之南岸，故云江南村。

〔三〕郭生：名莫考。施氏原注云：「名遘，汾陽人。」原本所無，不敢遽信。

〔四〕古生：名耕道，黄州進士。見本集《祭任師中》文。施氏原注謂新平人，恐未足據。

## 其八

馬生本窮士，從我二十年。日夜望我貴，求分買山錢。我今反累君，借耕輟茲田。刮毛龜背上〔一〕，何時得成氊。可憐馬生癡，至今夸我賢。衆笑終不悔，施一當獲千。

〔一〕龜毛：《翻譯名義》：「（龜毛）兔角〔龜毛〕，皆（成）〔况名〕假（設）。」

# 再次前韻三首係《織錦圖》上回文。

## 其一

春機滿織回文錦〔一〕，粉淚揮殘露井桐。人遠寄情書字小，柳絲低日晚庭空。

〔一〕回文：《詩格類苑》謂回文出於竇滔妻所作。《文心雕龍》云：「回文所興，則道原爲始。」

慎按：傅咸有《回文反覆》詩，温嶠亦有《回文》詩，皆在竇妻前。《百家詩話》引《苕溪漁隱叢話》云：「《東坡後集》有題《織錦回文三首》，『春晚落花餘碧草』云云。《淮海集》載先生跋云：余少時見江南本，其後有人題詩十餘首，皆奇絶，今記其三。然則此詩非東坡作也。少游又云：

子瞻記江南所題詩本不全，余嘗見之，記其五絶，今以補子瞻之遺。」即《淮海集》所載《回文五首》是也。世以爲少游作，亦非也。

其　二

紅牋短寫空深恨，錦句新翻欲斷腸。風葉落殘驚夢蝶，戍邊回雁寄情郎。

其　三

羞雲斂慘傷春暮，細縷詩成織意深。頭畔枕屏山掩恨，日昏塵暗玉窗琴。

慎按：《題織錦圖上回文三首》，乃江南本詩也。《經籍志》有《江南集》十卷，今其詩訛入先生集中。又，《和人回文五首》，即少游所記江南本詩也。施氏補注本載《續補遺》下卷。謹據《百家詩話》，以《再和前韻三首》爲先生作，而以《織錦圖上回文原詩三首》附於後。其《和人回文五首》，則移置《他集互見》卷中，用正諸刻之訛。

**附江南本《織錦圖上回文》原作三首：**

春晚落花餘碧草，夜凉低月半梧桐。人隨遠雁邊城暮，雨映疎簾繡閣空。

紅手素絲千字錦，故人新曲九迴腸。風吹絮雪愁縈骨，淚灑縑書恨見郎。

羞看一首回文錦，錦似文君别恨深。頭白自吟悲賦客，斷腸愁是斷絃琴。

## 數日前夢一僧出二鏡求詩僧以鏡置日中其影甚異其一如芭蕉其一如蓮花夢中與作詩

君家有二鏡，光景如湛盧。或長如芭蕉，或圓如芙蕖。飛電著子壁，明月入我廬。月下合三璧，日月跳明珠。問子是非我，我是非文殊。

慎按：此詩施氏原本不載，新刻載《續補》上卷，據《外集》編黄州卷中，今從之。

## 岐亭道上見梅花戲贈季常

蕙死蘭枯菊亦摧，返魂香入嶺頭梅〔一〕。數枝殘緑風吹盡，一點芳心雀啅開。野店初嘗竹葉酒，江雲欲落豆稭灰〔二〕。行當更向釵頭見，病起烏雲正作堆。

〔一〕返魂香：李石《續博物志》：月氏國獻返魂香。《十洲志》：「聚窟洲有神烏山，多大樹，名返魂樹。伐其根，於玉釜中煮，取汁，曰返生香，聞數百里。死者聞香氣乃活，能起夭殘之疾。」下生之神藥也。疾疫夭死者以熏牙，及聞氣者，即活。○按，《禪宗頌古》所載唐僧《古梅》詩云：「雪虐風饕水浸根，石邊尚有古苔痕。天公未肯隨寒住，又孽清香與返魂。」東坡詩正用此，而注家未及也。

〔三〕豆稭灰：《錦繡萬花谷》載王勉之《雪》詩：「上天飛下豆稭灰。」

## 樂全先生生日以鐵拄杖爲壽二首〔一〕

其　一

先生真是地行仙，住世因循五百年。每向銅人話疇昔，故教鐵杖鬬清堅。入懷冰雪生秋思，倚壁蛟龍護晝眠。遥想人天會方丈，衆中驚倒野狐禪〔二〕。

〔一〕樂全先生：張方平自稱樂全居士。

〔二〕野狐禪：《古禪師語録》：「六祖云：『汝但善惡都莫思量，自然得入。』趙州云：『你若記一個元字脚在心，永劫作野狐精。』」又，（傳燈録）〔《五燈會元》卷三〕：「百丈代一轉語，老人於言下大悟，脱野狐身。」《雪峰偈》云：「一條楖標甚縱横，野狐跳入金毛隊。」

其　二

二年相伴影隨身，踏遍江湖草木春。擿石舊痕猶在（一作「作」）眼，閉門高節欲生鱗。畏塗自衛真無敵，捷徑争先却累人。遠寄知公不嫌重，筆端猶自斡千鈞。

**附張安道和一首**：此詩從《黄州志》采録。

隨書初見一枝藤，入手方知鍛鍊精。遠寄只緣憐我老，閒攜常似共君行。静軒獨倚身同瘦，小圃頻游脚爲輕。何日歸舟上新洛，拄來河岸笑相迎。

## 杭州故人信至齊安

昨夜風月清，夢到西湖上。朝來聞好語，扣户得吴餉。輕圓白曬荔，脆釅紅螺醬。更將西菴茶，勸我洗江瘴。故人情義重，説我必西向。一年兩僕夫，千里問無恙。相期結書社，公自注：故人相約醵錢僱僕夫，一歲再至黄。未怕供詩帳，公自注：僕頃以詩得罪，有司移杭，取境内所留詩，杭州共數百首，謂之詩帳。還將夢魂去，一夜到江漲〔一〕。公自注：江漲，杭州橋名。

〔一〕江漲：《九域志》：仁和縣有江漲橋鎮。《咸淳臨安志》：「江漲橋在餘杭門外，江漲税務東。」

## 送牛尾貍與徐使君公自注：時大雪中。

風捲飛花自入帷，一尊遥想破愁眉。泥深厭聽雞頭鶻〔一〕。公自注：蜀人謂泥滑滑爲雞頭鶻。酒淺欣嘗牛尾貍〔二〕。通印子魚猶帶骨〔三〕，披綿黄雀漫多脂。殷勤送去煩纖手，爲我磨刀削玉肌。

〔一〕雞頭鶻：《本草》：「竹雞一名山菌子，蜀人呼雞頭鶻，南人呼泥滑滑。」

〔二〕牛尾貍：《本草》：「南方有白面而尾似牛者，名牛尾貍，亦曰（白）〔玉〕面貍。專上樹食百果，冬月極肥，人多糟食之，大爲珍品。」

〔三〕子魚：莊綽《雞肋編》：「莆田縣通應江水（鹽）〔鹹〕淡得中，子魚生其間，味極美。以子名者，（謂）〔取〕子多爲貴也。不知者乃謂子魚大可容印者爲佳。」

**附子由作：**《欒城集·筠州二咏》之一也。

首如貍，尾如牛，攀條捷險如猱猴。橘柚爲漿栗爲餱，筋肉不足惟膏油。深居簡出善自謀，尋蹤發窟并執囚。蓄租分散身爲羞，松薪瓦甑烝浮浮。壓入糟盎肥欲流，熊肪羊酪真比儔。引箭將擧訊何尤，無功竊食人所仇。

# 四時詞

## 其一

春雨陰陰雪欲落，東風和一作「吹」冷驚簾一作「羅」幙。漸看遠水緑生漪，未放小桃紅入萼。佳人瘦盡雪膚肌，眉斂春愁知爲誰？深院無人剪刀響，應將白紵作春衣。

其　二

垂柳陰陰日初永，蔗漿酪粉金盤冷。簾額低垂紫燕忙，蜜脾已滿黄蜂静。高樓睡起翠眉嚬，枕破斜紅未肯匀。玉腕半揎雲碧袖，樓前知有斷腸人。

其　三

新愁舊恨眉生緑，粉汗餘香在蘄竹。象牀素手熨寒衣，爍爍風燈動華屋。夜香燒罷掩重扃，香霧空濛月滿庭。抱琴轉軸無人見，門外空聞裂帛聲。

其　四

霜葉蕭蕭鳴屋角，黄昏陡一作「斗」覺羅衾一作「衣」，又作「裳」薄。夜風摇動鎮帷犀，酒醒夢回聞雪落。起來呵手畫雙鴉，醉臉輕匀襯眼霞。真態生香誰畫得，玉如一作「奴」纖手嗅梅花。

慎按：宋檢討龔公《芥隱筆記》云：「東坡《冬詞》『玉奴纖手嗅梅花』，真蹟作『玉如』。墨莊謂意方全。」楊升菴亦云：「東坡『玉如纖手嗅梅花』，俗改『玉如』作『玉奴』。」今據此改正。

**附李端叔次韻四首：**

紅緑枝頭自開落，薄日低雲天一幕。可堪困緒尚眠蠶，未擬芳心先破萼。寶鬟半脱畏侵肌，百刻縈香竟屬誰。旋製稱衣宮樣窄，慵看架上去年衣。

蜀葵易過紅榴永，鱗鱗瑩角波紋冷。水光汗透玉枕涼，扇影風揺深院静。無言一晌幾回顰，品盡么絃竟不匀。空被梁間偷眼燕，黄蜂原是竊香人。

畫圖展盡瀟湘緑，窈窕新詞寫題竹。薄衾笑拂又經年，已報莎雞入重屋。漸施簾幕作深扃，時看明河步廣庭。旋索羅衣防露下，隔牆聞叫侍兒聲。

休願車輪生四角，莫向金尊嫌酒薄。門外風號雁陣低，擁衾同看殘燈落。轆轤敲凍驚棲鴉，睡紅笑引燕脂霞。未擬雕籠問鸚鵡，先投宿酒敵霜花。

## 太守徐君猷通守孟亨之皆不飲酒以詩戲之〔一〕

孟嘉嗜酒桓温笑，徐邈狂言孟德疑。公獨未知其趣爾，臣今時復一中之。風流自有高人識，通介寧隨薄俗移。二子有靈應撫掌〔二〕，吾孫還有獨醒時。

〔一〕徐君猷：王明清《揮麈録》云：「徐得之君猷，陽翟人，韓康公壻也。知黄州日，東坡遷謫於郡，君猷周旋，不遺餘力。子端益，字輔之。」○按，施氏原注：「君猷，名大受，東海人。」與《揮麈》異，未詳孰是，録存俟考。

〔三〕二子：謂孟嘉、徐邈。按，《苕溪漁隱叢話》：「東坡此詩，不止天生（作）〔此〕對，其全篇用事親切，尤爲可喜，皆徐、孟二人事也。」

## 姪安節遠來夜坐三首〔一〕

### 其一

南來不覺歲峥嶸，夜撥寒灰聽雨聲。遮眼文書原不讀〔二〕，伴人燈火亦多情。嗟予潦倒無歸日，今一作「令」汝蹉跎已半生。免使韓公悲世事，白頭還對短燈檠〔三〕。

〔一〕安節：按，本集及《欒城集·提刑公墓表》「孫男十二人」，中無安節之名，則安節或係小字，或以字稱，所未可知。但先生有《送千乘千能兩姪》詩，皆呼名，不應此處獨稱字。缺疑再考。○開按：後《冬至日贈安節》詩云「瞻前惟兄三」。本集《提刑公墓表》所謂「不欺、不疑、不危」也，與公爲從兄弟，安節於三人中，不知爲誰之子。詩又云「見此萬里姪」，則新從眉州來，明矣。又，《小詩十四首》中云：「吾兄喜酒人，今汝亦能飲。」則爲不疑等益信。若子由之子，則應從宦遊筠州，不當復入蜀也。

〔二〕遮眼：《傳燈録》：「師問藥山：『爲什麽看經？』師曰：『我只圖遮眼。』」

〔三〕燈檠：《西溪詩話》：古詩：「燈檠昏魚目。」「檠」字，仄聲讀。《集韻》：渠耿切。有四足，似几，其作平聲讀者，非燈檠字，乃榜也。自東坡用之，後人遂不復辨别矣。

其　二

心衰面改瘦峥嶸，相見惟應識舊聲。永夜思家在何處？殘年知汝遠來情。畏人默坐成癡鈍，問舊驚呼半死生。夢斷酒醒山雨絶，笑看飢鼠上燈檠。

其　三

落第汝爲中酒味，吟詩我亦忍飢聲。便思絶粒真無策，苦説歸田似不情。腰下牛閒方解佩，洲中奴長足爲生。大卲一弛何緣彀〔一〕，已覺翻翻不受檠。

〔一〕大卲：韓愈詩：「大卲挂壁無由彎。」

**附子由次韻三首**：

前山積雪暮峥嶸，燕坐微聞落瓦聲。共對一尊通夜語，相看萬里故鄉情。信歸嶺上寒梅遠，恨極江南春草生。明日青銅添白髪，且須醉睡倒燈檠。

少年高論苦峥嶸，老學寒蟬不復聲。目斷家山空記路，手披禪册漸忘情。功名久矣知前錯，婚嫁猶須畢此生。家世讀書難便廢，漫留案上鐵燈檠。

謫官似我無歸計，落第憐渠有屈聲。握手天涯同一笑，倚門歲晚不勝情。黄岡俛仰成陳迹，白首蹉跎畏後生。歸去且安南巷樂，莫看歌舞醉長檠。

## 冬至日贈安節〔一〕

我生幾冬至，少小如昨日。當時事父兄，上壽拜脱膝。十年閲彫謝，白髮催衰疾。瞻前惟兄三〔二〕，顧後子由一。近者隔濤江，遠者天一壁。今朝復何幸？見此萬里姪。憶汝總角時，啼哭爲梨栗。今來能慷慨，志氣堅鐵石。諸孫行復爾，世事何時畢。詩成却超然，老淚不成滴。

〔一〕冬至：《賓退録》：「《月令》：仲夏日長至，仲冬日短至。今人反謂冬至爲長至。崔浩《女儀》曰：『婦人以冬至上履韤於舅姑，踐長至之義也。』隋杜臺卿《玉燭寶典》曰：『冬至，日極南，景極長，故有履長之賀。』蓋《周禮》冬至日在牽牛，景長一丈三尺，日短而景長也。《月令》所謂短至，謂日之短，崔、杜所謂長至，謂景之長也。」

〔二〕兄三：按，《年譜》：老蘇公三子，長曰景先，早殁。故東坡初字和仲，子由初字同叔。本集《提刑公墓表》，洵之兄渙，子三人，不欺，官太子中舍；不疑，承議郎，通判嘉州；不危，家居未仕。云云。又，考《曾南豐集》中《職方員外蘇君墓志》，君諱序，子二，曰渙，曰洵。孫七人，不欺、不疑、不危、軾、轍，此外又有名位、名佾者。與《墓表》不合，竊意位、佾二人亦早世，提刑之子，惟三人在耳。

慎按：《年譜》引本集《雜説》云：「元豐辛酉冬至，僕在黄州，姪安節遠來。」則此詩與前七律三首乃是年冬所作。施氏原本編於《岐亭道上見梅花》之前，似失先後位置，今改編。

## 雪後到乾明寺遂宿

門外山光馬亦驚，堦前屐齒我先行。風花誤入長春苑，雲月長臨不夜城。未許牛羊傷至潔，且看鴉鵲弄新晴。更須攜被留僧榻，待聽摧簷瀉竹聲。

## 伯父送先人下第歸蜀詩云人稀野店休安枕路入靈關穩跨驢安節將去爲誦此句因以爲韻作小詩十四首送之

### 其一

索漠齊安郡，從來著放臣。如何風雪裏，更送獨歸人。

### 其二

瘦骨寒將斷，衰髯摘更稀。未甘爲死别，猶恐得生歸。

其　三

日上氣暾江，雪晴光眩野。記取到家時，鋤耰吾正把。

其　四

月明穿破裘，霜氣澀孤劍。歸來閉户坐，默數來時店。

其　五

諸兄無可寄，一語會須酬。晚歲俱黄髮〔一〕，相看萬事休。

〔一〕黄髮：柳宗元《答劉夢得》詩：「黄髮相看萬事休。」

其　六

故人如念我，爲説瘦欒欒。尚有身爲患，已無心可安。

其七

吾兄喜酒人，今汝亦能飲。一杯歸誦此，萬事邯鄲枕。

其八

東阡在何許，寒食江頭路。哀哉魏城君，宿草荒新墓。

其九

臨分亦泫然，不爲窮途泣。東阡時一到，莫遣牛羊入。

其十

我夢隨汝去，東阡松柏青。却入西州門，永媿北山靈。

其十一

乞墦何足羨，負米可忘艱。莫謂無車馬，含羞入劍關。

其十二

我坐名過實，讙譁自招損〔一〕。汝幸無人知，莫厭家山穩。

〔一〕招損：《尚書》：「滿招損，謙受益。」

其十三

竹筒與練裙，隨時畢婚嫁。無事苦一作「若」相思，征鞍還一跨。

其十四

萬里却來日，一菴仍獨居。應笑謀生拙，團團如磨驢。

## 次韻和王鞏六首

其一

君談陽朔山〔一〕，不作一錢直。巖藏兩頭蛇一作「虺」，瘴落千仞翼。雅宜驢兜放，頻訝虞舜陟。暫來已可畏，覽鏡憂面黑。況子三年囚〔二〕，苦霧變飲食。吉人終不死，仰荷天地德。我來黄岡下〔三〕，欹枕江流碧。江南武昌山，向我如咫尺。春蔬黄土軟，凍筍蒼崖坼。茲行我累君〔四〕，乃反得安宅。遥知丹穴近，爲斸勾漏石。他年分刀圭，名字挂仙籍。公自注：鞏許惠桂州丹砂。

〔一〕陽朔山：《水經》：「湘水出始(興)〔安〕縣陽海山。」注云：「即陽朔山，故零陵之南(郡)〔部〕也。」《元和郡縣志》：「桂州陽朔縣，漢(興)〔安〕縣地，開皇十年分置，取陽朔山爲名。」唐吴武陵《陽朔廳壁記》：「群山發海嶠，騰走千里而北，又發巫衡，千餘里而南，咸會於陽朔。孤崖絶巘，森聳駢植，蛇龜猿鶴，踔躍萬怪。」江少虞《事實類苑》：「桂州左右山皆平地拔起數百丈，竹木蓊鬱如〔黛〕染，陽朔尤佳，四面峰巒駢立。」

〔二〕三年苦霧：李商隱詩：「三年苦霧巴江(月)〔水〕，不爲離人照屋梁。」

〔三〕黄岡：《名勝志》：「漢西陵故城，南齊之南安縣，即齊安郡治也。隋(改)〔始〕曰黄岡，因以縣置黄州。」

〔四〕我累君：《東都事略》：「王定國從蘇軾問學，能爲文章，爲秘書省正字，坐累貶賓州。」《烏臺詩案》收蘇軾有譏諷文字不申繳者二十九人。王鞏名列第一。《淮海集》：「元豐二年，眉陽蘇公，用御史言，文涉謗訕，責黄州團練副使。於是梁國張公、涑水司馬公等三十六人，素善厚眉陽，得其文字，不以告，皆罰金。而太原王定國，獨謫監賓州鹽税。定國相家子，少知名。

一朝坐交游，斥海上，益自刻勵。晨起入局，視鹽税事。退則窮經著書，或詩酒自娱。」

## 其二

少年帶刀劍，但識從軍樂。老大服犁鋤，解佩付鎔鑠。雖無獻捷功，會賜力田爵。敲冰春搗紙，刈葦秋織箔。櫟林斬冬炭，竹塢收夏籜。四時俯有取，一飽天所酢。君生紈綺間〔一〕，欲學非其脚。左右玉纖纖，束薪誰爲縛。勿令聞此語，翠黛頩將惡。笑我一間茆，婦姑紛六鑿。

〔一〕紈綺間：《漢書·序傳》：「在於綺襦紈袴之間，非其好也。」

## 其三

欲結千年實，先摧二月花。故教窮到骨，要使壽無涯〔一〕。久已逃天網，何須服日華。賓州在何處〔二〕，爲子上棲霞〔三〕。公自注：樓名。

〔一〕壽無涯：韓愈詩：「垂祥紛可録，俾壽浩無涯。」

〔二〕賓州：《元和郡縣志》：「嶺南道賓州，漢鬱林郡之領方縣也。至隋不改。貞觀五年，析澄〔川〕〔州〕等三縣，置賓州。」《九域志》：「廣南西路賓州安城郡，軍事。」《太平寰宇記》卷一百六十五〕」：「開寶六年廢，隸〔邕〕〔容〕州。六年復置。東北至東京五千里。」《名勝志》：「賓州以賓江而名，今屬柳州府，府南一百三十里。」

〔三〕棲霞：陸游《入蜀記》：「棲霞樓，本太守閭邱孝終公顯所作，下臨大江，煙樹微茫，遠山數點，亦佳處也。」《名勝志》：「棲霞樓在黄州儀門西南。」

其　四

鄰里有異趣，何妨傾蓋新。殊方君莫厭，數面自成親。默坐無餘事，回光照此身。他年赤墀下〔一〕，玉立看垂紳〔二〕。

〔一〕赤墀下：《〔新〕唐書・上官儀傳》：「供奉赤墀下。」

〔二〕玉立：《文選》桓温《薦譙元彦表》：「抗節玉立。」

其　五

平生我亦輕餘子，晚歲人誰念此翁。巧語屢曾遭薏苡，廋詞聊復記芎藭。子還可責同元亮，妻却差賢勝敬通。公自注：僕文章雖不逮馮衍，而慷慨大節，乃不愧此翁。衍逢世祖英睿好士而獨不遇，流離擯逐，與僕相似。而衍妻妬悍甚，僕少此一事，故有「勝敬通」之句。若問我貧天所賦，不因遷謫始囊空。

## 其六

君家玉臂貫銅青〔一〕，下客何時見目成。勤把鉛黃記宮樣，莫教弦管作蠻聲。熏衣〔二〕漸嘆衙香少〔三〕，擁髻遥憐夜語清。記取北歸攜過我，南江風浪雪山傾。公自注：君自南江赴任，不一過我。

〔一〕銅青：梅堯臣詩自注：「銅青，謂衣色也。」

〔二〕熏衣：王筠《行路難》：「已繅一繭催衣縷，復搗百和熏衣香。」

〔三〕衙香：《香譜》有開元幃中牙香，唐化度寺牙香法，雍文徹郎中牙香法，皆合諸香搗末煉蜜溲和而成。衙，與牙音義相通。

## 元豐四年十月二十二日謁王文父齊萬於江南坐上得陳季常書報是月四日一本有「陝西奏」三字种諤領兵深入破一作「界」殺西夏六一作「五」萬餘人獲馬五千匹衆喜忭唱樂各飲一巨觥

聞説官軍取乞誾〔一〕，將軍旗鼓捷如神。故知無定河邊柳，得共中原雪絮身。

〔一〕乞闍：按《東都事略》及《宋史》，西夏國首領有乞理、乞弟、遇乞之名，無乞闍。俟再考。

慎按：此詩施氏原本不載，今據題中年月從新刻本《續補》下卷改編於此。

## 聞洮西捷報〔一〕

漢家將軍一丈佛〔二〕，詔賜天池八尺龍。露布朝馳玉關塞，捷書夜到甘泉宫。似聞指揮築上郡，已覺談笑無西戎。牧《外集》作「放」臣不見天顏喜，但驚草木回一作「放」，一作「皆」春容。

〔一〕洮西：《宋史·王韶傳》：「知通遠軍，引兵城武勝，建爲鎮洮軍，更名熙州。以熙、河、洮、岷、通、遠爲一路，以韶知熙州。六月三日，取河州。捷聞，帝大喜。」

〔二〕一丈佛：《老學菴筆記》：「東坡在黄州《西捷》詩：『漢家將軍一丈佛』云云，『一丈佛』者，王中正也。以此詩爲非東坡作耶？氣格如此，孰能辨之？以爲果東坡作耶？此老豈譽王中正者，蓋刺之也。」

慎按：王注引《立之詩話》云：「東坡在黄時有詩，『漢家將軍一丈佛』云云。其後作《謝御賜書》詩，復用其間數句。今集中無有，疑其非全篇。」云云。今考王氏本，此詩現在第七卷，何云集中所無？舊注鹵莽如此，特爲駁正。此詩施氏原本不載，今從《續補》下卷移編。

## 記夢回文二首并引

十二月二十五日，大雪始晴，夢人以雪水烹小團茶，使美人歌以飲。余夢中爲作回文詩，覺而記其一句云：亂點餘花唾碧衫。意用飛燕故事也。乃續之，爲二絶句云。

### 其一

酡顔玉盌捧纖纖〔一〕，亂點餘花唾碧衫。歌咽水雲凝静院，夢驚松雪落空巖。

〔一〕捧纖纖：韓愈詩：「茗盌纖纖捧。」

### 其二

空花落盡酒傾缸，日上山融雪漲江。紅焙淺甌新火活，龍團小碾鬭晴窗。

## 三朵花并引

房州通判許安世〔一〕，以書遺予言：「吾州有異人，常戴三朵花，莫知其姓名。郡人因以『三朵花』名之。能作詩，皆神仙意。又能自寫真，人有得之者。」許欲以一本見惠，乃爲作此詩。

學道無成鬢已華，不勞千劫漫烝砂。歸來且看一宿覺〔二〕，未暇遠尋三朵花。兩手欲遮瓶裏雀，四條深怕井中蛇〔三〕。畫圖要識先生面，試問房陵好事家。

〔一〕房州：《水經注》：房陵郡，漢末所置。《元和郡縣志》：房山在房州西南三十里，四面有石室如房。漢初爲防，後改爲房縣。唐改房州。

〔二〕一宿覺：《傳燈録》：「永嘉玄覺禪師詣曹溪，初到振錫，繞（六）祖三匝，（卓然而立）〔師方具威儀參化〕。須臾告辭。祖曰：『返太速乎？』曰：『本自（無）〔非〕動，豈有（連）〔速〕耶？』祖嘆曰：『少留一宿。』時謂『一宿覺』。」

〔三〕四蛇：《金光明經》：「猶如四蛇，同處一篋。」《天台釋》云：「二上升是陽，二下沉是陰。由其性别，那能和合成身。」《大集經》：「昔有一人，避二醉象，緣藤入井。有黑白二鼠嚙藤將斷，旁有四蛇欲螫，下有三龍吐火張爪拒之。」

慎按：《輿地紀勝》云：三花洞在房陵福溪巖下。元豐間，有道者日簪三朵花，游於市，知人未來禍福。東坡贈以詩，有「十年飽服長生藥，三朵長簪不老花」之句。二語與集本不同，附記於後。

## 次韻陳四雪中賞梅

臘酒詩催熟，寒梅雪鬬新。杜陵休嘆老，韋曲已先春。獨秀驚凡目，遺英卧逸民。高歌對三白〔一〕，遲暮慰安仁。

〔一〕三白：《錦繡萬花谷》引泗州語云：「欲宜麥，見三白。謂三度見雪也。」

## 正月二十日與潘郭二生出郊尋春忽記去年是日同至女王城作詩乃和前韻以下壬戌年作。

東風未肯入東門，走馬還尋去歲村。人似秋鴻來有信，事如春夢了無痕。江城白酒三杯釅，野老蒼顔一笑温。已約年年爲此會，故人不用賦招魂。

## 是日偶至野人汪氏之居有神降於其室自稱天人〔一〕李全字德通善篆字用筆奇妙而字不可識云天篆也與余言有所會者復作一篇仍用前韻

酒渴思茶漫扣門，那知竹裏是仙村。已聞龜策通神語〔二〕，更看龍蛇落筆痕。色瘁形枯應笑屈，道存目擊豈非温。歸來獨掃空齋臥，猶恐微言入夢魂。

〔二〕天人：本集《雜記》云：「黄人汪若谷家神尤奇，以箸爲口，置筆口中。與人問答如響，曰：『吾天人也。』」云云。亦子姑之類也。

〔三〕龜策：《史記·龜策傳》：「能得百莖蓍（草），并得其下龜以卜者，百言百當，足以決吉凶。」

## 浚井

古井没荒萊，不食誰爲惻？瓶罌下兩綆，蛙蚓飛百尺。腥風被泥滓，空響聞點滴。上除青青芹，下洗鑿鑿石。沾濡愧童僕，杯酒暖寒栗。白水漸泓渟，青天落寒碧。云何失舊穢，底處來新潔。井在有無中〔一〕，無來亦無失。

〔一〕井在有無中：《楞嚴經》：「鑿井求水，出土一尺，於中則有一尺虚空。此空爲當（引水）〔因土〕所出，因鑿所有，無因自生。」

## 紅梅三首〔一〕

### 其一

怕愁貪睡獨開遲，自恐冰容不入時。故作小紅桃杏色，尚餘孤瘦雪霜姿。寒心未肯隨春態，酒暈無端上玉肌。詩老不知梅格在，更看緑葉與青枝。公自注：石曼卿《紅梅》詩云：認桃無緑葉，辨杏有青枝。

〔一〕紅梅：《冷齋夜話》：「紅梅，其種來自閩、湘，故有福州紅，潭州紅，邵武紅等名。」

其　二

雪裹開花却是遲，何如獨占上春時。也知造物含深意，故與施朱發妙姿。細雨裛殘千顆淚，輕寒瘦損一分肌。不應便雜夭桃杏，數一作「半」點微酸已著枝。

其　三

幽人自恨探春遲，不見檀心未吐時。丹鼎奪胎那是寶，公自注：朱砂紅銀，謂之不奪胎色。玉人頩頰更多姿。抱叢暗蘂初含子，落盞穠香已透肌。乞與徐熙畫新樣，竹間璀璨出斜枝。

次韻子由寄題孔平仲草菴〔一〕

逢人欲覓安心法，到處先爲問道菴。盧子不須從若士，蓋公當自過曹參。羡君美玉經三火，笑我枯桑困八蠶。猶喜大江同一味，故應千里共清甘。

〔一〕孔平仲：《東都事略》：「孔平仲，字毅父（新喻人）。元祐中入（史）館〔選〕，出爲京西提刑。坐黨籍，謫韶州。」

慎按：《東都事略》及《宋史》本傳俱不載毅父官江州事。黄山谷詩有「湓浦爐邊督數錢」之句，史容注云：「時平仲監江州錢監。」又引東坡帖云：「數日前，毅父見過，此人錢監得替，（當）〔欲〕入京。」二説與《欒城集》原題相合，可補史傳之缺。

**附子由作：**《欒城集》題云「孔平仲著作江州官舍小菴」。

近山不作看山計，引水能成照水菴。閉口忘言終自飽，安心度日更誰參。簡編圍繞穿書蠹，窗户低回作繭蠶。我亦一軒容膝住，敝裘粗飯有餘甘。

**附孔毅父次韻：**

二公俊軌皆千里，兩首新詩寄一菴。大隱市朝希柱史，好奇兄弟有岑參。雪天凍坐癡於雀，雨夕春眠困若蠶。不是本來忘世味，便投閒寂亦難甘。

## 二蟲

君不見，水馬兒，步步逆流水。大江東流日千里，此蟲趯趯長在此。君不見，鷃濫堆，决起隨衝風。隨風一去宿何許，逆風還落蓬蒿中。二蟲愚智俱莫測，江邊一笑無人識。

## 陳季常見過三首

### 其一

仕宦常畏人，退居還喜客。君來輒館我，未覺雞黍窄。東坡有奇事，已種十畝麥。但得君眼青，不辭奴飯白。

### 其二

送君四十里，只使一帆風。江邊千樹柳，落我酒杯中。此行非遠别，此樂固無窮。但願長如此，來往一生同。

### 其三

聞君開龜軒，東檻俯喬木。人言君畏事，欲作龜頭縮。我知君不然，朝飯仰暘谷。餘光幸分我，不死安可獨。

# 謝人惠雲巾方舄二首

## 其一

燕尾稱呼理未便，翦裁雲葉却天然。無心只是青山物，覆頂宜歸紫府仙。轉覺周家新樣俗〔一〕，公自注：頭巾起後周。未容陶令舊名傳。鹿門佳士勤相贈，黑霧玄霜合比肩。公自注：皮襲美《贈天隨子紗巾》詩云：掩斂乍疑裁黑霧，輕明渾似帶玄霜。

〔一〕頭巾：俞琰《席上腐談》：「幞頭起（後）周，武帝以幅巾裹頭，故名。」畢仲詢《幕府燕閒録》：「古之幞頭，唐馬周始置，四脚〔繫〕於上，二脚垂於下，又加巾子。武后時賜臣下巾子，謂武家樣。」葉廷珪《海録碎事》：「趙魏之間通謂巾爲承露，用全幅向後幞髪，謂之頭巾。」

## 其二

胡鞾短靿格麤疎，古雅無如此樣殊。妙手不勞盤作鳳，公自注：晉永嘉中有鳳頭鞵。輕身只欲化爲鳧。魏風褊儉堪羞葛，楚客豪華可笑珠。擬學梁家名解脱，公自注：武帝作解脱履。便於禪坐作跏趺。

慎按：前一首賦雲巾，後一首賦方舄。兩詩施氏原本俱不載，新刻載《續補》下卷，《外集》編第六卷，在黄州作。今據此移編。

## 寒食雨二首

壬戌三月以至蘄，徐德占見訪，遊清泉，作此。○清泉寺在蘄水。○此從《蘄水志》抄出。

### 其一

自我來黄州，已過三寒食。年年欲惜春，春去不容惜。今年又苦雨，兩月秋蕭瑟。卧聞海棠花，泥污燕脂雪。暗中偷負去，夜半真有力。何殊病少年，病起頭已白。

### 其二

春江欲入户，雨勢來不一作「未」已。小屋如漁舟，濛濛水雲裏。空庖煮寒菜，破竈燒濕葦。那知是寒食，但感一作「見」烏銜紙。君門深九重，墳墓在萬里。也擬哭途窮，死灰吹不起。

## 徐使君分新火〔一〕

臨皋亭中一危坐，三見清明改新火。溝中枯木應笑人，鑽斫一作「灼」不然誰似我。黄州使君憐久病，分我五更紅一朵。從來破釜躍江魚，只有清詩嘲飯顆。起攜蠟炬遶空室一作「屋」，欲事烹煎無一可。爲公分作無盡燈，照破十方〔二〕昏暗鎖〔三〕。

〔一〕分新火：《迂叟詩話》：「《周禮》：『四時變國火。』唐時惟清明取榆柳之火，以賜近臣。本朝因之。」

〔二〕照破十方：《涅槃經》：「一輪降，世間黑暗一日破。」（傳燈録）〔《釋氏稽古略》卷三〕：「神光法師語唐明皇曰：『論明則照耀十方。』」

〔三〕昏暗：《瑜伽師地論》：「日月星光及火珠燈炬等光，皆能破除昏暗，是名外光明。」

## 次韻答元素并引

余舊有贈元素詞，云：「天涯同是傷流落。」元素以爲今日之先兆，且悲當時六客之存亡〔一〕。六客，蓋張子野、劉孝叔、陳令舉、李公擇及元素與余也。

不愁春盡絮隨風，但喜丹砂入頰紅。流落天涯先有讖，摩挲金狄會當同。蘧蘧未必都非夢，了了方知不落空。莫把存亡悲六客，已將地獄等天宮。

〔一〕六客：慎按，李公擇守湖州，先生自杭移密，過之，與楊元素、張子野、劉孝叔、陳令舉會於碧瀾堂，子野作《六客詞》。時陳述古罷杭守，元素來代，先生有《席上呈元素》詞調《醉落魄》，後半闋云：「尊前一笑休辭却，天涯同是傷流落。」其後二十五年，先生再過吳興，五人皆亡矣。又作《後六客詞》，倶見本集。

## 蜜酒歌并引

西蜀道士楊世昌〔一〕，善作蜜酒，絶醇釃。余既得其方，作此歌以遺之。

真珠爲漿玉爲醴，六月田夫汗流泚。不如春甕自生香，蜂爲耕耘花作米。一日小沸魚吐沫，二日眩轉清光活。三日開甕香滿城，快瀉銀瓶不須撥〔二〕。百錢一斗濃無聲，甘露微濁醍醐清。君不見南園采花蜂似雨，天教釀酒醉先生。先生年來窮到骨，問人乞來何曾得。世間萬事真悠悠，蜜蜂大勝監河侯。

〔一〕楊世昌：字子京，綿竹武都山道士。

〔二〕不須撥：李燾《長編》：「今醅酒，其齊冬以二十五日，春秋十五日，夏十日，撥醅甕，而浮蟻涌於面，謂之撥醅，豈所謂泛齊者耶？」

**附子由和：**

蜂王舉家千萬口，黄蠟爲糧蜜爲酒。口銜澗水拾花須，沮洳滿房何不有。山中醉飽誰得知，割脾分蜜曾無遺。調和知與酒同法，試投麴櫱真相宜。城中禁酒如禁盗，三百青銅愁杜老。先生年來無俸錢，一斗徑須囊一倒。餔糟不聽漁父言，煉蜜深愧仙人傳。掉頭不問辟穀藥，忍飢不如長醉眠。

## 又一首答二猶子與王郎見和

脯青苔，炙青蒲，爛蒸鵝鴨乃瓠壺。煮豆作乳脂爲酥，高燒油燭斟蜜酒，貧家百無初何有。古來百巧出窮人，搜羅假合亂天真。詩書與我爲麴糵，醖釀老夫成搢紳。質非文是終難久，脱冠還作扶犁叟。不如蜜酒無燠寒，冬不加甜夏不酸。老夫作詩殊少味，愛此三篇如酒美。封胡羯末已可憐，不知更有王郎子。

## 謝陳季常惠一揞巾〔一〕

夫子胸中萬斛寬，此巾何事小團團。半升僅漉淵明酒，二寸纔容子夏冠。好戴集本作「帶」，石刻作「戴」黄金雙得勝，休教集本作「可憐」，石刻作「休教」白苧一生酸，臂弓腰箭何時去，直上陰山取可汗。

〔一〕揞：《廣韻》：「烏感切，手覆也。」

慎按：施氏原注：「黄州有公所書此詩石刻。先生爲季常作《方山子傳》云：『方山子少時使酒好劍，前十九年，余在岐下，見方山子從兩騎，挾二矢，游西山。鵲起於前，使騎逐而射之，不獲。方山子怒馬獨出，一發得之。因與余馬上論用兵及古今成敗，自謂一世豪士。今幾時耳，精悍之色猶在眉間，而豈山中之人哉？』先生是詩，猶戲之也。」此段新刻删去，今補録。

## 贈黄山人

面頰照人元自赤，眉毛覆眼見來烏。倦游不擬談玄牝，示病何妨出白鬚。絶學已生真定慧，説禪長笑老浮屠。東坡若肯三年住，親與先生看藥爐。

## 贈人

别後休論信息疎，仙凡自古亦殊途。蓬山路遠人難到，霜柏威高道轉孤。舊賞未應忘一作「亡」楚國，新詩聞已滿皇都。誰憐澤畔行吟者，目斷長安貌欲枯。

慎按：此詩施氏原本不載，據《外集》編第六卷黄州時作。今從新刻《續補》下卷移編。

## 問大冶〔一〕長老乞桃花茶栽東坡〔二〕

周詩記荼苦，茗飲出近世〔三〕。初緣厭粱肉，假此雪昏滯〔四〕。嗟我五畝園，桑麥苦蒙翳。不令寸地閒，更乞茶子蓺。飢寒未知免，已作太一作「大」飽計。庶將通有無，農末不相戾。春來凍地裂〔五〕，紫筍森已鋭〔六〕。牛羊煩呵叱，筐筥未敢睨〔七〕。江南老道人，齒髮日夜逝。他年雪堂品〔八〕，空一作「尚」記桃花裔。

〔一〕大冶：《九域志》：唐置大冶青山場，南唐升爲縣。《輿地廣記》：「宋乾德五年，以大冶場置縣。」二説互異，俟考。

〔二〕桃花茶：《名勝志》：「桃花寺在興國州南十五里桃花尖之下。寺有泉，甘美，用以造茶，勝他處，號曰桃花絶品。宋時知軍事王琪《桃花茶》詩云：『梅（花）〔雪〕既掃地，桃花露微紅。風從北苑來，吹入茶隖中。』」

〔三〕茗飲出近世：皮日休《茶經序》：「陸季疵以前稱茗飲者必渾以烹之，與瀹蔬而啜者無異也。」《品茶要録》：「前此茶事未甚興，靈芽真筍，往往委翳消腐，而人不知（也）〔惜〕。」

〔四〕雪昏滯：《茶經序》：「飲者除痟而去癘，雖疾醫之不若也。」

〔五〕凍地裂：杜甫詩：「青門瓜地凍欲裂。」

〔六〕紫筍：《茶經》：「上者生爛石，中者生礫壤，下者生黄土，三歲可采。紫者上，緑者次。筍者上，芽者次。」

〔七〕筐筥：《茶經》：「茶具，一曰籃，（二）〔一〕曰籠，（三）〔一〕曰筥，以竹織之，負以採茶者也。」

〔八〕雪堂：本集《雪堂記》略云：「蘇子得廢圃於東坡之脅，築而垣之，作堂焉，號曰雪堂。堂以大雪中成，因繪雪於四壁之間。」

## 寄子由

厭暑多應一向慵，銀鉤秀句益疎通。也知堆案文書滿，未暇開軒硯墨中。湖面新荷空照水，城頭高柳漫摇風。吏曹不是尊賢事，誰把前言語化工。

慎按：先生前後寄子由詩，年月率可考。此篇施氏原本不載，《欒城集》亦無和章，新刻本編《續補》下卷中。玩語意，子由是時當在高安，今依《外集》，移編於此。

## 次韻孔毅父久旱已而甚雨三首

### 其一

飢人忽夢飯甑溢，夢中一飽百憂失。只一作「久」知夢飽本來空，未悟真飢定何物。我生無田食破硯，爾來硯枯磨不出。去年太歲空在酉〔一〕，旁舍壺漿不容乞。今年旱勢復如此，歲晚何以黔吾突。青天蕩蕩呼不聞，况欲稽首號泥佛〔二〕。甕中蜥蜴尤可笑，跂跂脈脈何等秩。陰陽有時雨有數，民是天民天自卹。我雖窮苦不如人，要亦自是民之一。形容雖是一作「可似」喪家狗，未肯弭耳争投骨。倒冠落幘謝朋友，獨與蚊雷共圭蓽。故人嗔我不開門，君視我門誰肯屈。可憐明月如潑水，夜半清光翻我室。風從南來非雨候，且爲疲人洗蒸鬱。褰裳一和快哉謡，未暇飢寒念明日。

〔一〕去年太歲在酉：元豐四年辛酉大旱，見本集《東坡詩序》。

〔三〕泥佛：《傳燈録》：「趙州從諗禪師云：金佛不度（爐）〔鑪〕，木佛不度火，泥佛不度水，真佛内裏坐。」

慎按：此題《清江三孔集》中失原作。

其　二

去年東坡拾瓦礫，自種黄桑三百尺。今年刈草蓋雪堂，日炙風吹面如墨。平生懶惰今始悔，老大勤農天所直。沛然例賜三尺雨，造化無心怳難測。四方上下同一雲，甘霔不爲龍所隔〔一〕。公自注：俗有分龍日 蓬蒿下濕迎曉耒，燈火新涼催夜織。老夫作罷得甘寢，臥聽牆東人響屐。奔流未已坑谷平，折葦枯荷恣漂溺。腐儒麤糲支百年，力耕不受衆目憐。破陂漏水不耐旱，人力未至求天全。會當作塘徑千步，横斷西北遮山泉。四鄰相率助舉杵，人人知我囊無錢。明年共看決渠雨，飢飽在我寧關天。誰能伴我田間飲，醉倒惟有支頭甎。

〔二〕龍所隔：陸佃《埤雅》：「今俗五月，謂之分龍雨，曰隔轍，言夏雨暴至，龍各有分域，雨暘往往隔一轍而異也。」石林《避暑録》：「吴越之俗，以五月二十〔日〕爲分龍日。前此夏雨時，行雨之所及必廣，自分龍後則有及有不及，若有命而分之者也。」

其　三

天公號令不再出，十日愁霖併爲一。君家有田水冒田，我家無田憂入室。不如西州楊道士〔一〕，萬里隨身惟兩膝。沿流不惡泝亦佳，一葉扁舟任飄突。山芎麥麴都不用，泥行露宿終無疾。夜來飢腸如轉雷，旅愁非酒不可開。楊生自言識音律，洞簫入手清且哀。不須更待秋井塌，見人白骨方銜杯。

〔一〕楊道士：名世昌，注見前。

慎按：元豐四年爲辛酉，詩中有「去年太歲在酉」之句，以上三首係五年壬戌所作。施氏本訛編六年正月以後，今改正。

## 魚蠻子〔一〕

江淮水爲田，舟楫爲室居。魚蝦以爲糧，不耕自有餘。異哉魚蠻子，本非左衽徒。連排入江住，竹瓦三尺廬。於焉長子孫，戚施且侏儒。擘水取魴鯉，易如拾諸塗。破釜不著鹽，雪鱗芼青蔬。一飽便甘寢，何異獺與狙。人間行路難，踏地出賦租。不如魚蠻子，駕浪浮空虛。空虛未可知，會當算舟車。蠻子叩頭泣，勿語桑大夫。

〔一〕魚蠻子：《老學菴筆記》：「張芸叟作《漁父》詩，曰：『家在耒江邊，門前碧水連。小舟勝養馬，大罟當耕田。保甲原無籍，青苗不著錢。桃源在何處，此地有神仙。』蓋元豐中謫官湖湘時所作，東坡取其意爲《魚蠻子》云。」

## 夜坐與邁聯句

清風來無邊，明月翳復吐。坡。松聲滿虛空，竹影侵半户。邁。暗枝有驚鵲，壞壁鳴飢鼠。坡。露葉耿高梧，風螢落空廡。微涼感團扇，古意歌白紵。樂哉今夕遊，獲此陪杖屨。邁。傳家詩律細，已自過宗武。短詩膝上成，聊以感懷祖。坡。

慎按：此詩施氏原本載《遺詩》卷中，今據《外集》，黄州時作也。改編於此。

## 弔李臺卿并引

李臺卿字明仲，廬州人〔一〕。貌陋甚，性介不群，而博學强記，罕見其比。好《左氏》，有《史學考正同異》，多所發明。知天文律曆，千載之日可坐數也。軾謫居黃州，臺卿爲麻城主簿〔二〕，始識之。既罷，居於盧，而曹光州演甫以書報其亡〔三〕。臺卿，光州之妻黨也。

我初未識君，人以君爲笑。垂頭老鸛雀一作「寉」，烟雨霾七竅。敝衣來過我，危坐若持釣。褚裒半面新，齾蔑一語妙。徐徐涉施氏本作「步」，訛其瀾，極望不可一作「得」徼〔四〕。却觀元嫵媚，士固難輕料。看書眼如月，罅隙靡不照。我老多遺忘，得君如再少。從横通雜藝，甚博且知要。所恨言無文，至老幽不耀。其生世莫識，已死誰復弔。作詩遺故人，庶解一作「免」俗子誚。

〔一〕盧州：《九域志》：「淮南西路盧州，盧江郡，保信軍節度使，治合肥縣。」

〔二〕麻城：《元和郡縣志》：「麻城縣南至黃州一百十里。漢西陵縣地，開皇十八年，改麻城。」《九域志》：黃州領縣三，麻城其一也。

〔三〕曹光州：「演甫」一作「寅甫」，曹煥九章之父也。

〔四〕極望：《詩》：「終三十里。」《疏》：「人目所望，三十里而天地合。三十里外，不復見之，是爲極望也。」

## 曹既見和復次韻

造物本兒嬉，風噫雷電笑。誰令妄驚怪，失匕號萬竅。人人走江湖，一一操網釣。偶然連六鰲，便謂一本作「爲」者，訛此手妙。空令任公子，三歲蹲海徼。長貧固不辭，一死實未料。難將蓍草算，除用佛眼照。何人嗣家學，恨子兒尚少。嗟我與曹君，衰老世不要。空言今無救，奇志後必耀。吟君一作「工」五字詩，義重千金弔。收藏慎勿出，免使群兒誚。

## 弔徐德占〔一〕并引

余初不識德占，但聞其初爲吕惠卿所薦，以處士用。元豐五年三月，偶以事至蘄水〔二〕。德占聞余在傳舍，惠然見訪。與之語，有過人者。是歲十月，聞其遇禍，作詩弔之。

美人種松柏，欲使低映門。栽培雖易長，流惡病其根。哀哉歲寒姿，骫骳誰與論一作「言」，竟爲明所誤，不免刀斧痕。一遭兒女污，始覺山林尊。從來覓棟梁，未免傍籬藩。南山隔秦嶺，千樹龍蛇奔。大厦若畏傾，萬牛何足言。不然老巖壑，合抱枝生孫一本作「依山樊」。死者不可悔，吾將遺後昆。

〔一〕徐德占：《東都事略》：「徐禧，字德占，洪州分寧人。熙寧初，吕惠卿領修撰經義，禧以進士充檢討。又上治兵策。召對，除御史裏行，歷中丞。王師伐西夏，鄜延帥沈括請城永樂，詔禧往相其事。城成，禧與括俱居米脂砦。明日，賊數千騎趨新城，禧急往視。或説禧曰：『本奉詔相城，禦寇非職也。』禧不聽，比至永樂，拒戰不利，城陷，俱没。神宗哀之，賜謚忠愍。禧爲人，疎狂而有膽氣，好言兵，惠卿以此力引之。先是，惠卿在延州，首以邊事迎合朝廷，沈括繼之。陜西、河東，騷然困弊，復請城永樂（以圖進取）。禧既入賊境，寡謀輕敵，以至於敗。自是神宗始知邊臣不可信，厭兵事矣。」《宋史·夏國趙秉常傳》：「元豐五年五月，沈括議築永樂城，种諤等極言不可，徐禧率諸將竟城之。賜名銀川砦。永樂接宥州，附横山，夏人必争之地。九月，夏人來攻，禧乃挾李舜舉來援。夏兵至者號三十萬，禧師敗績，城遂陷，禧死於亂兵。是役也，死者將校數百人，士卒役夫二十餘萬。夏人乃耀兵米脂城下而還。」

〔二〕蘄水：《太平寰宇記》：「淮南蘄春郡，領縣四，其一蘄水，在州西北。本漢蘄春縣地，唐武德四年，改曰蘭溪，天寶中改蘄水。」

慎按：徐德占，黄山谷外兄也。山谷稱其以才略出於深山窮谷，而揭日月於萬夫之上，年四十，大命殞傾，令人短氣。而曾南豐《兵間》詩，至斥爲傾險小人，以萬人之生，徼幸一身之利。其恃才寡謀，亦大槩可見矣。蓋宋自熙寧以來，用兵西陲，所得葭蘆、吴保、義合、米脂、浮圖、塞門六砦而已。靈州永樂之役，官軍、熟羌死者前後約六十萬人，雖其後復通和好，而中國財力耗弊已極，追原禍首，皆自喜功好事諸臣致之。公於德占之没，不一及邊事，獨惜其以有用之身，不知自愛，輕於授首，其喪師辱國之罪，固隱然言外矣。德占死於永樂，史傳年月確然可考。施氏補注本全無援證，且置先生此詩於《續補遺》卷中，今詳考本末，移編於此。

**附曾子固作：** 王應麟《困學紀聞》云：「南豐《兵間》詩，指徐德占，此孫仲益之言也。」今采附於後。

大義缺絶久未圖，小人傾險何不至。世上固自有百爲，兵間乃獨求一試。趙括敢將亦已危，李平請守那復議。吁嗟忍易萬人生，冀幸將徼一身利。

## 武昌主簿吴亮君采攜其友人沈君十二一作「士」琴〔一〕之説與高齋先生空同子之文太平之頌以示予予不識沈君而讀其書如見其人如聞十二一作「士」琴之聲予昔從高齋先生遊嘗見其寶一琴無銘無識不知其何代物也請以告二子使從先生求觀之此十二一作「士」琴者待其琴而後和元豐五年閏六月

若言琴上有琴聲，放在匣中何不鳴。若言聲在指頭上，何不於君指上聽。

〔一〕十二琴：本集《十二琴銘》：一震（林）〔陵〕孤桐，二香林八節，三號鐘，四玉磬，五松風，六古媧簧，七南風，八歸鶴，九秋風，十漁椵，十一九州璜，十二天球。又，黄山谷亦有《張益老十二琴銘》，自注云：「名損。」而十二琴之名多有不同。第一首題云「澗泉」，第八首題云「舞胎仙」，第九首題云「秋思」，第十一首題云「九井璜」，録以備考。

慎按：此詩施氏原本不載，新刻編《續補》下卷，題止「琴詩」兩字。今據《外集》采録全題。又，本集《與彦正判官尺牘》云：古琴遂蒙輟惠，快作數曲，拂歷鏗然，試以一偈問之云云，即此四句也。

## 李委吹笛并引

元豐別本作「符」者，訛五年十二月十九日，東坡生日，置酒赤壁磯下〔一〕，踞高峰，俯鵲巢，酒酣，笛聲起於江上，客有郭、古一作「石」二生，頗知音，謂坡曰：「笛聲有新意，非俗工也。」使人問之，則進士李委，聞坡生日，作新曲曰一作「白」《鶴南飛》以獻。呼之使前，則青巾紫裘，腰笛而已。既奏新曲，又快作數弄，嘹然有穿雲裂石之聲。坐客皆引滿醉倒。委袖出嘉紙一幅，曰：「吾無求於公，得一絶句足矣。」坡笑而從之。

山頭孤鶴向南飛，載我南游到九疑。下界何人也吹笛〔二〕，可憐時復犯龜兹〔三〕。

〔一〕赤壁：《江夏辨疑》云：「江漢之間，指赤壁者三焉。一在漢水之側，竟陵之東。一在齊安郡之步下。一在江夏西南二百里。」本集《雜記》云：「黄州（少）西，山麓斗入江中，石色如丹，相傳所謂赤壁者，或曰非也。曹公敗歸，由華容路，今赤壁少西，對岸即華容鎮，庶幾是也。然岳州復有華容縣，不知孰是。」

〔二〕下界吹笛：鄭嵎《津陽門》詩注：「葉法善引（明皇）〔上〕入月宫，聞樂歸，（但）〔且〕記其半，（以）〔於〕笛〔中〕寫之。」

〔三〕犯龜兹：《西清詩話》：「嘗觀唐人《西域記》，言龜兹國王與臣庶知樂者，於大山間聽風水之聲，均節成音。後翻入中國，如《伊州》、《凉州》、《甘州》，皆龜兹來也。」《前漢・地理志》：「龜兹，音邱慈。」《太平寰宇記》：「邱（慈）〔兹〕亦曰屈茨，東去長安七千五百里。符堅遣吕光討之，獲龜兹樂，自此與中國不通。」《學林新編》：「龜兹，當音作鳩慈。」

慎按：此詩先生在黄州作，以時考之，當是元豐五年。題元符，「符」字向來諸刻本俱訛，今爲改正，編附本卷之末。

# 蜀僧明操思歸龍邱子書壁〔一〕

久厭勞生能幾日，莫將歸思擾衰年。片雲會得無心否〔二〕，南北東西只一天。

〔一〕龍邱子：陳季常别號。見《山谷題跋》中。東坡詩亦有「龍邱居士亦可憐」之句。

〔二〕片云：《傳燈録》：「(惠)〔慧〕忠國師〔自〕受(六師)心印，肅宗上元間赴京師，(帝)〔肅宗〕問：『師(在曹溪)得何法？』師曰：『陛下(還)空中一片雲否？』」

慎按：此詩施氏原本不載，今從新刻《續補》下卷移編。

## 【校記】

一、《東坡八首·其六》注一引《漢書·郊祀志》，篇名誤。此段引文非出自《郊祀志》者，乃出自《漢書》卷六《武帝紀》第六。

二、《岐亭道上見梅花戲贈季常》注一引《禪宗頌古》云云，實轉引自楊慎《升菴集》卷五十五「東坡梅詩」條。而後按語，亦出此條。「注家未及」作「注者亦不之知」。

三、《欒全先生生日以鐵拄杖爲壽二首·其一》注二引《古禪師語録》云云，實轉引自宋佚名《錦繡萬花谷·前集》卷二十八「野狐精」條。○注二引《傳燈録》「百丈代一轉語，老人於言下大悟，脱野狐身」云云，誤。此引文不見於《傳燈録》，而見於多種釋典，如宋宗杲《正法眼藏》卷三、宋李遵勖《天聖廣燈録》卷八、宋普濟《五燈會元》卷三、宋宗永《宗門統要》卷三等，見於初白《采輯書目》者爲《五燈會元》，當引自是書卷三《南嶽下二世·馬祖一禪師法嗣》「洪州百丈山懷海禪師者」。

四、《送牛尾貍與徐使君》注三引莊綽《雞肋編》云云，其中「不知者乃謂子魚大可容印者爲佳」一句，於原文乃在「以子名者」一句之前。

五、《次韻和王鞏六首·其一》注一引唐吴武陵《陽朔廳壁記》云云，實轉引自汪森《粤西文載》卷四十二《碑文》。

六、同上《其三》注二引《九域志》後，「開寶六年廢，隸邕州。六年復置。東北至東京五千里」數語，乃引自樂史《太平寰宇記》卷一百六十五《嶺南道九·賓州》，初白漏引書名，「邕州」作「容州」。

七、《紅梅三首·其一》引《冷齋夜話》云云，按，此引文不見於今本《冷齋夜話》，實引自《西湖遊覽志餘》卷二十四《委巷叢談》「孤山梅花」條。

八、《徐使君分新火》注一引《迂叟詩話》云云，實轉引自胡仔《苕溪漁隱叢話·前集》卷二十三「熟食清明」第一條引。〇注二引《傳燈録》云云，今本《傳燈録》無此引文，實引自覺岸《釋氏稽古略》卷三「帝問佛恩」條。

九、《問大冶長老乞桃花茶栽東坡》注一引《九域志》，此引文不見於今本《九域志》，實轉引自曹學佺《名勝志·武昌府志勝》卷之二「大冶縣」。

十、《李委吹笛》注一引《江夏辨疑》云云，實轉引自胡仔《苕溪漁隱叢話·後集》卷二十八《東坡三》第二條「江夏辨疑」。〇注一又引本集《雜記》云云，按，此段引文不見於《東坡全集》及《蘇軾文集》，實轉引自《苕溪漁隱叢話·後集》卷二十八《東坡三》第一條。〇注三引《太平寰宇記》云云，其中「東去長安七千五百里」一句，於原文乃在「自此與中國不通」一句之後。

# 東坡先生編年詩卷二十二

## 古今體詩四十二首元豐六年癸亥，合明年甲子三月，在黄州作。

### 次韻孔毅父集古人句見贈五首〔一〕

其一

羨君戲集他一作「古」人詩，指呼市人如使兒。天邊鴻鵠不易得，便令作對隨家鷄。退之驚笑子美泣，問君久假何時歸？世間好句世人共，明月自滿千家墀。

〔一〕集句：傅咸作《七經》詩，其《毛詩》一篇云：「聿修厥德，令終有俶。勉爾遁思，我言維服。」此乃集句詩之祖也。或謂始於王介甫者，非是。

其二

紫駝之峰人莫識，雜以雞豚真可惜。今君坐致五侯鯖，盡是猩脣與熊白〔一〕。路旁拾得半段槍，何必開爐鑄矛戟？用之如何在我耳，入手當令君喪魄。

〔一〕熊白：熊肪也。亦見《山谷集》，以對蝌黄。

其　三

天下幾人學杜甫，誰得其皮與其骨？劃如太華當我前，跛牂欲上驚崷崒。名章俊語紛交衡，無人巧會當時情。前生子美只君是，信手拈得俱天成。

**附孔毅父作**：《清江集》原題「集杜句寄孫元忠」。

君不見瀟湘之山衡山高，八月秋高風怒號。草木黄落龍正蟄，哀鴻獨叫求其曹。男兒生無所成頭皓白，漂零已是滄浪客。呼兒覓紙一題詩，此心炯炯君應識。

慎按：《清江三孔集》，毅父所集古人詩凡數十首，無此五首韻。今附録集杜一篇，餘俱不載。

其　四

詩人雕刻閒草木，搜抉肝腎神應哭〔一〕。不如默誦千萬首，左抽右取談笑足。夜吟石鼎聲悲秋，可憐好事劉與侯。何當一醉百不問，我欲眠矣君歸休。

〔一〕神應哭：謂詩人搜抉肝腎，自傷其神明，故神應哭也。施氏原注引《古詩話》「李白詩可泣鬼神」者，訛。

其　五

膏明蘭臭俱自焚，象牙翠羽戕一作「殘」其身。多言自古爲數窮，微中有時堪解紛。痴人但數羊羔兒，不知何者是左慈。千章萬句卒非我，急走捉君應已遲。

## 六年正月二十日復出東門仍用前韻

亂山環合水侵門，身在淮南盡處村〔一〕。五畝漸成終老計，九重新掃舊巢痕〔二〕。豈惟見慣沙鷗熟，已覺來多釣石温。長與東風約今日，暗香先返玉梅魂。

〔一〕淮南盡處村：《九域志》：「黄州屬淮南西路。」

〔二〕九重巢痕：陸游《施注序》：「昔祖宗以三館養士，儲將相材。及官制行，罷三館。而東坡蓋常直史館，然自爲散官，削去史館之職久矣。至是史館亦廢，故云『新掃舊巢痕』，其用事之嚴如此。而『鳳巢西隔九重門』，則又李義山詩也。」○慎案，此段爲此句注脚，確不可易。施氏補注乃以爲後人穿鑿之病，何也？

## 食甘

一雙羅帕未分珍，林下先嘗愧逐臣。露葉霜枝剪寒碧，金槃玉指破芳辛。清泉簌簌先流齒，香霧霏霏欲噀人〔一〕。坐客殷勤爲收子，千奴一掬奈吾貧。

〔一〕香霧噀人：劉孝標《送橘啓》云：「采之風味照座，擘之香霧噀人。」

## 大寒步至東坡贈巢三〔一〕

春雨如暗塵，春風吹倒人。東坡數間屋，巢子誰與鄰。空牀斂敗絮，破竈鬱生薪。相對不言寒，哀哉知我貧。我有一瓢一作「尊」酒，獨飲良不仁。未能赬我頰，聊復濡子脣〔二〕。故人千鍾禄〔三〕，馭吏醉吐茵。那知我與子，坐作寒蟄呻別本作「聲」，訛。努力莫怨天，我爾皆天民。行看花柳動，共享無邊春。

〔一〕巢三：《宋史·卓行傳》：「巢谷，初名穀，舉進士（至）京師，見舉武藝者，心好之。遂棄（而）〔其舊〕學〔習〕騎射，業成不中第。去游秦、鳳、涇、原間，韓存寶教之兵書，〔存寶〕號熙寧名將。存寶得罪，自度必死，謂谷曰：『死非所惜，妻子不免（飢）寒〔餓〕。橐中〔銀〕數百（金）〔兩〕，非子莫可使（貽）〔遺〕之者。』谷許諾，即變姓名，懷（金）〔銀〕（徒）步往授其子。逃避江淮間，蘇軾責黃州，與谷同鄉，因與之遊。」

〔二〕濡唇：《史記·秦始皇本紀》：「餐未及下咽，酒未及濡唇。」

〔三〕故人千鍾禄：黄山谷云：「此詩蓋嘲蒲傳正也。傳正請於（朝）〔先帝〕，欲寄金賙巢，先帝笑曰：『鄉黨親舊，同朝僚友，以有餘助不足，縣官當怒之耶？』」

慎按：施氏原注：「此詩墨跡刻石成都府治，『一瓢』石刻『一尊』，乃元祐間所書也。」此段新刻本删去，今補録。

## 元修菜并引

菜之美者，有吾鄉之巢〔一〕。故人巢元修嗜之，余亦嗜之。元修云：「使孔北海見，當復云吾家菜耶？」因謂之元修菜。余去鄉十有五年，思而不可得。元修適自蜀來，見余於黄，乃作是詩，使歸致其子，而種之東坡之下云。

彼美君家菜，鋪田緑茸茸。豆莢圓且小，槐牙細而豐。種之秋雨餘，擢秀繁霜中。欲花而未蕚，一一如青蟲。是時青裙女，採擷何怱怱。烝之復湘之，香色蔚其饛。點酒下鹽豉，縷橙芼薑葱。那知雞與豚，但恐放箸空。春盡苗葉老，耕翻烟雨叢。潤隨甘澤化，暖作青泥融。始終不我負，力與糞壤同。我老忘家舍，楚音變兒童。此物獨嫵媚，終年繫余胸。

君歸致其子，囊盛勿函封。張騫移苜蓿，適用如葵菘。馬援載薏苡，羅生等蒿蓬。懸知東坡下，堉鹵化千鍾。長使齊安民一作「人」，指此説兩翁。

〔一〕巢菜：《韻語陽秋》：「蜀中食品，南方不知其名者多矣。東坡所謂『贈君木魚三百尾，中有鶱黄子魚子』者，椶筍也；所謂『豆莢圓且小，槐牙細而豐』者，巢菜也。是（二）〔此〕物，蜀中甚貴重。」（詩話總龜）〔《劍南詩稿·巢菜序》〕亦云：「（陸龜蒙詩序）蜀（菜）〔蔬〕有兩巢，大巢即豌豆之不實者，小巢生豆稻畦中，一曰野蠶豆。」

## 二月三日點燈會客

江上東風浪接天，苦寒無賴一作「奈」破春妍。試開雲夢羔兒酒，快瀉錢塘藥玉船。蠶市光陰非故國〔一〕，馬行燈火記當年〔二〕。冷烟濕雪梅花在，留得新春作上元。

〔一〕蠶市：蜀中新年事，注見前。

〔二〕馬行：在開封，注别見。

## 日日出東門

日日出東門，步尋東城游。城門抱關卒〔一〕，笑我此何求。我亦無所求，駕言寫我憂。意適忽忘返，路窮乃歸休。懸知百歲後，父老説故侯。古來賢達人，此路誰不由？百年寓華屋，千載歸山丘。何事羊公子，不肯過西州〔二〕？

〔一〕東門抱關：《漢書》：「蕭望之署小（院）〔苑〕東門候，王仲翁顧謂望之曰：『不肯碌碌，反抱關爲？』」公詩借用此事。

〔二〕西州：《金陵雜志》：西州，昔丹陽尹治也。會稽王道子領揚州，其居第在東偏，時號東府，故號此爲西州。

慎按：《苕溪漁隱叢話》載：「東坡曰：『吾詩云：「日日出東門，步尋東城游。城門抱關卒，問我何所求。我亦無所求，駕言寫我憂。」章子厚謂參寥曰：「前步而後駕，何其上下紛紛也？」僕聞之曰：「吾以尻爲（輿）〔輪〕，以神爲馬，何礙上下乎？」』參寥曰：『子瞻文過有理，似孫子荆「所以枕流，欲洗其耳」。』」似之也。

## 南堂五首

### 其一

江上西山半隱隄〔一〕，此邦臺館一時西。南堂獨有西南向〔二〕，卧看千帆落淺溪。

〔一〕西山：即武昌之樊山也，注詳前。

〔二〕南堂：先生詩中有兩南堂，一在黄州，一在惠州。

其二

暮年眼力嗟猶在，多病顛毛却未華。故作明窗書小字，更開幽室養丹砂。

其三

他時夜雨一作「雨後」困移牀，坐厭愁聲點客腸。一聽南堂新瓦響，似聞東塢小荷香。

其四

山家爲割千房蜜〔一〕，稚子新畦五畝蔬。更有南堂堪著客別本作「處」者，訛，不憂門外故人車。

〔一〕割蜜：杜甫詩：「風落收松子，天寒割蜜房。」

〔二〕門外車：《史記·陳平傳》：「以席爲門，門外多長者車轍。」

其五

掃地焚香閉閤眠，簟紋如一作「似」水帳如烟〔一〕。客來夢覺知何處，挂起西窗浪接天。

〔一〕帳如烟：《海録碎事》：「路巖有蚊幮一頂，如碧烟輕密，人以爲鮫綃。」○《王直方詩話》：「邢敦夫云：東坡此詩嘗題予扇，山谷初讀，以爲劉夢得所作。」

**附子由次韻五首**：《欒城集》題云「次韻子瞻臨臯新葺南堂」。

江聲六月撼長隄，雪嶺千重過屋西。一葉軒昂方斷渡，南堂蕭散夢寒溪。

旅食三年已是家，堂成非陋亦非華。何方道士知人意，授與爐中一粒砂。

北牖清風正滿牀，東坡野菜漫充腸。華池自有醍醐味，丈室仍聞薝蔔香。

隣人漸熟容賒酒，故客新留爲種蔬。住穩不論歸有日，船通何患出無車。

客去知公醉欲眠，酒醒寒月墮江烟。牀頭復有三升蜜，貧困相資恐是天。

## 次韻子由種杉竹

吏散庭空雀噪簷，閉門獨宿夜厭厭。似聞梨棗同時種，應與杉篁刻日添〔一〕。糟麴有神熏不醉，雪霜誇健巧相沾。先生坐待清陰滿，空使人人嘆滯淹。

〔一〕杉篁：陸龜蒙詩：「杉篁左右供餘清。」

**附子由原作**：《欒城集》題云「予初到筠即於酒務庭中種竹四叢杉二本及今三年二物皆茂秋八月洗竹培杉偶賦短篇呈同官」。

種竹成叢杉出簷，三年慰我病厭厭。剪除亂葉風初好，封殖孤根筍自添。高節不知塵土辱，堅姿試待雪霜沾。屬君留取障斜日，仍記當年此滯淹。

## 孔毅父妻挽詞

結褵記初歡，同穴期晚歲。擇夫得温嶠，生子勝王濟。高風相賓友，古義仍兄弟。從君吏隱中，窮達初不計。云何抱沈疾，俯仰便一世。幽陰凄房櫳，芳澤在巾袂。百年縱得滿，此路行亦逝。那將有限身，長瀉無益涕。君文照今古，不比山石脆。當觀千字誄，寧用百金瘞。

## 初秋寄子由

百川日夜逝，物我相隨去。惟有宿昔心，依然守故處。憶在懷遠驛〔一〕，閉門秋暑中。藜羹對書史，揮汗與子同。西風忽凄厲，落葉穿户牖。子起尋裌衣，感歎執我手。朱顔不可恃，此語君莫一作「弗」疑。别離恐不免，功名定難期。當時已悽斷，况此兩衰老。失途既難追，學道恨不蚤。買田秋已議，築室春當成。雪堂風雨夜，已作對牀聲。

〔一〕懷遠驛：孟元老《東京夢華録》：諸蕃國朝貢使，多在懷遠驛。按，先生初赴舉，與子由同寓於此。

附子由次韻：

少年躭世味，徘徊不能去。老來悟前非，尚愧昔遊處。君才最高峙，鶴行雞群中。我雖非君對，顧以兄弟同。結髮皆讀書，明月入我牖。從横萬餘卷，臨紙但揮手。學成竟無用，掩卷空自疑。却尋故山友，重赴幽居期。秋風送餘熱，冉冉如人老。衣裘當及時，田廬亦須蚤。種竹竹生筍，種稻稻亦成。浩歌歸來曲，曲終有遺聲。

# 和黄魯直食筍

飽食有殘肉，饑食無餘菜。紛然生喜怒，似被狙公賣。爾來誰獨覺〔一〕，凜凜白下宰〔二〕。公自注：太和，古白下也。時魯直知吉州太和縣。一飯在家僧〔三〕，至樂甘不壞。多生味蠹簡，食筍乃餘債〔四〕。蕭然映樽俎，未肯雜菘一本作「松」者，訛芥。君看霜雪姿，童稚已耿介。胡爲遭暴横，三嗅不忍嘬。朝來忽解籜，勢迫風雷噫。尚可餉三間，飯筒纏五采。

〔一〕獨覺：《大論》云：「獨覺出無佛世，觀外因緣，無師自悟。」

〔二〕白下：《南史》：梁天監二年，陳霸先屯南康，「遣杜僧明築城於白口。」《名勝志》：「白下驛建自隋〔唐〕時，在（太）〔泰〕和縣東門外，近驛有白口城。」《太平寰宇記》：「吉州太和縣，漢爲廬陵縣，隋改太和，唐貞元三年，移歸白下驛西，即今理也。」《黄山谷年譜》：「元豐三年，授吉州太和縣，在任凡四年。」《食筍》詩，元豐六年作。

〔三〕一飯在家僧：《名勝志》：「元豐(中)〔四年〕，(魯直)〔黄庭堅〕令太和。嘗出東郊勸農，歸登快閣隱卧，夢飯鮓魚。及覺，猶在口也。起，散步竹林中，見一老嫗哭墓下，前置飯鮓。試詢之，則曰：『只有此女，死若干年矣。』訊其日月，即庭堅所生之辰，因自贊曰：『似僧有髮，似俗無塵。作夢中夢，見身外身。』」

〔四〕餘債：《楞嚴經》：「償其宿債。」

**附黄魯直原作：**

洛下斑竹筍，花時壓鮭菜。一束酬千錢，棹頭不肯賣。我來白下聚，此族富庖宰。繭栗戴地翻，觳觫觸牆壞。䚢䚢入中厨，如償食竹債。甘葅和菌耳，辛膳胹薑芥。烹鵞雜股掌，炮鼈亂裙介。小兒哇不美，鼠壤有餘嘬。可貴生於少，古來食共噫。尚想高將軍，五溪無人采。

## 聞子由爲郡寮所捃恐當去官

少學不爲身，宿志固有在。雖然敢自必，用舍置度外。天初若相我，發迹造弘大。豈敢負所付，捐軀欲投會。寧知事大繆，舉步得狼狽。我已無可言，隳甑難追悔。子雖僅自免，雞肋安足賴。低回畏罪罟，黽勉敢言退。若人疑或使，爲子得微罪。時哉歸去來，共抱一作「把」東坡耒。

# 次韻王鞏南遷初歸二首〔一〕

## 其一

問君謫南賓，野葛食幾尺〔二〕？逢人瘴髮黄，入市胡眼碧。三年不易過，坐睨倚天壁。歸來貌如故，妙語仍破鏑。那能廢詩酒，亦未妨禪寂。願爲尚書郎，還賜上方舄。

〔一〕王鞏：《宋史》本傳：「軾得罪，鞏亦竄賓州，數歲得還，豪氣不少挫，後歷宗正丞。」

〔二〕野葛：《猗覺寮雜記》引《嶺表録異記》云：「野葛俗呼爲胡蔓，蔓生如蘭香，光而厚，置生菜中毒人，用羊血解。羊食之肥大。」嵇含《南方草木狀》云：「冶葛，毒草也。置毒者，多〔雜〕以生蔬進之。（有）蕹菜（者），南方之奇蔬，以〔蕹〕汁滴（冶葛）〔其〕苗，（立）〔當〕時萎死。世傳魏武噉冶葛至一尺，云先食此菜。」據此，「野」亦作「冶」。

## 其二

江家舊池臺，修竹圍一尺。歸來萬事非，惟見秦淮碧〔一〕。平生痛飲處，遺墨鴉棲壁。西來故父客〔二〕，金印雜鳴鏑。三槐老更茂〔三〕，花絮春寂寂。中微未可料〔四〕，家廟藏赤舄。

〔一〕秦淮碧：《金陵志》：秦始皇望金陵有天子氣，使赭衣鑿斷地脉，故曰秦淮。水有二源，一出句容華山，一出溧水東廬山，合流入方山埭，經石頭城入江。劉禹錫《江總宅》詩：「南朝詞臣北朝客，歸來惟見秦淮碧。池臺竹樹五畝餘，至今人道江家宅。」《名勝志》：「梁江總居清溪旁，園林第宅，冠於一時。」

〔二〕父客：《史記·張耳傳》：「外黄女亡其夫，去抵父客。」《漢書·吴王濞傳》：周亞夫「問〔故〕父絳侯客。」

〔三〕三槐：《宋史·王旦傳》：「父祐，事太祖、太宗，爲名臣，（又）〔世〕多〔稱其〕陰德。嘗手植三槐於庭，曰：『吾後世必有爲三公者，此其所以志也。』」

〔四〕中微：《史記·楚世家》：「其後中微，或在中國，或在蠻夷。」

**附子由作：**

同罪南遷鶩最遠，乘流北下喜先歸。謂言一笑秋風後，却顧千山驛路非。嶺外雲烟隨夢遠，江邊魚蟹爲人肥。還家嫁女都無事，卧讀詩書晝掩扉。

## 孔毅父以詩戒飲酒問買田且乞墨竹次其韻

酒中真復有何好，孟生雖賢未聞道。醉時萬慮一掃空，醒後紛紛如宿草。十年揩洗見真妄，石女無兒焦穀槁〔一〕。此身何異貯酒瓶，滿輒予人空自倒。武昌痛飲豈吾意，性不違人遭客惱。君家長松十畝陰，借我一菴聊洗心。我田方寸耕不盡，何用百頃糜千金。枕書熟睡呼不起，好學憐君工雜擬〔二〕。且將墨竹換新詩，潤色何須待東里。

〔一〕石女無兒：《翻譯名義集》：「扇（題）〔提〕羅，此云石女，無男女根故。」

〔二〕雜擬：江淹有雜擬詩。

慎按：此題《清江集》失原作。

## 任師中挽詞

大任剛烈世無有，疾惡如風朱伯厚。小任温毅老更文〔一〕，聰明慈愛小馮君。兩任才行不須説，疇昔並友吾先人。相看半作晨星没，可憐太白配（一作「與」）殘月。大任先去冢未乾，小任相繼呼不還。强寄一樽生死别，樽中有淚酒應酸。貴賤賢愚同盡耳，君家不盡緣賢子〔二〕。人間得喪了無凴，只有天公終可倚。

〔一〕大任、小任：《東都事略》：「任孜，字遵聖。其弟伋，字師中，亦知名。當時所謂大任、小任者也。」餘詳前。

〔二〕賢子：師中之子，名大防，字仲微，見《淮海集·墓表》中。又，施氏原注：「師中之孫名諒，字子諒，年十四，冠鄉書，登高第，爲龍圖直學士，修國史。曾孫希夷字伯起，圖南字伯厚，皆踵世科。」云云。則師中不獨有子，而其後代有文人，可補史傳之缺。新刻删去，今補録。

子由作二頌頌石臺長老問公手寫蓮經字如黑蟻且誦萬遍脅不至席二十餘年予亦作二首〔一〕

其一

眼前擾擾黑蚍蜉，口角霏霏白唾珠。要識吾師無礙處，試將燒却看暝無。

〔一〕問公：成都吴氏子，棄俗出家，手書《法華經》，雖老而精進不倦，詳見《欒城集》。

其二

眼睛心地兩虚圓，脅不沾牀二十年。誰信吾師非不睡，睡蛇已死得安眠。

**附子由原作二首：**

法達曾經見老盧，半生勤苦一朝虚。心通口誦方無礙，笑把吴鸞細字書。自注：蜀中經藏，往往有古仙人吴采鸞細書經卷，精妙可愛。

蒲團布衲一繩牀，心地虚明睡自忘。長伴空中月天子，東方行道到西方。

## 鄧忠臣母周氏挽詞〔一〕

微生真草木，無處謝天力。慈顔如春風，不見桃李實。古今抱此恨，有志俯仰失。公子豈先知，戰戰常惜日。吾君日月照，委曲到肝鬲。哀哉人子心，吾何愛一邑〔二〕。家庭拜前後，粲然發笑色。豈比黄壤下，焚瘞千金璧。若人道德人，視此亦戲劇。聊償曾閔意，遽與仙佛寂。孤纍卧江渚，永望墳墓隔。作詩相楚挽，感動泪再滴。

〔一〕鄧忠臣：施氏原注：「鄧忠臣，字齊思，第進士，以工於賦頌，爲秘書省正字。憂去。再入館，出倅瀛州。後爲禮部考功郎，秘書少監。有詩十二卷，名《玉池集》。」此段原注所有，新刻删去，爲補録。

〔二〕一邑：曾子固《元豐類藁》中有《鄧忠臣母周氏封縣太君制詞》。又按，《王介甫集・周氏封永壽縣君》詩中所云一邑，即永壽也。

## 徐君猷挽詞

一舸南游遂不歸，清江赤壁照人悲。請看行路無從涕，盡是當年不忍欺。雪後獨來栽柳處，竹間行復采茶時。山城散盡尊前客，舊恨新愁只自知。

慎按：施氏原注謂君猷終於黄州，王明清《揮麈録》亦云。然予考本集代巢元修所作《遺愛亭記》云：「東海徐君猷以朝散郎知黄州，每歲之春，與子瞻遊安國寺，飲酒於竹間亭。公既去郡，寺僧請名，子瞻名之曰『遺愛』。」據此，則君猷之没，在去黄州以後，非終於黄也。但其去郡後，踪跡無可考耳。

## 洗兒戲作

人家生子望聰明，我被聰明誤一生。但願生兒愚且魯，無災無難到公卿。

慎按：此詩施氏原本載《遺詩》卷中，今據《外集》移編。詩中有玩世疾俗之意，當是生幹兒時所作，故附於此。

## 和蔡景繁〔一〕海州石室〔二〕

芙蓉仙人舊遊處〔三〕，公自注：石曼卿也。蒼藤翠壁初無路。戲將桃核裹黄泥，石間散擲如風雨。坐令空山作錦繡，倚天照海花無數。花間石室可容車，流蘇寶蓋窺靈宇。何年霹靂起神物，玉棺飛出王喬墓。當時醉卧動千日，至今石縫餘糟醑。僊一本作「山」者，訛人一去五十年，花老室空誰作主。手植數松今偃蓋，蒼髯白甲低瓊户。我來取酒酹先生，後車仍載胡琴女。一聲冰鐵散巖谷，海爲瀾翻松爲舞。爾來心賞復何人，持節中郎醉無伍。獨臨斷岸呼日出，紅波碧巘相吞吐。徑尋我語覓餘聲，拄杖彭鏗叩銅鼓。長篇小字遠相寄，一唱三嘆神悽楚。江風海雨入牙頰〔四〕，似聽石室胡琴語。我今老病不出門，海山巖洞知何許。門外桃花自開落，牀頭酒甕生塵土。前年開閤放柳枝，今年洗心歸諸本作「參」佛祖。夢中舊事時一笑，坐覺俯仰成今古。願君不用刻此詩，東海桑田真旦暮。

〔一〕蔡景繁：《撫州舊志》：蔡承禧，字景繁，臨川人。嘉祐二年進士，熙寧中，由御史出爲淮南轉運。施氏原注：「景繁時爲淮南轉運副使，置司楚州。楚與海州之朐山相對，一葦可杭。」此段新刻本删去，今補録。

〔二〕海州石室：（太平寰宇記）〔《名勝志》〕：「春秋郯國地，西漢之東海郡也，東魏曰海州。朐山在城南，石棚山即朐山。東北嶺巨石覆巖上，下如室，可容數十人。（《名勝志》）石室，一名錦巖。」

〔三〕芙蓉仙人：《宋史·文苑傳》：「石延年，字曼卿，幽州人。後家於宋。爲文勁健，於詩最工。」《六一詩話》：「曼卿自少以詩酒豪放自得，氣貌偉然，詩格奇峭。又工於書，體兼顔、柳。曼卿卒後，故人有見之者，恍惚如夢中，言我今爲仙鬼也，所主芙蓉城。欲呼故人往游，不得。（忽）〔忿〕然騎一（驢）〔騾〕去如飛。」

〔四〕江風海雨：皮日休《漁具》詩序：「吟魯望之詩，想其致，則江風海雨，槭槭生齒牙間。」

## 橄欖〔一〕

紛紛青子落紅鹽〔二〕，正味森森苦且嚴。待得微一作「餘」甘回齒頰，已輸崖蜜十分甜〔三〕。

〔一〕橄欖：段公路《北户録》：「橄欖子八九月熟。《廣志》〔云〕有大如雞子者。高凉有銀坑橄欖子，細長，味美於（他）〔諸〕郡産者。」江隣幾《雜志》：橄欖木卉花如樗。

〔二〕青子落紅鹽：《廣志》〔云〕：「橄欖木高不可梯，但刻其根，方數寸許，入鹽其中，子皆落矣。」《詩話總龜》、《王直方詩話》皆同。江隣幾《雜志》則云：「將采其實，剥其皮，以薑汁塗之，則盡落。」胡仔《苕溪漁隱叢話》辨之曰：「余（在）〔居〕嶺（南）〔外〕七年，見土人采橄欖，未嘗以鹽擦樹身，只以梯采之，或以杖擊之。東坡語，（蓋）〔當〕自别出小説也。」諸説不同，録以備考。

〔三〕崖蜜：程大昌《演繁露》云：「蜂之釀蜜，即峻崖懸置其窠，是名崖蜜。」南宋人戴植云：崖蜜與橄欖對説，非蜂蜜也。《南海志》：「崖蜜子小而黄，殼薄味甘。增城、惠陽山中有之，雖不知其與櫻桃爲一物與否，要其類也。」朱翌《猗覺寮雜記》：「東坡《橄欖》詩云云，王立之《詩話》以爲崖蜜，櫻桃也，出《金樓子》。（不知）坡意正謂蜜爾，言『餘甘』者，味甘有餘，非果中餘甘也。立之見餘甘爲果，遂以崖蜜爲櫻桃。杜詩云：『崖蜜亦易求。』又云：『崖蜜松花熟。』皆蜂蜜之蜜也。然則，崖蜜豈專是櫻桃？」趙與時《賓退録》：「東坡（又有）〔《地黄》〕詩云：『崖蜜助甘冷，山薑發芳辛。』製地黄法，當用薑與蜜，而用櫻桃可乎？」

## 東坡

雨洗東坡月色清，市人行盡野人行。莫嫌犖确坡頭路，自愛鏗然曳杖聲。

## 生日王郎以詩見慶次其韻並寄茶二十一片

《折揚》新曲萬人趨，獨和先生《于蔿于》。但信櫝藏終自售，豈知盌脱本無橅。朅從冰叟來游宦〔一〕，肯伴臞仙亦號儒。棠棣並爲天下士〔二〕，芙蓉曾到海一作「水」邊郛〔三〕。不嫌霧谷霾松柏，終恐虹梁荷棟桴。高論無窮如鋸屑，小詩有味似連珠。感君生日遥稱壽，祝我餘年老不枯。未辨報君青玉案，建溪新餅截雲腴。

〔一〕冰叟：用《晉書》樂廣事。王子立爲子由壻，時從子由於高安，故云。施氏原注引《王沈傳》者，誤。

〔二〕棠棣：謂王郎之兄子高，弟子敏。

〔三〕芙蓉：先生在湖州，有《與王郎昆仲遶城觀荷花》詩，此句即指此事。施氏原注引《芙蓉城》，與王子立無涉，爲辨正。

## 柏石圖詩并引

陳公弼〔一〕家藏《柏石圖》，其子慥季常傳寶之，東坡居士作詩以爲之銘。

柏生兩石間，天命本如此。雖云生之艱，與石相終始。韓子俯仰人，但愛平地美。土膏雜糞壤，成壞幾何耳？君看此槎牙，豈有可移理。蒼龍轉玉骨，黑虎抱金柅〔二〕。畫師亦可人，使我毛髮起。當年落筆意，正欲譏韓子。

〔一〕陳公弼：名希亮，眉之青神人。天聖八年進士，歷守鳳翔，至太常少卿，贈工部侍郎。子四人：忱、恪、恂、慥，《宋史》及先生本集皆有傳。

〔二〕金柅：《易》：「繫於金柅。」

慎按：先生自黄州以後，無與季常贈答詩。據《外集》，此首疑在黄時作。施氏原本編元祐還朝後者，誤。今移此。

## 和秦太虛梅花

西湖處士骨應槁〔一〕，只有此詩君壓倒。東坡先生心已灰，爲愛君詩被花惱。多情立馬待黄昏，殘雪消遲月出蚤。江頭千樹春欲闇，竹外一枝斜更好。孤山山下醉眠處，點綴裙腰紛不掃〔三〕。萬里春隨逐客來，十年花送佳人老。去年花開我已病，今年對花還草草。不知風雨卷春歸，收拾餘香還畀昊。

〔二〕西湖處士：指林逋也。

〔三〕裙腰：白居易詩：「草緑裙腰一道斜。」

《詩人玉屑》云：「東坡(吟)〔詠〕梅詩『竹外一枝斜更好』，語雖平易，頗得梅之幽獨閒静之處。凡詩人咏物，雖平淡巧麗不同，要能以隨意造語爲工。」

**附秦太虛原作：**《淮海集》題云「和黄法曹憶建溪梅花同參寥賦」。

海陵參軍不枯槁，醉憶梅花愁絶倒。爲憐一樹傍寒溪，花水多情自相惱。清泪斑斑知有恨，恨春相逢苦不蚤。甘心結子待君來，洗雨梳風爲誰好。誰云廣平心似鐵，不惜珠璣與揮掃。月没參横畫角哀，暗香消盡令人老。天分四時不相貸，孤芳轉盻同衰草。要須健步遠移歸，亂插繁華向晴昊。

《王直方詩話》：「少游此詩初無妙處，不知坡所愛者何語，和者數四。余獨愛坡兩句，云『江頭千樹春欲暗，竹外一枝斜更好』，後必有辨之者。」

**附子由次韻：**

病夫毛骨日凋槁，愁見米鹽惟醉倒。忽傳騷客賦寒梅，感物傷春同懊惱。江邊不識朔風勁，牆頭亦有南枝蚤。未開素質夜先明，半落清香春更好。鄰家少婦學閒媚，靚粧惟有長眉掃。孤芳已與飛霰競，結子仍先百花老。苦遭横笛亂飛英，不見遊人醉芳草。可憐物性空自知，羞作繁華助芒昊。

**附黄魯直次韻：**《山谷集》題云「花光仲仁出秦蘇詩卷兩國士不可復見開卷絶嘆因花光爲我作梅數枝及畫烟外遠山追少游韻記卷末」。

夢蜨真人貌黄槁，籬落逢花須醉倒。雅聞花光能畫梅，更乞一枝洗煩惱。扶持愛梅説道理，自許牛頭參已蚤。長眠橘洲風雨寒，今日梅開向誰好？何況東坡成古丘，不復龍蛇看揮掃。我向湖南更嶺南，繫船來近花光老。嘆息斯人不可見，喜我未學霜前草。寫盡南枝與北枝，更作千峰倚晴昊。

## 再和潛師

化工未議蘇群槁，先向寒梅一傾倒。江南無雪春瘴生，爲散冰花除熱惱〔一〕。風清月落無人見，洗粧自趁霜鐘早。惟有飛來雙白鷺，玉羽瓊枝鬬清好。吴山道人心似水，眼浄塵空無可掃。故將妙語寄多情，横機欲試東坡老。東坡習氣除未盡，時復長篇書小草。且撼長條餐落英，忍飢未擬窮呼昊。

〔一〕除熱惱：《翻譯名義》：「梵言胡蘇多，此云除一切鬱蒸熱惱。」

附參寥原作：《參寥集》題云「次韻少游和子理梅花」。

朔風蕭蕭方振槁，雪壓茅齋欲攲倒。門前誰送一枝梅，問訊山僧少病惱。强將筆力爲君寫，麗句已輸何遜蚤。碧桃丹杏空自妍，嚼蕊嗅香無此好。先生攜酒傍玉叢，醉裏雄辭驚電掃。東溪不見謫仙人，江路還逢少陵老。我雖不飲爲詩牽，不惜山衣同藉草。要須陶令插花歸，醉卧春風軼軒昊。

附子由次韻：

憐君古木依巖槁，西江飲盡須彌倒。野花幽草亦何爲，嶮韻高篇空自惱。萬點浮溪輒長嘆，一枝過嶺仍誇蚤。拾香不忍遊塵污，嚼蕊更憐真味好。道人遇物心有得，瓦竹相敲緣自掃。誰知真妄了不妨，令我至今思踵老。妙明精覺昔未識，但向閒窗看詩草。浮雲起時鳥四飛，畢竟安能亂清昊。

## 海　棠

東風嫋嫋一作「渺渺」泛崇光，香霧霏霏一作「空濛」月轉廊。只恐夜深花睡去，高一作「故」燒銀一作「高」燭照紅粧。

（冷齋夜話）〔《海棠譜》卷上〕：「先生嘗作大字如掌，書此詩，似是晚年筆札。與集本不同者，

『嫋嫋』作『渺渺』，『霏霏』作『空濛』。墨跡舊藏秦少師伯陽家，後歸林右司子長。」

## 次韻曹九章見贈〔一〕

蘧瑗知非我所師，流年已似手中蓍〔二〕。正平獨肯從文舉，中散何曾靳孝尼。賣劍買牛真欲老，得錢沽酒更無疑。雞豚異日爲同社，應有千篇唱和詩。

〔一〕曹九章：名煥，子由壻也。見本集下卷。《范忠宣集》中有《和浮光曹九章大夫》詩，按，本集《雜記·記神清洞事》云：「曹煥遊嵩山，（中）途遇道士，盤礴石上，揖曰：『汝非蘇轍之壻曹煥乎？』」

〔二〕手中蓍：《乾鑿度》：「蓍，一百歲方生，四十九莖，足承天地數，聖人采之，而用四十九，運天地之數。」

慎按：此詩起二句，當是元豐甲子作。先生丙子生，至甲子年四十九，故用蘧伯玉事及《周易·繫辭》語。施氏原本訛編自徐移湖卷中，今改正。

## 上巳日與二三子攜酒出游隨所見輒作數句明日集之爲詩故辭無倫次

薄雲霏霏不成雨，杖藜曉入千花塢。柯邱海棠吾有詩〔一〕，獨笑深林誰敢侮。三杯卯酒人徑醉，一枕春眠一作「睡」日亭午。竹間老人不讀書，留我閉門誰教汝。出簷蘗枳十圍大，寫真素壁千蛟舞。東坡作塘今幾尺。攜酒一勞農工苦。却尋流水出東門，壞垣古塹花無主。卧開桃李爲誰妍，對立鵁鶄相媚嫵。開尊藉草勸行路，不惜春衫污泥土。褰裳共過春草亭〔二〕，扣門却入韓家圃。轆轤繩斷井深碧，秋千挂索人何所。映簾空復小桃枝，乞漿不見雁門女。南上別本作「山」者，訛古臺臨斷岸，雪陣翻空迷仰俯。故人餽我玉葉羹〔三〕，火冷烟消誰爲煮。崎嶇東縕下荒徑，婭姹隔花聞好語。更隨落影盡餘尊，却傍孤城得僧宇。主人勸我洗足眠，倒牀不必聞鐘鼓。明朝門外泥一尺，始悟三更雨如許。平生所向無一遂，茲游何事天不阻？固知我友不終窮，豈弟君子神所予。

〔一〕柯邱：《名勝志》：「柯丘在赤壁高寒亭之東。」

〔二〕春草亭：《名勝志》：「春草亭在黄州東門外。《齊安志》：門外有春草亭故基，是也。」

〔三〕玉葉羹：本集《雜記》云：「步出城東，入何氏、韓氏園，遂置酒竹陰下。有劉唐年主簿者，餽油煎餅，其名『爲甚酥』，味極美。」

慎按：《年譜》：公於元豐甲子四月，奉量移汝州之命。是年上巳，猶未離黄州也。觀其自記云：「定慧院東小山有海棠一株，每歲開時，必爲置酒，已五醉其下矣。今年，復與參寥及二三子訪焉。元豐七年三月初二日也。」此段正記上巳出游，與詩相合。施氏原本訛編此詩於六年正月之後，殊失位置。今改正。

劉監倉〔一〕家煎米粉作餅子余云爲甚酥潘邠老家造逡巡酒余飲之云莫作醋錯著水來否後數日攜家飲郊外因作小詩戲劉公求之〔二〕

野飲花間百物無，杖頭惟挂一葫蘆。已傾潘子錯着水，更覓君家爲甚酥。

〔一〕劉監倉：名唐年，時爲黄州主簿。注見上首。

〔二〕潘邠老：張文潛《宛邱集》中《潘大臨文集序》云：「大臨字邠老，故閩人，後家黄州。嘗舉於有司，無知其才而力振之於困者。後客死於蘄春。」潘子真《詩話》：「潘邠老，唐太僕卿季荀之後，衢之曾孫，鯁之子。寓居齊安，得句法於東坡。年未五十，歿。」

慎按：此詩與前首皆同時所作，施氏原注載《遺詩》卷中，今移編於此。

和參寥

芥舟只合在坳堂，紙帳心期老孟光。不道山人今忽去，曉猿啼處月茫茫。

**附參寥原作**：《參寥集》題云「留別雪堂呈子瞻」。

策杖南來寄雪堂，眼看花絮又風光。主人今是天涯客，明日孤帆下淼茫。

慎按：先生居黄，參寥自杭來訪，既將别矣。意其未行之先，適聞汝州之命，而不遽發，遂與同遊廬山，至九江始别。此二詩，乃在黄唱和之什。施氏補注載《續補》下卷，今移此。

## 【校記】

一、《元修菜》注一引《詩話總龜》「陸龜蒙詩序：蜀菜有兩巢」云云。按，今本《詩話總龜》無此段引文，而此「詩序」亦非陸龜蒙所撰，實引自陸游《劍南詩稿》卷十六《巢菜序》，「蜀菜」作「蜀疏」。

二、《南堂五首·其五》注一引《王直方詩話》云云，實轉引自阮閲《詩話總龜》卷九《評論門五》「直方詩話」第四十五條。

三、《和黄魯直食筍》之一引《大論》云云，實轉引自明一如《大明三藏法數》卷三「二種獨覺」條注云「《大論》云」。

四、《次韻王鞏南遷初歸二首·其一》注二引《南方草木狀》云云，其中首句「冶葛，毒草也」於原文乃在「立時萎死」一句之後。「多以」作「多雜以」，「以汁」作「以蘿汁」，「冶葛苗」作「其苗」，「立時」作「當時」。

五、《和蔡景繁海州石室》注二引《太平寰宇記》云云，按，此段引文不見於今本《太平寰宇記》，實轉引自曹學佺《名勝志·淮安府志勝·海州》。

六、《橄欖》注一引《北户録》「橄欖子八九月熟」云云，今本《北户録》中無此引文，實轉引自陶宗儀《説郛》卷六十三上《北户録》「橄欖子」條。注中謂《廣志》云云，亦出上述同條。○注二引《廣志》云云，亦轉引自《説郛》卷六十三上述同條。○注三引《南海志》云云，實轉引自宋戴植《鼠璞》卷上「橄欖」條。又見於《説郛》卷十四「橄欖」條。

七、《和秦太虚梅花》「附秦太虚原作」後按語引《王直方詩話》云云，實轉引自《詩話總龜》卷九《評論門五》「直方詩話」第四十一條。

八、《海棠》按語引《冷齋夜話》云云，今本《冷齋夜話》無此引文，實引自宋陳思《海棠譜》卷上《叙事》第十四條，其後注明出自吴興沈氏《注東坡詩》。

# 東坡先生編年詩卷二十三

## 古今體詩四十四首元豐甲子四月離黄州，五月至筠，七月過金陵作。

### 别黄州

病瘡老馬不任鞿，猶向君王得敝幃。桑下豈無三宿戀，尊前聊與一身歸。長腰尚載撑腸米，闊領先裁蓋癭衣〔一〕。投老江湖終不失，來時莫遣故人非。

〔一〕蓋癭衣：汝州人多癭，先生時量移汝州，故第六句云。

### 過江夜行武昌山上聞黄州鼓角

清風弄水月銜山，幽人夜渡吴王峴〔一〕。黄州鼓角亦多情，送我南來不辭遠。江南又聞出塞曲，半雜江聲作悲健。誰言萬方聲一概，鼉憤龍愁爲余變。我記江邊枯柳樹，未死相逢真識面。他年一葉泝江來，還吹此曲相迎餞。

〔一〕吴王峴：《水經注》：「樊口之北有灣，昔孫權裝大船與群臣汎江津，值風起，權欲西取蘆洲，谷

(和)〔利〕不從，乃令取樊口，船至岸而敗，因鑿樊山爲路以上。人即名其處爲吴造峴，在樊口上一里，今缺處尚存。」《太平寰宇記》：吴造峴在鄂州一百七十里。遍考地志，無吴王峴之名，當即吴造峴而俗呼吴王峴耳。

慎按：以上二首，施氏原本編上卷之末，今改編。

## 岐亭五首并引

元豐三年正月，余始謫黄州。至岐亭北二十五里山上，有白馬青蓋來迎者，則余故人陳慥季常也。爲留五日，賦詩一篇而去。明年正月，復往見之。季常使人勞余於中途。余久不殺，恐季常之爲余殺也，則以前韻作詩，爲殺戒以遺季常。自爾不復殺，而岐亭之人多化之，有不食肉者。其後數往見之，往必作詩，詩必以前韻。凡余在黄四年，三往見季常。季常七來見余，蓋相從百餘日也。七年四月，余量移汝州，自江淮徂洛，送者皆止慈湖，而季常獨至九江。乃復用前韻，通爲五首，以贈之。

### 其一

昨日雲陰重，東風融雪汁。遠林草木暗，近舍烟火濕。下有隱君子，嘯歌方自得。知我犯寒來，呼酒意頗急。撫掌動隣里，遶村捉鵝鴨〔一〕。房櫳鏘器聲，蔬果照巾冪。久聞蔓蒿美，初見新芽赤。洗盞酌鵝黄，磨刀削熊白。須臾我徑醉，坐睡落巾幘。醒時夜向闌，唧唧銅缾泣。黄州豈云遠，但恐朋友缺〔二〕。我當安所主，君亦無此客。朝來静一作「坐」菴中，惟見峰巒集。

〔一〕鵝鴨：施氏原注：「鵝，石本作『雞』。」

〔二〕朋友缺：《毛詩疏》：「伐木廢則朋友缺矣。」

## 其二

我哀籃中蛤，閉口護殘汁。又哀網中魚，開口吐微濕。刳腸彼交病，過分我何得。相逢未寒温，相勸此最急。不見盧懷慎，烝壺似烝鴨。坐客皆忍笑，髡然發其冪。不見王武子，每食刀几赤。琉璃載蒸㹠，中有人乳白。盧公信寒陋〔一〕，衰髮得滿幘。武子雖豪華，未死神已泣。先生萬金璧，護此一蟻缺。一年如一夢，百歲真過客。君無廢此篇，嚴宋刻本作「聚」者，訛詩編杜集〔二〕。

〔一〕盧公寒陋：《唐詩·盧懷慎傳》：清儉不營産業，既屬疾，宋璟、盧從愿候之，日晏，設烝豆兩器，菜數杯而已。按，烝壺乃鄭餘慶事，先生偶誤用耳。

〔二〕嚴詩杜集：《許彥周詩話》：「東坡贈季常詩末云：『君勿棄此篇，嚴詩編杜集。』謂嚴武也，《工部集》中有武唱和數首。」

## 其三

君家蜂作窠，歲歲添漆汁。我身牛穿鼻，卷舌聊自濕。二年三過君，此行真得得。愛君似劇孟，扣門知緩急。家有紅頰兒，能唱《緑頭鴨》。行當隔簾見，花霧輕冪冪。爲我取黄封，親拆官泥赤。仍須煩素手，自點葉家白〔一〕。樂哉無一事，十年不蓄幘。閉門弄添丁，哇一作「談」笑雜呱泣。西方正苦戰，誰補將帥缺？披圖見八陣，合散更宋刻本公自注：平聲主客。不須親戎行，坐論教君集。

〔一〕葉家白：建溪茶名，注別見。

## 其四

酸酒如齏湯，甜酒如蜜汁。三年黄州城，飲酒但飲濕〔一〕。我如更揀擇，一醉豈易得。幾思壓茆柴，禁網日夜急。西鄰推宋刻本作「椎」甕盎，醉倒猪與鴨。君家大如掌，破屋無遮冪。何從得此酒，冷面妬君赤。定應好事人，千石供李白。爲君三日醉，蓬髮不暇幘。夜深欲踰垣，卧想春甕泣。君奴亦笑我，髫齒行禿缺。三年已四至，歲歲遭惡客。人生幾兩屐，莫厭頻來集。

〔一〕飲酒：一作「乏酒」，見張耒《宛邱集》注中。

其五

枯松强鑽膏，槁竹欲瀝汁。兩窮相值遇，相哀莫相濕。不知我與君，交游竟何得。心法幸相語，頭然未爲急。願爲穿雲鶻，莫作將雛鴨。我行及初夏，煮酒映疎羃〔一〕。故鄉在何許？西望千山赤。兹遊定安歸，東泛萬頃白。一歡寧復再，起舞花墮幘。將行出苦語，不用兒女泣。吾非固多矣，君豈無一缺？各念别時言，閉户謝衆客。空堂净掃地，虚白道所集。

〔一〕疎羃：《周禮》：羃人，以疎布巾羃八尊。

## 初入廬山三首〔一〕

其一

青山若無素，偃蹇不相親。要識廬山面，他年是故人。公自注：山南，山面也。

〔一〕廬山：《水經注》：「王彪之《廬山賦序》：『廬山，彭澤之山也。』周景式《記》云：『匡俗，周(威)王時人，廬於此山，世稱廬君，故山取號焉，非實證也。』《海内東經》曰：『廬江出三天子都，入江。是有廬江之名。』山水相依，互舉殊稱，名不因匡俗始。」《元和郡縣志》：「廬山在潯陽縣東三十二里，本名鄣山。昔匡俗字子孝隱淪於此，漢武帝拜爲大明公。」《太平寰宇記》：「匡俗，周武王時人，兄弟七人，皆(有)〔好〕道術，結廬於此。仙去，空廬尚有，故曰廬山。」○慎按，一匡俗也，或以爲周威王時人，或謂武王時人，或謂漢武時人。紀載互異，無從考正，故備録之。

其　二

自昔懷清賞，神游杳靄間。如今不是夢，真箇是廬山。

其　三

芒鞵青竹杖，自挂百錢遊。可怪深山裏，人人識故侯。

## 贈東林〔一〕總長老〔二〕

溪聲便是廣長舌〔三〕，山色豈非清净身〔四〕。夜來八萬四千偈〔五〕，他日如何舉似人？

〔一〕東林：《廬山志》：繙經臺南下爲東林寺，晉沙門惠遠之道場，本律寺也。其後禪學興，禪者乃繼居之。《高僧傳》：惠遠，姓賈，雁門樓煩人。出家，從道安於恒山。後至潯陽，「始住龍泉精舍。時惠永居在西林，要遠同止。永謂刺史桓伊：『所棲褊狹，不足相處。』桓乃爲遠於山東更立房殿，即東林也。」

〔二〕總長老：《僧寶傳》：照覺禪師常總，劍州尤溪施氏子，年十一，出家，後得法於黃龍南。元豐三年，升東林爲禪寺，請師住持，爲東林第一代祖師。元祐四年，賜號照覺大師。

〔三〕廣長舌：《法華經·如來神力品》：「世尊於一切衆前，現大神力，出廣長舌。」《彌陀經》：「出廣長舌，説誠實言。」

〔四〕清浄身：《法華經·功德品》：「受持是經，得八百身功德，得清浄身如浄琉璃。」

〔五〕八萬四千偈：《楞嚴經》：「能説無邊秘密神咒，其中或現一首〔二〕〔三〕首五首七首九首十一首，如是乃至一百八首千首萬首八萬四千爍迦羅首。」

## 題西林壁〔一〕

横看成嶺側成峰，遠近高低各石刻作「看山了」不一本作「無一」同。不識廬山真面目，只緣身在此山中。

〔一〕西林：《廬山紀事》：「遠公塔西北爲香谷，南下爲西林寺，故沙門竺曇現之禪室也。竺死，其徒(惠)〔慧〕永自太行至潯陽就居之，陶範爲立寺，曰西林。事(詳)〔見〕歐陽詢《西林寺碑》。惠永姓繁，河内人。」

圓通禪院〔一〕先君舊遊〔二〕也四月二十日晚至宿焉明日先君忌日〔三〕也乃手寫寶積獻蓋頌佛一偈以贈長老僊公〔四〕僊公撫掌笑曰昨夜夢寶蓋飛下〔五〕著處輒出火豈此祥乎乃作是詩院有蜀僧宣逮事訥長老〔六〕識先君云

石耳峰頭路接天〔七〕，梵音堂下月臨泉〔八〕。此生初飲廬山水，他日徒參雪竇禪。袖裏寶書猶未出，夢中飛蓋已先傳。何人更識嵇中散，野鶴昂藏未是僊。

〔一〕圓通禪院：《廬山紀事》：「甘泉口西爲圓通山，山南有圓通寺，本潯陽人侯氏之居。李後主取爲功德院，初名崇勝寺。宋太祖朝，賜名圓通崇勝禪寺。」中有宋碑。

〔二〕先君舊遊：《圓通事實》：「嘉祐中，老蘇與二子寓圓通，寺僧爲建一翁二季亭。後改蘇亭。」〇按，子由《贈順長老詩序》云：「轍幼侍先君，聞嘗游廬山過圓通，見訥禪師，流連久之。」云云。則老蘇游圓通時，二子未嘗從也。《寺志》不足據。

〔三〕忌日：歐陽永叔所作《蘇明允墓志》：「公卒於治平三年四月戊申。」

〔四〕僊公：《圓通紀勝集・可僊禪師行録》云：師諱真覺，字可僊，嶺南人。遊歷諸門，偶届江州，郡守李某請住圓通，東坡先生訪之，師於先一夕，定中見空現一寶蓋，霞光匝地，繞獻師前。次日，公果至，獻詩云云。後序云：圓通乃先君舊游地，追念音容，蔑以爲悼，謹書寶積菩薩獻蓋一首，綵幡一對，以資冥助。

〔五〕寶蓋：《維摩經》：「爾時毘耶離城，有長者子，名曰寶積。與五百長者子，俱持七寶蓋，來詣佛所。頭面體足，各以其蓋，共供養佛。佛之威神，令諸寶蓋合成一蓋，遍覆三千大千世界，而此世界廣長之相，悉於中現。長者子寶積於佛前，以偈讚。」云云。偈長不具録。

〔六〕訥長老：《（寶）僧〔寶〕傳》：「居訥，梓州東川蹇氏子，出家，遍（遊）〔歷〕荆楚。至襄州榮禪師處，密契心（印）〔要〕。遊廬山，道望日重，南康守程師孟請住圓通。」皇祐元年，京師新建浄因禪院，召往住持，稱目疾，固辭不起。

〔七〕石耳峰：《廬山志》：馬耳峰西南爲石耳峰，其峰峭厲，後山尤聳拔。《王梅溪詩集・〔廬山紀游四十韻〕》自注云：「峰（多）〔以生〕石耳，（故）〔得〕名。」

〔八〕梵音堂：《圓通事實》：「寺中有夜話亭、清音亭，歐陽永叔與居訥談道處。」或云，梵音堂即清音亭。

子由在筠作東軒記或戲之爲東軒長老其壻曹焕往筠余作一絶句送曹以戲子由曹過廬山以示圓通慎長老慎欣然亦作一絶送客出門歸入室趺坐化去子由聞之仍作二絶一以答余一以答慎明年余過圓通始得其詳乃追次慎韻

其一

君到高安幾日回，一時斗一作「抖」擻舊塵埃。贈君一籠牢收取，盛得東軒長老來。公自注：予送曹詩。

**附慎長老和詩：**

東軒長老未相逢，已見黄州一信通。何必揚眉資目擊，須知千里事同風。

**附子由和詩：**

東軒只似虚空樣，何處人家籠解盛。縱使盛來無處着，雪堂自有老師兄。

## 其　二

大士何曾有生死，小儒底處覓窮通。偶留一吷千山上〔一〕，散作人間萬竅風。公自注：予次慎韻。

〔一〕一吷：《莊子》：「道堯舜於戴晉人之前，猶劍首之一吷。」

**附子由答慎詩：**

擔頭挑得黄州籠，行到圓通一笑開。却到山前人已寂，亦無一物可擔回。

## 余過温泉〔一〕壁上有詩云直待衆生總無垢我方清冷混常流〔二〕問人云長老可遵〔三〕作遵已退居圓通亦作一絶

石龍有口口無根〔四〕，自在流泉誰吐吞。若信衆生本無垢，此泉何處覓寒温。

〔一〕温泉：周景式《廬山記》：「主簿山在胡郎廟南數里，山下有温泉，穴口圍丈許，沸泉涌出如湯。」《豫章古今記》：「輔山有二泉，其一常温。」《廬山紀事》：「隘口東南爲黄龍山，北麓有二池水，曰温泉。井尚有存者，皆没於水中。其無井處有沸泉，東一池尤熱，西池水稍深。又有他水來雜之，故其冷者三之一。」《太平寰宇記》：廬山有黄龍湯院。

〔二〕清冷混常流：《正宗紀》云：「二十五祖婆舍斯多尊者初至中天竺，有湯泉，（師以爲）〔尊者曰此〕神業所致，（焚）〔即爇〕香臨（水）〔泉〕，爲其懺悔。現一長人，前禮尊者，已而遂隱。後七日，其水果清冷如常泉。」

〔三〕可遵：《冷齋夜話》：「福州僧可遵好作詩，（曰某）所長以蓋人，叢林貌禮而心不然之。嘗題詩温泉壁間云云。遵自是愈自矜伐。」

〔四〕石龍：《廬山紀事》：「温泉寺僧（常）〔嘗〕鑿石爲龍，首以出泉，今廢。」

## 世傳徐凝瀑布詩云一條界破青山色至爲塵陋又僞作樂天詩稱羡此句有賽不得之語樂天雖涉淺易然豈至是哉乃戲作一絶〔一〕

帝遣銀河一派垂，古來惟有謫僊詞。飛流濺沫知多少，不與徐凝洗惡詩。

〔一〕瀑布：《太平寰宇記》：「瀑布在廬山東，亦名布水，源出高峰，挂流三百丈許，遠望如匹帛。嘗有徐凝題詩。」云云。

## 書李公擇白石山房〔一〕

偶尋流水上崔嵬，五老蒼顔一笑開〔二〕。若見謫僊煩寄語，匡一作「康」山頭白蚤歸來〔三〕。

〔一〕白石山房：本集《李氏山房藏書記》：「李公擇少時讀書於〔廬山〕五老峰下白石菴之（精）〔僧〕

舍，公擇既去，山中之人思之，指其所居爲李氏山房。」《淮海集·李公擇行狀》云：「（元）〔皇〕祐中進士甲科，神宗、哲宗兩朝，累官御史中丞。少時讀書於白石菴，後雖出仕，而書藏山中，每得異書，輒益之，至九千卷。」《廬山紀事》：「含鄱口西爲寶陀巖，有僧舍曰楞伽院，院内有白石菴，即李公擇讀書處也。公擇在朝時，以詩寄菴端老曰：煩師爲掃山中石，待請歸時欲醉眠。然竟不克歸。」

〔二〕五老：《山志》：含鄱口東北爲五老峰，在南康府北。《太平寰宇記》：「五老峰在廬山東，懸崖突出，如五人羅列之狀。」《商丘漫語》：「自下望之，勢如（離）〔儷〕立，自上觀之，相距甚遠，（不連屬也）〔巉削壁立〕。軒軒然如人箕踞而窺重湖，又如五雲翩然欲飛。」

〔三〕匡山：《廬山紀事》：「舊名匡廬山，避宋太祖諱，改康山。」

**附黃魯直次韻：**

幽人八座復中臺，想見書堂山杏開。四十餘年僧屈指，時因秋雁寄聲來。

**附孔常父二絶：**

碧落僊官侍玉除，至今遺跡在匡廬。當時兄弟共年少，他日歸榮比二疏。自注：公擇讀書廬山，時年十六。

松篁夾路水濺濺，自是廬山小洞天。盡道秀才心好靜，誰知風骨是真僊。

# 廬山二勝并引

余遊廬山，南北得十五六奇勝，殆不可勝紀。而懶不作詩，獨擇其尤佳者作二首。

## 開先漱玉亭〔一〕

高巖下赤日，深谷來悲風。擘開青玉峽，飛出兩白龍〔二〕。亂沫散霜雪，古潭摇清空。餘流滑無聲，快瀉雙石谼。我來不忍去，月出飛橋東。蕩蕩白銀闕，沈沈水精宫。願隨琴高生，脚踏赤鯶公。手持白芙蕖，跳下清泠中。

〔一〕開先：岳珂《愧郯録》：「廬山之址有寺，曰開先華藏寺。」黄庭堅《開先禪院修造記》：「南唐李中主，(少)年〔少〕無經世意，(慕)〔喜〕物外之名，問舍五老峰下。有野(人)〔夫〕獻地，買之，爲書堂。及即位，以爲(寺)〔僧舍〕，以獻地爲有國之祥，故名開先。」〇慎按，王氏舊注訛爲「開元」，遂以此寺爲唐明皇時建。又，或以爲梁昭明太子者，皆非也。

〔二〕青玉峽、兩白龍：〔《廬山紀事》引〕《山疏》云：「漢陽峰之頂多濆泉，趵突播流，西爲谷簾泉，東爲開先之二瀑。二瀑同源異流，其在東北者，瀉出鶴鳴、龜背二峰之間，曰馬尾水；其在西南者，則自山頂下注雙外峰背，匯爲大龍潭，下注大壑，懸挂數〔十〕百丈，曰瀑布水。循壑東北與馬尾水合流，出兩山峽中，下注石潭。石碧而削，水練而飛，潭紺而淵，爲開先佳境，因名其峽曰青玉峽，潭曰龍池。二瀑俱奇觀，而西瀑尤勝。」

**附子由《開先瀑布漱玉亭二首》：**

山上流泉自作溪，行逢石缺吐虹霓。定知雲外波濤闊，飛到峰前本末齊。入海明河驚照曜，倚天長劍失提攜。誰來卧枕莓苔石，一洗塵心萬斛泥。

山回不見落銀潢，餘溜喧豗響石塘。目亂珠璣濺空谷，足寒雷電繞飛梁。入瓶銅鼎春茶白，接竹齋厨午飯香。從此出山都不棄，滿田秔稻插新秧。

## 棲賢三峽橋〔一〕

吾聞太山石，積日穿綫溜。况此百雷霆，萬世與石鬭。深行九地底，險一作「嶮」出三峽右。長輸不盡溪，欲滿無底竇。跳波翻潛魚，震響落飛狖。清寒入山骨，草木盡堅瘦。空濛煙靄間，澒洞金石奏。彎彎飛橋出，瀲瀲半月彀。玉淵神龍近〔二〕，雨雹亂晴晝。垂缾得清甘，可嚥不可漱。

〔一〕棲賢三峽橋：《廬山紀事》：「七尖山東北有大谷，是爲棲賢谷，值含鄱口之南，三峽澗(水)出焉。萬壽寺東南行，龜峰之末，衆水所會也。凡迤東團山、黄石諸水，迤西桃林、長壠諸水，〔小〕大(小)支流九十有九，皆入於三峽澗。玉淵之南，有棲賢橋，即三峽橋也。作於祥符間，横絶大壑，締構偉壯。從橋上俯視澗底，可百餘尺。」

〔二〕玉淵：《廬山紀事》：「棲賢寺東爲玉淵潭，在三峽澗中，諸水奔注，潭中驚涌噴空。潭上有白石，横亘中流，故名玉淵。」

慎按：先生於四月初離黄州，先遊廬山，後至筠州。詩題日月，歷歷可據。施氏原本訛編廬山詩於筠州以後，今改正。

**附子由《三峽石橋》詩：**

三峽波濤飽泝沿，過橋雷電記當年。江聲髣髴瞿塘口，石角參差灩澦前。應有夜猿啼古木，已將秋葉作歸船。老僧未省遊巴蜀，松下相逢問信然。

## 自興國〔一〕往筠〔二〕宿石田驛〔三〕南廿五里野人舍

谿上青山三百疊，快馬輕衫來一抹。倚山修竹有人家，横道清泉知我渴。芒鞵竹杖自輕軟，蒲薦松牀亦香滑。夜深風露滿中庭，惟有一作「見」孤螢自開闔。

〔一〕興國：《九域志》：江南西路有興國軍。○按，虔州别有興國縣，非興國軍也。

〔二〕筠：《五代史職方考》：南唐時，割洪州之高安、上高、萬載、清江四縣，置筠州。陸游《南唐書》：「元宗保大十年，陞洪州高安縣爲筠州。」《太平寰宇記》：「筠州北至奉新縣一百五里。」

〔三〕石田驛：《名勝志》：「在興國州治南。」

## 過建昌李野夫公擇故居〔一〕

彭蠡東北源〔二〕，廬阜西南麓。何人修水上〔三〕，種此一雙玉。思之不可見，破宅餘修竹。四鄰戒莫犯，十畝森似束。我來仲夏初，解籜呈新緑。幽鳥向我鳴，野人留我宿。徘徊不忍去，微月挂喬木。遥想他年歸，解組巾一幅。對牀老兄弟，夜雨鳴竹屋。卧聽鄰寺鐘，書窗有殘燭。

〔一〕建昌：《元和郡縣志》：「建昌縣北至洪州一百二十〔二〕里，即昌邑王賀所封。」《太平寰宇記》：「南康軍領縣三，其一爲建昌，本海昏縣地，後漢永元中，分海昏，立建昌縣，在南康軍南二百里。」

〔二〕彭蠡：《太平寰宇記》：「彭蠡湖在德化縣東南，與都昌縣分界，周圍四百五十里。」

〔三〕修水：《水經注》：「修水在艾縣南，東流屈曲六百三十里，出建昌城又百二十里，入於彭蠡。以其流長，故曰修。」《名勝志》：「修水源出寧州幕阜山。」《江西舊志》：土人稱修水爲西河。

## 將至筠先寄遲适遠三猶子

露宿風餐一作「飧」六百里，明朝飲馬南江水〔一〕。未見豐盈犀角兒，先逢玉雪王郎子。公自

注：時道逢王郎於建昌，方北行也。對牀欲作連夜語，念汝還須戴星起。夜來夢見小於菟，公自注：遠小名虎兒。猶是髧髦垂兩耳。憶過濟南春未動，三子出迎殘雪裏。我時移守古河東〔二〕，酒肉淋漓渾舍喜。而今憔悴一羸馬，逆旅擔夫相汝爾。出城見我定驚嗟，身健窮愁不須恥。我爲乃翁留十日，掣電一歡何足恃。惟當火急作新詩〔三〕，一醉兩翁勝酒美。

〔一〕南江：《太平寰宇記》：「蜀水在高安縣南三里，源出小界山，東流入南昌，與章水合。」水南有錦江亭。《高安志》：蜀江一名錦江，水自袁州萬載縣發源。子由詩：「朝來櫂酒江南寺，日暮歸爲江北人。」

〔二〕移守古河東：按，《潁濱遺老傳》及《年譜》，熙寧九年，子由爲齊州掌書記，時先生自密州就差知河中府，明年正月，過濟南，故云「我時移守古河東」。時尚未聞改徐州命也。

〔三〕火急：《唐詩紀事》載武后詩，云：「明朝游上苑，火急報春知。」

**附子由次韻：**

老兄騎驢日百里，據鞍作詩若翻水。忽吟春草思惠連，因之亦夢添丁子。群兒盡長堪一笑，老馬卧餐何日起。聞兄盡室皆舊人，見面未曾惟遯耳。遲年最長二十六，已能幹父窮愁裏。豫兒揚眉稍剛勁，黨子温純無愠喜。我兄憔悴我亦窮，門户久長真待爾。但令戢戢見頭角，甑倒囊空定何恥。家藏萬卷須盡讀，此外一簪無所恃。船中未用廢詩書，閉窗莫看江山美。

# 端午游真如〔一〕遲适遠從子由在酒局〔二〕

一與子由别，却數七端午。身隨綵絲繫，心與昌歜苦。今年疋馬來，佳節日夜數。兒童喜我至，典衣具雞黍。水餅既懷鄉〔三〕，飯筒仍愍楚〔四〕。謂言必一醉，快作西川語。寧知是官身，糟麴困熏煮。獨攜三子出，古刹訪禪祖。高談付梁羅，公自注：梁、羅，遲、适小名也。詩律到阿虎。歸來一調笑，慰此長齟齬。

〔一〕真如寺：《至治瑞陽志》：大愚山在州治東南，有真如寺，本大愚禪師所居，亦名大愚寺。寺中有松林。

〔二〕酒局：子由時尚監筠州酒税。

〔三〕水餅：《南史·何戢傳》：「高帝好水引餅，戢每設上焉。」

〔四〕飯筒：《初學記》：引《續齊諧》曰：「屈原五月五日投汨羅，楚人每至此日，以竹筒貯米，投水祭之。」

**附子由次韻：**

人生逾四十，朝日已過午。一違少壯樂，日迫老病苦。丹心變爲灰，白髮粲可數。惟當理鉏耰，教子藝稷黍。誰令觸網羅，展轉在荆楚。平生手足親，但作十日語。朝游隔提攜，夜卧困蒸煮。未歌《唐棣》詩，已治芻靈祖。有生際風雲，富貴若騎虎。奈何貧賤中，所欲空齟齬。

## 別子由三首兼別遲

### 其一

知君念我欲別難，我今此別非他日。風裏楊花雖未定，雨中荷葉終不濕〔一〕。三年磨我費百書，一見何止得雙璧。願君亦莫嘆留滯，六十小劫風雨疾〔二〕。

〔一〕不濕：（傳燈録）〔《正法眼藏》卷三〕：「洞山與雲居過水，洞問：『水〔深〕多少？』雲居曰：『不濕。』居却問：『水〔深〕多少，洞曰：『不乾。』」

〔二〕六十小劫：《法華經》：「佛所護念，六十小劫不起於座。時會聽者亦坐一處，六十小劫身心不動，聽佛所説，謂如食頃。」又，《釋迦方誌》云：「從十歲至於八萬，復從八萬至於十歲，經二十反爲一小劫。」

### 其二

先君昔愛洛城居〔一〕，我今亦過嵩山麓。水南卜築吾豈敢，試向伊川買修竹〔二〕。又聞緱山好泉眼〔三〕，傍市穿林瀉冰玉。遥想茅軒照水開，兩翁相對清如鵠。

〔一〕先君愛洛：《韻語陽秋》：「東坡兄弟以仕宦久，不得歸蜀，懷歸之心屢見於篇咏。嘉祐丙申，老蘇在京師，乃有厭蜀之意，嘗有意嵩山之下、洛水之上，買地築室而居。故爲詩曰：『岷山之陽土如腴，江水清滑多鯉魚。古人居之富者衆，我獨厭倦思移居。』是時，鄉人陳景回自蜀，居蔡，故以是詩告之，則是二蘇欲歸蜀而老蘇欲去蜀也。厥後，老蘇葬於蜀，治命指其墓旁庚壬地爲二子之藏，而二子終不得歸，信知人事之不可期也。」

〔二〕伊川：《元和郡縣志》：洛陽三川，伊、洛、河也。伊水西自陸渾縣界流入伊闕，東北過洛陽縣，南入於洛。

〔三〕緱山：《元和郡縣志》：「緱氏山，在緱氏縣東南二十九里，王子晉得仙處。」

慎按：施氏原注：「康夢師石刻『卜築』作『卜宅』，『遥想茅軒』作『想見茅簷』，與集本互異。」新刻删去，今補録。

## 其　三

兩翁歸隱非難事，惟要一作「有」傳家好兒子。憶昔汝翁如汝長，筆頭一落三千字。世人聞此皆大笑，慎勿生兒兩翁似。不知樗櫟薦明堂，何似鹽車壓千里。

**附子由次韻三首：**

公來十日坐東軒，手自披雲出朝日。山川滿目竟何有，波浪翻天同一濕。諸門迭出驚異狀，間道懷歸終舊壁。此行千里隔江河，何人更問維摩疾。野人性似修行僧，長願幽居近林麓。南遷無計脱簪組，西歸誰爲栽松竹。頭上白雲即飛蓋，耳畔清泉當鳴玉。洛川猶是冠蓋林，更願高飛逐黄鵠。東西南北無住身，羯末封胡四男子。彫鎪不遣治章句，爛漫先令飽文字。疎慵嗟我厲之人，生子夜中唯恐似。傳家粗足不願餘，同駕柴車還我里。

## 初別子由至奉新作〔一〕

雙鵲先一作「如」我來，飛上東軒背〔二〕。書隨好夢到，人與佳節會。一歡難把玩，回首了無在。却渡來時溪，斷橋號淺瀨。茫茫暑天闊，靄靄孤城背〔三〕。青山眊矂中〔四〕，落日淒涼外。盛衰豈我一作「吾」意，離合非所礙。何以解我憂，粗了一事大〔五〕。

〔一〕奉新：歐陽忞《輿地廣記》：「奉新，〔本新〕吴縣地，漢中平中置，屬洪州。」《太平寰宇記》：「漢南昌縣地，僞唐改爲奉新，在洪州西一百五十里。」

〔二〕東軒：在筠州官舍，子由有《東軒記》。

〔三〕孤城背：讀作「倍」，與起韻有別。

〔四〕青山：《輿地廣記》：「奉新縣有華林山、大雄山。」

〔五〕一事大：《法華經》：「諸佛世尊，唯以一大事因緣故，出現於世。」

附子由次韻：

四年候公書，長視飛鴻背。十日留公談，欲作白蓮會。自注：筠州無可語者，往還但一、二僧耳。匏瓜一遭繫，賣酒長不在。夜歸步江滸，明月照清瀨。心開忽自得，語異竟非背。一尊談笑間，萬事寂寥外。欲同千里行，奈此一官礙。何年真耦耕，舉世無此大。

## 白塔鋪歇馬 一本題云「歇白塔鋪」。

甘山廬阜鬱相望〔一〕，林隙熹微一作「依稀」漏日光。吴國晚蠶初斷葉，占城蚤一作「早」稻欲移秧〔二〕。迢迢澗水隨人急，冉冉巖花撲馬香。望眼盡從一作「窮」飛鳥遠，白雲深處是吾鄉。

〔一〕廬阜：即廬山。

〔二〕占城稻：王溥《五代會要》：「占城國在中國西南，東北至兩浙，海行一月程。粒食稻米。前世多未與中國通，周顯德五年，始入貢。」《本草》：「秈，一名占稻，又曰早稻，粳之先熟者。」羅願《爾雅翼》：「秈比粳小，其種甚早，今人號秈爲早稻，又（爲）〔謂〕之占城稻。云始是占城國有此種，宋真宗聞其耐旱，遣求其種，始植於後苑，後在處播之。」

慎按：此詩施氏補注載《續補遺》下卷，白塔鋪無可考，因起句有「廬阜相望」之語，又，晚蠶斷葉，早稻移秧，皆四、五月景物，據《外集》，本題上有「筠州還」三字，今移編。

## 同年程筠一本無「筠」字德林求先墳二詩

### 思成堂

宰樹連山谷，祠堂照路隅。養松無觸鹿，助祭有馴烏。歸夢先寒食，兒啼到白須。遥知鄰里化，醉叟道争扶。

### 歸真亭

舊笑桓司馬，今師鄭大夫。不知徂歲月，空覺老楸一作「松」梧。祭禮傳家法，阡名載版圖。會看千字誄，木抄見龜趺。

## 陶驥一本無「驥」字子駿〔一〕佚老堂二首

### 其一

文舉與元禮，尚得稱世舊。淵明吾所師，夫子乃其後。挂冠不待年，亦豈爲五斗。我歌

《歸來引》，公自注：余增損淵明《歸去來》，以就聲律，謂之「歸來引」。千載信尚友。相逢黄卷中，何似一杯酒。君醉我且歸，明朝許來否？

〔一〕陶驥：字子駿，九江人，以宣德郎致仕。見《參寥集》。

其　二

我從廬山來，目送孤飛雲。路逢陸道士〔一〕，知是千歲人。試問當時友，虎溪已埃塵〔二〕。似聞佚老堂，知是幾世孫。能爲五字詩，仍戴漉酒巾。人呼小靖節，自號葛天民。

〔一〕陸道士：《廬山紀事》：宋陸静修，吳興人。少懷虚素，元嘉末遊京都，還入廬山，隱居簡寂觀。《太平寰宇記》：「觀在江州東南一百四十里。」

〔二〕虎溪：《東林志》：虎溪在東林寺前。

**附孔武仲一首：**

不逐漁商不問農，悠然今作緑缺一字翁。地臨白傅荒臺畔，人在華胥樂國中。一榻遠分廬阜月，兩軒平挹廣寒風。杖藜亦欲頻還往，肯使清閒并屬公。

**附參寥二首：**

湓浦城南舊隱淪，一堂無地可棲塵。石牀春卧酴醾砌，撩亂餘花墮酒巾。

歸來詩酒洽天機，騷客無煩咏《式微》。三徑就荒松菊在，洗餘蒿艾净秋暉。

## 和李白并引

李太白有《潯陽〔一〕紫極宫感秋》詩，紫極宫〔二〕，今天慶觀也。道士胡洞微以石本示余，蓋其師卓玘之所刻〔三〕。玘有道術，節義過人，今亡矣。太白詩云：四十九年非，一往不可復。今予亦四十九，感之，次其韻。玉芝，一名瓊田草，洞微種之七八年矣，云更數年可食，許以遺余，故并記之。

寄卧虚寂堂，月明浸疎竹。泠然洗我心，欲飲不可掬。流光發永歎，自昔一本作「惜」，訛非余獨。行年四十九，還此北窗宿。緬懷卓道人，白首寓醫卜。謫僊固遠矣，此士亦難復。世道如奕棋，變化不容覆。惟應玉芝老，待得蟠桃熟。

〔一〕潯陽：（元和郡縣志）〔《太平寰宇記》卷一百十一〕：「江南西道江州，秦屬廬江郡。吴黄初中，分潯陽，隸武昌。晉太康十年，始置江州，初理豫章。至成帝咸通（六）〔二〕年，移江州，理湓城，即今郡是也。晉初，理在江北岸，地名蘭城，温嶠領郡之日，移於此。尋，又置潯陽郡。大業三年，改九江郡。」

〔二〕紫極宫：李石《續博物志》：「武德三年，晉州人吉善行於羊角山，見白衣父老，呼善行曰：『爲吾語唐天子，吾爲老君，即汝祖也。』高祖因立廟。明皇時，兩京及諸州各立廟，京師號玄元宫，諸州號紫極宫。」程大昌《雍録》：「（宋）〔本〕朝置天慶觀，許就以紫極宫爲用。」

〔三〕卓玘：失考。

**附太白原作：**

何處聞秋聲，翛翛北窗竹。迴薄萬心古，攬之不盈掬。静坐觀衆妙，浩然媚幽獨。白雲南山來，就我簷下宿。懶從唐生決，羞訪季主卜。四十九年非，一往不可復。野情轉蕭散，世道有翻覆。陶令歸去來，田家酒應熟。

**附黄魯直次韻：**

不見兩謫僊，長懷倚修竹。行繞紫極宫，明珠得盈掬。平生人欲殺，耿介受命獨。往者如可作，抱被來同宿。砥柱閲頹波，不疑更何卜。但觀草木秋，葉落根自復。我病二十年，大斗久不覆。因之酌蘇李，蟹肥社醲熟。

慎按：《清江集》孔武仲亦有《過紫極宫感卓玘遺跡》詩，非與公唱和作，且不次李韻，故不録。

## 次韻道潛留别

爲聞廬岳多真隱，故就高人斷宿攀。已喜禪心無别語，尚嫌剃髮有詩斑。異同更莫疑三語，物我終當付八還。到後與君開北户，舉頭三十六青山〔一〕。

〔二〕三十六青山：指少室也。按《志》，河南府永安縣少室山，在縣西南七十里，有三十六峯。先生時移汝州，汝在洛陽之南，宋時永安，今永寧縣。

**附參寥原作：**《參寥集》原題云「九江與東坡居士話别」。

霅水黄樓赤壁間，勝游長得共躋攀。屠龍冉冉空三載，窺豹悠悠愧一斑。投錫雲林聊避暑，絶江舟楫自東還。求田問舍知何處，杖屨他時訪小山。

## 贈江州景德長老〔一〕

白足高僧解達觀，安排春事滿幽欄。不須天女來相試，總把空花眼裏看。

〔一〕景德長老：曾子固《江州景德戒壇記》云：「初，景德寺幾廢，（僧）智暹不舍晝夜之勤，凡二十年，爲佛殿、山門、〔兩廊、鐘樓〕與戒壇，（統）〔總〕爲屋若干區，費錢二十餘萬。」不知即其人否？

慎按：施氏補注此詩在《續補》下卷中，今因地附編。

## 郭祥正〔一〕家醉畫竹石壁上郭作詩爲謝且遺二古銅劍〔二〕

空一作「枯」腸得酒芒角出，肝肺槎牙生竹石。森然欲作不可回，周益公《題跋》引此詩，「回」作「留」。

吐向君家雪色壁。平生好詩仍好畫，書牆涴壁長遭罵〔三〕。不瞋不罵喜有餘，世間誰復如君者。一雙銅劍秋水光，兩首新詩爭劍鋩。劍在牀頭詩在手，不知誰作蛟龍吼。

〔一〕郭祥正：《東都事略·文藝傳》：「郭祥正，字功甫，其母夢太白而生。」不樂仕進，自號謝公山人。梅聖俞呼爲謫僊。後知高安郡，請老歸。所居有醉吟菴，東坡過而題詩畫竹石於壁。有詩文三十卷，名《青山集》。故宅在當塗城内壽俊坊。《宋史》本傳：「祥正第進士。熙寧中，以殿中丞致仕。後復出，通判汀州，知端州，又棄去。」所載宦跡，與《東都事略》不同。按，東坡自海外歸，與功甫有唱和詩，乃其知端州時也。《東都事略》失載其再出一節，合史傳考之，功甫生平始備。

〔二〕醉畫竹石：《畫繼》云：「子瞻所作枯木，枝幹虬屈無端倪，石皴亦奇怪，如其胸中蟠鬱也。作墨竹，從地直起至頂。（黄庭堅）〔山谷〕《枯木賦》云：『恢詭譎怪，滑稽於秋毫之穎。尤以酒爲神，故其觴次滴瀝，醉餘呻吟，取諸造物之爐錘，盡用文章之斤斧。』又，《題石竹》詩云：『東坡老人翰林公，醉時吐出胸中墨。』先生自題郭祥正壁亦云云，則知先生平日非乘酣以發真興，則不爲也。」

〔三〕書牆涴壁：《金壺記》云：「賀知章嘗與張旭遊，凡見人家廳館好牆壁及屏障，落筆數行，如蟲篆鳥飛。」

慎按：郭功甫《青山集》中，此題失原作。黄山谷有和詩，亦殘脱不全，故不録。

**附李端叔次韻：**

大枝憑陵力争出，小幹縈紆穿瘦石。一杯未釂筆已濡，此理分明來面壁。我嘗旁觀不見畫，只見佛祖遭訶罵。人知見畫不見人，紛紛豈是知公者。汗流几案慘無光，忽然到眼如鋒鋩。急將兩耳掩雙手，河海震動雷電吼。

慎按：《姑溪集》原題云「次韻東坡所畫郭功甫家壁竹木怪石韻」，今采出附録。

## 龍尾硯歌〔一〕并引

余舊作《鳳咮石硯銘》，其略云：「蘇子一見名鳳咮，坐令龍尾羞牛後。」已而，求硯於歙，歙人云：「子自有鳳咮，何以此爲？」蓋不能平也。奉議郎方君彦德有龍尾大硯〔二〕，奇甚。謂余若能作詩，少解前語者，當奉餉。乃作此詩。

黄琮白珀宋刻本作「琥」天不惜，顧恐貪夫死懷璧。君看龍尾豈石材，玉德金聲寓於石。與天作石來幾時，與人作硯初不辭。詩成鮑、謝石何與，筆落鍾、王硯不知。錦茵玉匣俱塵垢，擣練支牀亦何有。况嗔蘇子鳳咮銘〔三〕，戲語相嘲作牛後。碧天照水風吹雲，明窗大几清無塵。我生天地一閒物，蘇子亦是支離人。麤言細語都不擇，春蚓秋蛇隨意畫。願從蘇子老東坡，仁者不用生分別。

〔一〕龍尾硯：（新安志）〔《硯箋》〕：「龍尾山在婺源縣東南。開元中，獵人葉氏逐獸（入山）〔至長城〕，見疊石瑩潔，攜歸，刊成硯。南唐元宗時，歙守獻硯，薦工李少微擢硯官。」高似孫《硯箋》：「龍尾石，（在）〔産〕水中，極温潤，性堅密，聲清如玉。」歐陽公《硯譜》：天下之硯，四十餘品，歙硯龍尾石品居第三。《歙州硯譜》：「羅紋山亦曰芙蓉溪，硯坑十餘處。訪於彼俗，雖有龍尾山而山實無石，好事者相傳多云水中石。」

〔二〕方彦德：失考。

〔三〕鳳咮：本集《雜記》云：「建州北苑鳳凰山有石，聲如銅鐵，作硯至美，有如膚筠。又云：僕好用鳳咮硯，論者多異同，蓋少得真者，多爲黯淡灘石所亂耳。」子由《硯銘序》云：「北苑鳳凰山咮潭中，石蒼黑，堅緻如玉，以爲硯，與筆墨宜。熙寧中，太原王頤始發其妙，然石性薄，厚者不及寸。」○慎按，胡仔《苕溪漁隱叢話》云：「鳳〔凰〕山石頑燥，非硯材，（工）〔土〕人未嘗以爲硯。若劍浦黯淡（灘）有一種石，黑眉黄眼，人以爲硯。鳳咮必此灘石也。」又云：「鳳凰山之後有一泉，廣三四尺，石甃其底，特一小井，子由所云咮潭。其地初無之，又安得潭中石以爲硯乎？蘇氏（兄弟）〔伯仲〕爲王頤所給，信以爲然。」附録備考。

## 張近〔一〕幾仲有龍尾子石硯以銅劍易之〔二〕

我家銅劍如赤蛇，君家石硯蒼璧橢而窪。君持我劍向何許，大明宮裏玉佩鳴衝牙。我得君硯亦安用，雪堂窗下《爾雅》箋蟲鰕。二物與人初不異，飄落高下隨風花。蒯緱玉具皆外物，視草草《玄》無等差。君不見秦趙城易璧，指圖睨柱相矜誇。又不見二生妾換馬，驕鳴啜泣思其家。不如無情兩相與，永以爲好譬之桃李與瓊華。

〔一〕張近：《宋史》：「張近，字幾仲，第進士。累選大理寺正，歷少卿。以集賢修撰知瀛州，徙知太原。以疾（奉祠）〔提舉洞霄宮〕。」施氏原注謂鎮高陽八年，爲顯謨直學士，徙知太原，歷官稍異。

〔二〕子石：歐陽公《硯譜》：「子石者，在大石中生，蓋精石也。而俗（訛）傳〔訛〕，遂以紫石爲上。」唐彦猷《硯録》：「山有自然圓石，剖其璞得焉，謂之子石。」○慎按，前篇云「願隨蘇子老東坡」，此云「雪堂窗下《爾雅》箋蟲鰕」，合後共三首，當是在黄州時作，姑仍依施氏原本編此。

## 張作詩送硯反劍乃和其詩卒以劍歸之

贈君長鋏君當歌，每食無魚歎委蛇。一朝得見暴公子，櫑具欲與冠爭峨。豈比杜陵貧病叟，終日長鑱隨短蓑。斬蛟刺虎老無力，帶牛佩犢吏所訶。故將換硯豈無意，恐君雕琢傷天和。作詩反劍亦何謂，知君欲以詩相磨。報章苦恨無好語，試向君硯求餘波〔一〕。詩成劍往硯應笑，那將屋漏供懸河。

〔一〕餘波：《左傳·僖公二十三年》：重耳曰：「其波及晉國者，君之餘也。」杜詩：「餘波綺麗爲。」

# 去歲九月二十七日黄州生子遯小名幹兒頎然穎異至今年七月二十八日病亡於金陵作二詩哭之

## 其　一

吾年四十九，羈旅失幼子。幼子真吾兒，眉角生已似。未期觀所好，蹁躚逐書史。摇頭却梨栗，似識非分恥。吾老常鮮歡，賴此一笑喜。忽然遭奪去，惡業一作「孽」我累爾〔一〕。衣薪那免俗，變滅須臾耳〔二〕。歸來懷抱空，老泪如瀉水。

〔一〕惡業：《楞嚴經》注：「旃陀羅，華言嚴熾惡業。」

〔二〕變滅須臾：《寶積經》：念念不可住，須臾還變滅。《維摩經》：「是身如浮雲，須臾變滅。」

## 其　二

我淚猶可拭，日遠當日忘。母哭不可聞，欲與汝俱亡。故衣尚懸架，漲乳已流牀。感此欲忘生，一卧終日僵。中年忝聞道，夢幻講已詳。儲藥如邱山，臨病更求方。仍將恩愛刃，割此衰老腸。知迷欲自反，一慟送餘傷。

**附子由和二首：**

人生本無有，衆幻妄聚耳。手足非吾親，何況妻與子。偶來似可樂，强作室家喜。忽去未免悲，欣成要矜毁。君家兩歲兒，畢竟何自始。變化違初心，涕泗劇翻水。吾儕近始悟，造物聊復試。道力竟未完，聰明信難恃。

破甑不復顧，彼無愛甑心。棄璧負赤子，始驗愛子深。誠知均非我，胡爲有不任。一從三界遊，久被百物侵。朝與喜怒交，暮與寵辱臨。四物皆不勝，生死獨未禁。不經大火燒，孰爲真黄金。棄置父子恩，長住旃檀林。

## 葉濤致遠見和二詩復次其韻〔一〕公自注：濤顛倒原韻。

其一

平生無一女，誰復嘆爾一作「耳」耳。滯留生此兒，足慰周南史。那知非真實，造化聊戲爾。煩惱初無根，恩愛爲種子。煩公爲假説，反覆相指示。欲除苦海浪，先乾愛河水。棄置一寸鱗，悠然笑侯喜。爲公寫餘習，缾罍一時恥。

〔一〕葉濤：《宋史》本傳：「濤字致遠，中進士乙科。從王安石於金陵，學爲文詞。」按，介甫與致遠唱酬極多，乃其弟平甫之婿，詳《半山集·墓志》中。

## 其二

聞公少已悟，拄杖久倚牀。笑我老而痴，負鼓欲求亡。庶幾東門子，柱史安敢望。嗜毒戲猛獸，慮患先不詳。囊破蛇已走，尚未省齧傷。妙哉兩篇詩，洗我千結腸。黠鼊不作蠒，未老輒自僵。永謝湯火厄，泠然超無方。

【校記】

一、《初入廬山三首·其一》注一引《太平寰宇記》「匡俗，周武王時人」，原文作「周武王時匡俗」。○同注又引《水經注》「周景式《記》云：匡俗，周威王時人」，《水經注》卷三十九則作「出周武王時」，因初白引文後有按語「一匡俗也，或以爲周威王時人……」，或初白所據之本作「周威王」，如改之，則按語無著落，故仍之。

二、《圓通禪院先君舊遊也四月二十日晚至宿焉明日先君忌日也乃手寫寶積獻蓋頌佛一偈以贈長老僊公僊公撫掌笑曰昨夜夢寶蓋飛下著處輒出火豈此祥乎乃作是詩院有蜀僧宣逮事訥長老識先君云》注二引《圓通事實》云云，實轉引自桑喬《廬山紀事》卷十二「圓通寺·一翁二季亭」條，「老蘇與二子」作「蘇老泉嘗與東坡潁濱」。○注六引《僧寶傳》云云，實轉引自覺岸《釋氏稽古略》卷四宋仁宗皇祐元年「圓通禪寺禪師」條，其後注明出《僧寶傳》。○注八引《圓通事實》云云，亦轉引自《廬山紀事》卷十二《圓通寺》「寺有夜話亭」條。

三、《余過温泉壁上有詩云直待衆生總無垢我方清冷混常流問人云長老可遵作遵已退居圓通亦作一絶》引周景式《廬山記》、《豫章古今記》，均轉引自《廬山紀事》卷三「山南自隘口東北行至張公嶺」。

四、《書李公擇白石山房》注二引《商丘漫語》云云，實轉引自《江西通志》卷十二《山川六・南康府》「五老峰」條，「不連屬也」作「巉削壁立」。

五、《廬山二勝・開先漱玉亭》注二引《山疏》云云，實轉引自《廬山紀事》卷四「瀑布泉」。

六、《過建昌李野夫公擇故居》注三引《水經注》云云，此段引文不見於今本《水經注》，實轉引自曹學佺《名勝志・南昌府志勝・寧州》「黄山谷故宅」條引注。

七、《别子由三首兼别遲・其一》注一引《傳燈録》云云，《傳燈録》無此引文，實引自宋宗杲《正法眼藏》卷三之下。

八、《和李白》注一引《元和郡縣志》云云，誤。今本《元和郡縣志》無此引文，實引自《太平寰宇記》卷一百十一《江南西道九・江州》，「咸通六年」作「咸通二年」。

九、《龍尾硯歌》注一引《新安志》云云，誤。此段引文不見於《新安志》，實引自宋高似孫《硯箋》卷二「龍尾山」條，「逐獸入山」作「逐獸之長城」。○同注又引《歙州硯譜》云云，其中末句「好事者相傳多云水中石」一句，於原文乃在「訪於彼俗」一句之前。

十、《張近幾仲有龍尾子石硯以銅劍易之》注二引唐彦猷《硯録》云云，實轉引自高似孫《硯箋》卷一「子石」第三條。